상실과 발견

LOST & FOUND
by Kathryn Schulz

Korean translation edition is published by arrangement with
Kathryn Schulz c/o Homespun Enterprises LLC through EYA.

Grateful acknowledgment is made to the following for permission to reprint previous published materials:
Farrar, Straus & Giroux: Four lines from "Close, close all night" from *Edgar Allan Poe & The Juke-Box* by Elizabeth Bishop, edited and annotated by Alice Quinn, Copyright © 2006 by Alice Helen Methfessel; four lines from "One Art" from *Poems* by Elizabeth Bishop, copyright © 2011 by the Alice H Methfessel Trust. Publisher's Note and compilation copyright © 2011 by Farrar, Straus & Giroux. All poetry reprinted by permission of Farrar, Straus & Giroux. All rights reserved.

Farrar, Straus & Giroux and Faber and Faber Limited: Excerpt from "The Trees" from *The Complete Poems of Philip Larkin* by Philip Larkin, edited by Archi Burnett, copyright © 2012 by the Estate of Philip Larkin. Digital rights are controlled by Faber and Faber Limited. Reprinted by permission of Farrar, Straus & Giroux and Faber and Faber Limited. All rights reserved

HarperCollins Publishers: A haiku of Bashō from *The Essential Haiku: Versions of Bashō, Buson & Issa* edited by and with an Introduction by Robert Hass, introduction and selection copyright © 1994 by Robert Hass. Reprinted by permission of HarperCollins Publishers.

Henry Holt and Company: "Devotion" from *The Poetry of Robert Frost* by Robert Frost, edited by Edward Connery Lathem, copyright © 1928,1969 by Henry Holt and Company. Copyright © 1956 by Robert Frost. Reprinted by permission of Henry Holt and Company. All rights reserved

상실과 발견

사랑을
떠나보내고
다시
사랑하는 법

캐스린 슐츠
한유주 옮김

Lost & Found:
A Memoir

반비

내가 상실한 사람인 아버지,

그리고 나를 발견한 사람인 C에게 바친다.

무(無)는 전부를 포괄하지 않는다. 혹은 전부를 지배하지 않는다.

단어 '그리고'는 모든 문장 이후에 따라붙는다.

— 윌리엄 제임스, 「다원적 우주(A Pluralistic Universe)」

차례

1

상실

나는 죽음을 완곡하게 이르는 표현들이 늘 싫었다. '돌아가셨다passed away'라거나 '더는 우리 곁에 없다no longer with us', '세상을 떠났다departed' 같은 표현들은 비록 선의에서 비롯되었다 해도 내게는 위안이 된 적이 전혀 없다. 이런 표현들은 요령껏 말한다는 미명으로 죽음의 충격적인 둔탁함을 외면하고, 위로한다는 명분으로 아름다움이나 그리움을 불러내기보다 안전함과 친숙함을 택하는데, 내게 그런 선택은 언어적으로 회피하려는 것처럼, 얼버무리는 것처럼 여겨진다. 하지만 죽음을 피할 수는 없는 노릇이다. 그게 죽음의 근본적이고 확고한 사실이다. 죽음을 우회적으로 표현하려는 시도들은 현혹적이게만 느껴진다. 시인 로버트 로웰Robert Lowell의 말처럼, "일어난 대로 말하는 편이 낫지 않겠는가?"

하지만 일어난 대로 말하는 편을 선호하는 내게도 예외가 있다. "제가 아버지를 잃었습니다." 처음으로 이 표현을 사용했던 건 아버지가 사망하고 열흘쯤 지났을 무렵이었다. 당시 나는 병원에 계신 아버지 곁을 지키며 길고도 불안하기 짝이 없는 몇 주를 보내다 장례를 치르고 집으로 와 있었다. 나서기 전과 똑같이 질서정연하고 햇빛이 스며든 삶으로 돌아왔지만, 슬픔 탓에 일상이 요구하는 일들을 견딜 수가 없었다. 내 어깨와 턱 사이에는 항상 전화기가 끼워져 있었다. 심장병동에 입원해 있던 아버지가 중환자실로 옮겨진 다음 호스피스 병동에서 죽어가고 있는 동안, 내가 일하던 잡지사에서 비밀번호를 변경하지 않으면 이메일에 접근할 수 없게 된다는 자동 경고 메시지를 연달아 보내고 있었다. 시계장치처럼 규칙적으로 날아드는 이 메시지들은 내 접근 권한이 열흘 안에, 아흐레 안에, 여드레 안에, 이레 안에 만료되리라는 사실을 알리고 있었다. 일상적인 것과 실존적인 것이 늘 한데 얽혀 있다는 건 놀라운 일이다. 세월의 흔적이 역력한 낡은 책의 활자들이 옆 페이지로 옮겨 붙는 것처럼 말이다. 나는 접근 권한을 잃었고, 그러면서 문제를 직접 해결할 수 있는 방법도 잃었다. 그래서 나는 아버지가 사망한 뒤 고객센터 직원에게 이 문제를 재깍 처리하지 않고 방치했던 이유를 설명하느라 전화기를 붙들고 있었던 것이다. 그럴 필요가 전혀 없었는데도.

제가 지난주에 아버지를 잃었습니다. 전과는 다르게 이 표현의 생경함에 붙들렸던 까닭은 그때까지도 상을 치르고 얼마 지나지 않은 시기였기에 익히 알던 세계의 많은 부분이 낯설고 멀게만 느껴지는, 왜곡된 나날들이 계속되고 있어서였으리라. 아버지는 분명 소풍을 간 아이처럼 멀어진 것도, 난장판인 사무실에서 사라진 중요한 서류처럼 찾을 수 없게 된 것도 아니었다. 한데 이 표현은 죽음을 에둘러 말하는 여느 말들과는 달리 면피한다거나 공허하게 느껴지지 않았다. 그저 슬픔 그 자체처럼 단순하고, 애달프고, 쓸쓸하게 들렸다. 그날 통화하면서 처음으로 입에 올린 이 말은 그 후로 삽이나 종 당김줄처럼 내가 사용할 수 있는 일종의 물건처럼 느껴졌다. 냉정하고, 울림이 있고, 모종의 절망이나 체념을 고루 포괄하는, 사별이 남긴 황폐함과 혼란스러움에 맞춤한 말이었던 것이다.

후에 이 단어에 관해 찾아보면서 '잃었다lost'는 말이 그토록 적확하게 느껴졌던 이유를 알게 되었다. 나는 우리가 죽은 이들을 언급할 때 비유적으로 사용하는 이 표현이 상을 당한 사람들에게 전유되면서 원래 의미와 매우 멀어졌다고 생각해왔지만, 그게 아니었다. '잃다to lose'라는 동사는 슬픔sorrow에 그 뿌리를 곧게 뻗고 있었고, '허망한forlorn'이 품은 '적적한lorn'과 연결되어 있었다. 이 동사는 사별을 의미하는 고대 영어 단어에서 나왔는데, 그 단어는 분리 혹은 쪼개기를 뜻하는 더 오래된 단어에 기인한다. 대상이 제자리에 있지 않다는 현대적 의미는 그 후인 13세기에 출현했고, 그로부터 100여 년 뒤, '패배하다to lose'는 승리하지 못하고 실패했다는 의미를 획득하게 되었다. 우리가 실성하기lose our hearts 시작한 건 16세기였고, 17세기에는 실의에 빠지게lose our hearts 되었다. 다시 말하자면 우리가 잃을 수 있는 것들의 연결고리가 우리 자신의 삶과 서로의 삶으로부터 시작되어 꾸준히 확장되어온 것이다.

아버지가 사망한 후에 내가 느낀 상실감이 이런 것이었다. 그건 서서히 더 넓은 영토를 잠식해가며 꾸준히 도달 범위를 늘려가는 힘 같았다. 그러다 내게 세월이 흐르는 동안 잃은 다른 수많은 것들의 목록이 있다는 걸 알게 되었다. 대부분 자꾸만 마음속에 되살아나기에 만들어지는 목록이었다. 어린 시절의 장난감과 친구, 사랑하고 아껴주었지만 어느 날 집을 나가 다시는 돌아오지 않은 고양이, 대학을 졸업할 때 할머니가 써주셨던 편지, 낡았지만 완벽했던 파란색 격자무늬 셔츠, 거의 5년을 채워 쓴 일기장. 수집물과는 정반대 각을 이루는, 내가 언제고 잃어버린 것들의 우울한 목록이 이처럼 계속 이어졌다.

우리가 저마다 하나씩 지닌 이런 목록은 상실loss이라는 범주가 얼마나 특이한지를 그대로 보여준다. 상실이란 얼마나 거대하고 곤란한가. 상실에 속하는 항목들은 서로 공통점이 희박했다. 처음으로 상실에 관한 생각에 잠긴 나는 어떤 유형의 상실은 사실상 긍정적이라는 점을 깨닫고 놀라게 되었다. 우리는 자의식이나 두려움을 상실할 수 있고, 사막이나 산에서 길을 잃는다는 건 두려운 일이지만, 사색하거나 책을 읽는 중에, 혹은 대화를 하다가 길을 잃는다는 건 근사한 일이다. 하지만 이런 상실은 우리가 살면서 경험하는 수많은 낙담의 즐거운 예외에 속한다. 대부분의 경우, 우리가 겪는 상실은 내 아버지의 죽음에 가깝고, 이런 유형의 상실은 우리의 삶을 위태롭게 한다. 우리는 신용카드를, 운전면허증을, 환불할 물건 영수증을 잃어버린다. 명예를, 노후 대비 저축을, 일자리를 잃기도 한다. 믿음을, 희망을, 아이 양육권을 잃는 경우도 있다. 우리에게 비통함을 안겨주는 경험 중 상당수가 이 범주에 속하는데, 원치 않는 결별이나 이혼을 겪으면 사랑하던 사람뿐만 아니라 미래에 대한 전망이나 일상의 친숙한 질감까지 상실하는 까닭이다. 기본적인 신체 능력부터 정체성의 근간을 이루는 부분들 전체를 상실할 수 있는 심각한 질병이나 부상도 마찬가지다. 예비 어머니가 태아를 잃는 것처럼 우리의 가장 내밀한 경험들이 여기 속하기도 하고, 전쟁이나 기근, 테러, 자연재해, 전염병처럼 역사적으로 무수히 많은 사람들이 관련된 경천동지할 집단적 비극 역시 우리가 상실할 수 있는 것들을 극단적으로 한계까지 밀어붙인다.

이것이 상실의 본질적이고 탐욕스러운 성질이다. 상실은 사소한 것과 중대한 것을, 추상적인 것과 구체적인 것을, 그저 제자리를 벗어난 것과 영원히 사라진 것을 구분하지 않고 망라한다. 우리는 종종 상실의 진짜 범위를 무시하지만, 나는 아버지가 사망하고 한동안은 과거에 있었던 상실들과 앞으로 다가올 상실들의 증거가 곳곳에 드러나 있는 세상을 고스란히 보게 되었다. 아버지의 죽음이 비극적이어서가 아니었다. 아버지는 일흔넷의 연세에 평온하게 사망했고, 숨을 거두기 전 몇 주 동안 가장 사랑하는 이들에게서 보살핌을 받았다. 내가 그런 세상을 볼 수밖에 없었던 까닭은 아버지의 죽음이 비극적이지 않아서였다. 그토록 슬픈 일이 정상적이고 필연적인 이치일 수 있다는 사실이 내게는 충격적이었다. 상실의 여파에 남겨진 각자의 삶은 그토록 많은 상심을 담기에 너무 짧은 것처럼 보였다. 나는 역사를 좋아했는데, 내가 그 침묵과 신비조차 늘 사랑했던 역사가 돌연 서사적 스케일로 기록된 상실과 다를 바가 없어 보였다. 특히 기록이 전혀 없을 수도 있다는 부분이 그러했다. 세계 자체가 덧없게만 보였고, 빙하며 생물 종이며 생태계가 마냥 사라지고 있는 것만 같았고, 변화의 보폭은 오늘을 살아가는 우리가 영원이라는 고통스러운 관점으로만 지켜보도록 허락된 것처럼, 저속 촬영한 것처럼 급속도로 느껴졌다. 하나같이 전부 위태롭고 유약하게만 보였다. 상실이라는 개념은 오로지 현전하는 슬픔 속에서만 드러나는 존재의 숨겨진 질서처럼 나를 온통 얽매고 있었다.

우리 인생의 전부가 이처럼 가혹한 사라짐인 것만은 아니다. 이 책에서 그런 이야기만 할 생각도 아니다. 하지만 아버지가 돌아가시고 몇 주, 몇 달이 지나는 동안 나는 이런 생각에만 빠져 있었는데, 얼마간은 이 모든 상실들이 서로 어떤 관계인지 알고 싶어서였고, 또 얼마간은 잃어버린 지갑, 잃어버린 보물, 잃어버린 아버지, 잃어버린 생물 종들처럼 서로 비슷한 구석이라고는 없는 대상들이, 더불어 다른 모든 사라진 것들이 갑자기 '어떻게 살아야 하는가'라는 문제에서 가장 중요한 요소로 보이기 시작해서였다. 사라져버린 모든 것들이 여기 존재하는 것들에 대해 급히 할 말이 있는 것처럼 보였던 것이다.

아버지는 세상만사 대부분에 관해 급히 할 말이 있었다. 이 세상은 아버지에게 무한한 관심사를 제공했고, 아버지는 그중 무엇에 대해서나 논하기를 즐겼다. 이디스 워튼Edith Wharton의 소설들, 우주배경복사의 특성, 야구의 내야 플라이, 1947년 태프트-하틀리 조약이 여전히 미치는 영향, 남아메리카에서 발견된 신종 야행성 원숭이, 코블러사과가 크리스피사과에 비해 지닌 장점. 언니와 나는 말문이 터질 무렵부터 이런 대화에 즐거운 초대를 받았다. 하지만 아버지가 다른 대화 상대를 찾아내기란 조금도 어렵지 않았다. 아버지는 사람들을 대할 때 중형 행성급 중력을 행사했다. 아버지의 목소리는 우렁찼고, 억양은 강했으며, 머리는 비상했고, 턱수염은 랍비 같았고, 배는 산타클로스 같았고, 몸동작의 범위를 보면 비트루비우스 인간 같았다. 종합해보면 일부는 소크라테스, 다른 부분에서는 테비에였다.

아버지의 억양은 뿌리를 내릴 수 없었던 어린 시절에서 비롯되었다. 아버지는 이 시기로 인해 여섯 가지 언어를 유창하게 구사하게 되었다. 습득한 대강의 순서는 이디시어, 폴란드어, 히브리어, 독일어, 프랑스어, 그리고 영어 순이었다. 내게는 차후 애석한 일이 되었지만, 아버지는 나와 언니가 저 여섯 가지 중 마지막 언어만 구사할 수 있게 키웠다. 하지만 아버지가 우리에게 준 풍부한 지식은 이를 만회하고도 남았다. 내게 언어를 다루는 법을 가르친

이는 프랑스어 교사이자 놀라울 정도로 명철한 문법학자였던 어머니였다. 어머니는 '축도epitome'를 발음하는 법, 언제 가정법을 사용하는지, 'who'와 'whom'을 구분하는 법 등을 가르쳐주었다. 그러나 언어를 가지고 노는 법을 가르친 이는 아버지였다. 아버지는 여러 언어에 능통한 배경 덕분에 문법 규칙이나 용법과 상대론적 관계를 맺고 있었다. 아버지는 딱히 언어에 저항하는 편은 아니었지만, 어떤 표현을 한계점까지 비틀었다가 거칠게 요동치며 다시 제자리로 튀어오게 하는 걸 좋아했다. 나는 파리fly에 대해 그토록 놀라운 문장을 지어내는 사람도, 그냥 말하는 걸 그렇게 좋아하는 사람도 본 적이 없다. 내가 '축도epitome'를 발음하는 법을 교정받고 이에 불신을 표하자 아버지는 즉시 잊을 수 없는 기억술을 제시했다. "'말도 안 돼You gotta be kidding me'와 운이 맞잖니."

작가란 불행한 가정에서 태어나며, 자신의 고통에 목소리를 부여하거나 혹은 탈출하려고 언어에 의존하기 마련이라는 말은 클리셰다. 내 경우에는 그렇지 않았다. 나는 언어와 이야기를 공유하는 기쁨으로 충만한 행복한 가정에서 자랐다. 내 최초의 기억 중 하나는 방 문간에서 놀고 있던 내 앞에 나타나던 아버지의 모습이다. 키가 168센티미터에 불과하지만 깜짝 놀란 내 눈에는 인자하고 재미있는 거인 같았던 아버지는 한 손에는 『노턴 시선집』을 들고, 다른 손은 마법사 멀린처럼 높이 치켜들고서 새뮤얼 콜리지Samuel Coleridge의 시 「쿠블라 칸」을 암송하고 있었다. 몇 년 후에 아버지가 중세 영어로 『캔터베리 이야기』의 서문을 우렁차게 읊으면서 우리를 즐겁게 해주던 기억도 여전히 생생하다. 어머니는 자러 갈 시간이 된 우리를 아버지가 귀찮게 하지 못하도록 하는 걸 일찌감치 포기했다. 우리에게 매일 밤 소리 내어 뭔가 읽어주는 게 아버지 일이었다. 아버지는 우리가 걸터앉은 양 무릎을 한껏 두드리고, 책에 적힌 글자들을 신나게 무시하면서, 화려한 몸짓과 연극적인 목소리로 임무를 완수했다. 더할 나위 없이 좋은 밤이면 아버지는 책을 싹 치우고는 하고많은 장소들 중 오로지 발음 때문에 어린 딸들이 웃는다는 이유로 고른 로테르담을 배경으로 위험한 사건에 자꾸만 휘말리고 마는 오누이 야나와 에그버트의 모험 이야기를 직접 지어내 연재하듯 들려주고는 했다.

아버지는 내가 앞으로 평생 읽을 분량보다 훨씬 많이 읽은 분이었지만, 당신에게 문학은 열정의 대상이지 직업은 아니었다. 아버지는 변호사였고, 가끔 로스쿨에서 강의도 했다. 둘 다 아버지에게 잘 맞는 일이었고, 특히 후자가 그러했는데, 아버지는 다른 데 정신이 팔린 교수의 완벽한 표상이었기 때문이었다. 아버지는 기억력이 비상했고, 호기심이 닿지 않는 분야가 없었으며, 어떤 문제가 주어지건 페니와 쿼터를 분류하는 동전 분류기처럼 신속하게 당면한 과제에서 부적절함을 판별해내는 능력이 있었다. 아버지에게 없었던 건 십중팔구 지갑을 어디다 두었는지, 혹은 차를 주차한 장소가 어디인지에 대한 기억이었다. 스테레오타입에 어울리게도 아버지에게 이런 능력이 결핍되어 있다는 건 늘 비범한 지적 능력에 따르는 결과처럼 보였다. 마치 평범한 사람들이 소지품을 찾는 데 여념이 없는 동안 아버지는 더 나은 목적을 위해 정신적 능력을 쏟아붓기라도 하듯 말이다. 세계를 지각하는 비상한 능력, 그리고 역시 비상하게 망각하는 능력이라는 흥미롭게도 모순적인 두 가지 특성은 서로 얼마나 관련이 있는지는 몰라도 아버지라는 사람을 결정짓는 두 요소였다.

많은 것들 중에서도 아버지는 유독 길을 잘 잃었다. 나는 클리블랜드 교외에서 성장했고, 우리 가족은 일 년에 몇 차례 차를 타고 피츠버그에 있는 외할머니 댁을 찾았다. 이론적으로는 두 시간 조금 넘는 여정이었지만, 나는 열 살이 되기도 전에 지름길을 택하겠다는 아버지의 선언을 경계해야 한다는 걸 깨달았다. 아이들에게 차를 타고 간다는 건 언제나 영원처럼 느껴지는 경험이지만, 우리의 여정은 필요 이상으로 처절할 만큼 길고 길었다. 타고난 천재지만 타고난 고집쟁이기도 한 아버지가 자신이 어디로 가고 있는지 모른다는 사실을 받아들이지 못해서였다. 두 가지 기억이 나는데, 하나는 동쪽으로 가야 했는데 꼬박 삼십 분 동안 서쪽으로 달려갔던 것이고 다른 하나는 세 번 연달아 똑같은, 하지만 잘못된 고속도로 출구로 나갔던 것이다. 훨씬 길눈이 밝았던 어머니는, 이 모든 상황을 종결할 수 있었으면서도 다정하고 실리적인 배우자였기에 시간을 엄수해야 하는 때가 아니라면 이런 불운 앞에서도 그저 상냥한 태도로만 개입할 뿐이었다. 게다가 아버지 의견에 따르면 시간을 엄수할 일도 거의 없다시피 했다. 아버지에게는 방향감각과 더불어 시간감각도 없어서였다.

여하간 피츠버그까지 가는 길을 헤맨 사례에서 추론할 수 있듯이, 아버지는 작은 물건들을 찾을 때마다 완전히 무력해졌다. 아버지가 어머니를 부르는 애칭은 '매기'(다들 어머니의 원래 이름 '마고'에서 나온 이 애칭으로 어머니를 불렀다.)였는데, 내가 어려서 가장 자주 들었던 말이 "매기, 그거 봤어?"였다. '그것'이란 수표책이나 안경, 식료품 목록, 배심원 소환장, 커피 머그, 겨울 외투, 양말 한 짝, 야구장 입장권 등이었고, 하루에도 몇 번씩이나 새로운 물건이 길을 잃어 이 질문을 완성했다. 이 부름과 응답의 나머지 절반은 언제나 "여기 있잖아, 아이잭."이었다. 아버지에게는 천만다행이게도 어머니는 보통 잃어버린 물건을 이미 봐두어 어디 있는지를 기억하고 있었고, 그렇지 않더라도 찾을 수 있는 분이었다. 탁월한 방향감각을 지닌 어머니는 침착하고, 체계적이며, 주변 환경에 잘 조응하는 분이었다.

나는 어머니의 자질을 물려받았다. 하지만 MIT에서 인지과학자로 일하는 언니는 그렇지 않았다. 다른 부분에서는 제법 비슷하게 묶이는 우리 네 가족은 이런 면에서 늘 뚜렷하게 달랐다. 일상의 물리적 세계에 초연할 정도로 무심한 극단과 강박적으로 질서정연한 극단 사이의 스펙트럼에서 아버지와 언니는, 사실 그 사이 어디에도 없었다. 오하이오와 펜실베이니아 경계 근처 어디선가 스펙트럼 자체를 찾느라 바빴으니까. 반대로 어머니와 나는 색깔별로, 크기별로 정돈하느라 바빴다. 어머니가 아주 조금 비뚤어진 액자를 바로잡던 걸 본 기억이 생생하다. 클리블랜드 미술관에서였다. 이와는 대조적으로 아버지는 휴가 내내 신발을 짝짝이로 신고 다니는 분이었는데, 공항 보안검색대에서 신발을 벗어달라고 요청받았을 때에야 비로소 발에 꿴 신발들이 서로 짝이 맞지 않으며 한쪽 신발이 짐 속에 없다는 걸 알아차렸기 때문이었다. 언니의 비행기 여행담 중 정점은, 노트북을 잃어버리는 바람에 배우자의 노트북을 빌렸는데 일주일 전 9·11이 일어나 오클랜드 공항이 거의 폐쇄되다시피 한 시기에 실수로 유나이티드 항공사 출발 게이트에 노트북을 두고 온 사건이었다. 또 언니는 아버지처럼 반복적으로 물건 잃어버리기라는 더욱 섬세한 기술에도 탁월하다. 핸드폰은 매년. 지갑은 분기별로. 열쇠는 매달. 나는 성인이 된 후 딱 한 번 지갑을 잃어버렸는데, 언니에게 푸념하는 실수를 저질렀고 언니는 나를 비웃으며 이렇게 말했다. "운전면허 발급하는 곳에서 네 이름을 기억하게 되면, 그때 말해."

최소한 이런 면에서는 모계 혈통의 수호자인 나는 당연하게도 식료품 저장실을 식품군별로 정리하거나 64색 크레용을 공장에서 나온 것과 같은 칸에 하나하나 넣는 식의, 자연스럽다고는 할 수 없는 일에 이끌렸다. 강박이라고까지는 할 수 없겠지만, 이렇게 깔끔 떠는 유형은 물건의 경로를 추적하는 데 능하기 마련이다. 내가 물건을 거의 잃어버리는 경우가 없는 이유 중 하나는 집 안의 물건들을 제자리에 두지 않으면 좀 근질근질해서다. 정리하고 정돈하는 성향은 어른이 되어서도 이어졌고, 이런 면에서 내가 좀 더 낫게 보이게 하는 가족 중 두 인물과 대조되어 내가 물건을 잘 잃어버리는 사람이 아니라는 믿음을 갖게 되었다.

하지만 조금 전까지만 해도 손에 쥐고 있던 종이 한 장을 찾느라 40분을 허비하고 나면 자신감은 온데간데없이 사라져버린다. 사실인즉슨 우리는 모두 물건을 잃어버리지 않을 수 없다. 필멸하는 존재라는 점과 마찬가지로 산만함 역시 인간 조건의 일부다. 우리 인간이 아주 오래전부터 주기적으로 뭘 잃어버렸던 까닭에 레위기에는 누군가가 잃어버린 소유물에 대해 거짓말을 해서는 안 된다고 쓰여 있기도 하다. 현대는 이 문제를 더욱 악화시켰다. 선진국에서는 아무리 소박하게 사는 사람이더라도 역사상 가장 풍요로운 조건에서 살아간다. 그러면서 우리가 가진 여분의 물건은 잃어버릴 수 있는 여분의 물건이 되었다. 기술도 상황을 악화시킨 건 매한가지다. 잃어버릴 수 있는 물건들을 한없이 공급하는 동시에 우리를 만성적으로 산만하게 해온 것이다. 미국 가정에서 여전히 리모컨이 가장 빈번하게 사라지는 물건 중 하나라는 것만 봐도 알 수 있듯 말이다. 그런데 우리의 도구들은 계속해서 작아지고, 따라서 이런 물건들을 잃어버릴 가능성은 계속해서 증가하고 있다. 데스크톱 컴퓨터를 잃어버리긴 어렵지만 랩톱을 잃어버리기는 쉽고, 핸드폰은 까딱하면 잃어버린다. 휴대용 저장장치를 잃어버리지 않기란 불가능에 가깝다. 게다가 비밀번호도 문제가 된다. 컴퓨터와 비밀번호의 관계는 세탁기와 양말의 관계와 비슷하달까.

휴대폰 충전기, 우산, 귀걸이, 스카프, 여권, 헤드폰, 악기, 크리스마스 장식품, 딸아이 현장학습 허가증, 세심하게도 언젠가 보수작업에 필요할 거라고 생각해 3년 전 챙겨둔 페인트 통처럼, 우리가 잃어버리는 물건들의 범위와 양은 믿기 어려울 정도로 엄청나다. 아버지 같은 사람은 어머니 같은 사람보다 열 배는 더 많은 물건을 잃어버리겠지만, 조사기관과 보험사 데이터에 따르면 우리는 저마다 평균적으로 하루에 대략 아홉 번 물건을 찾지 못한다고 한다. 이는 우리가 60세가 되면 거의 20만 개의 물건들을 잃어버리게 된다는 의미다. 물론 잃어버린 물건들을 전부 다 찾을 수 없는 건 아니지만, 결코 되찾을 수 없는 게 하나 있다. 바로 물건을 찾느라 허비한 시간이다. 평생 동안 우리는 사라진 물건을 찾느라 대략 6개월의 시간을 꼬박 소모한다. 이는 미국에서 집단적으로 하루에 5400만 시간을 소모한다는 뜻이다. 게다가 돈도 지출할 수밖에 없다. 미국에서 한 해 약 300억 달러가 오로지 잃어버린 휴대폰 때문에 사용된다.

이처럼 수없이 많은 것들을 잃어버리는 이유에 대한 해석으로는 두 가지가 지배적인데, 하나는 과학적, 다른 하나는 정신분석학적이다. 하지만 둘 다 썩 만족스럽지는 않다. 과학적 접근법에 따르면 물건을 잃어버린다는 건 때로는 기억하기에 실패했다는 것을, 때로는 주의를 기울이는 데 실패했다는 뜻이다. 어느 쪽이건 우리가 사라진 물건을 어디에 두었는지 기억하지 못하거나, 애초에 기억에 새기지 않았다는 것이다. 정신분석학적 접근에 따르면 그 반대가 진실이다. 물건을 잃어버린다는 건 잠재 욕구가 이성적

정신에 반해 교묘한 사보타주를 일으켜 성공했음을 나타낸다는 것이다. 『일상생활의 정신 병리학』에서 프로이트는 "숨겨져 있지만 강력한 동기로 인해 물건이 제자리를 벗어나는 문제와 관련해 무의식이 부리는 재주"와 더불어 "사라진 물건이 지닌 낮은 가치, 혹은 그 물건, 혹은 해당 물건의 출처인 인물에 대한 은밀한 반감"에 대해 서술한다. 그의 동료는 보다 간단하게 이 문제를 설명하는데, "우리는 가치를 높이 평가하는 것들을 절대로 잃어버리지 않는다."라고 말한다.

이런 해석들을 살펴볼 때, 과학적 접근은 설득력 있지만 재미가 없다. 과학적 접근은 우리가 탈진했거나 정신이 산만할 때 물건을 제자리에 두지 않는 경향을 분명히 설명하기는 하지만, 무언가 잃어버리는 기분이 실제로 어떠한지를 전혀 조명하지 못한다. 다만 어떻게 그러지 않을 수 있는지 다분히 추상적이고 비현실적인 아이디어만을 제공할 뿐이다.(집중하세요! 그리고 집중하는 동안 기억력이 개선되도록 유전자와 주변 환경을 조정하세요!) 이와는 반대로 정신분석학적 접근법은 무척 흥미롭고, 재미있고, 이론상으로 유용하지만(프로이트는 자신의 지인 중 몇몇이 "물건을 제자리가 아닌 곳에 두게 만든 동기가 소멸하자마자" 신속하게 물건을 다시 찾아냈다고 언급한다.), 대부분의 사례에서는 납득하기 어렵다. 이런 접근은 무의식적 동기가 없다면 우리는 아무것도 잃어버리지 않을 거라고 하는 셈인데, 너그럽게 포장해보자면 인간이라는 종을 과대평가하는 주장이다. 당연히 틀린 말이다. 하지만 심리학에서 주장하는 많은 것들이 그렇듯 이 말도 전적으로 틀렸다고 입증하기란 불가능하다. 아마도 아버지는 클리블랜드의 경기력이 만성적으로 부진해서 그 실망감으로 야구장 입장권을 잃어버렸을지도 모른다. 언니가 지갑을 그토록 자주 잃어버린 건 자본주의가 본질적으로 불편해서였는지도 모른다. 프로이트라면 이런 해석을 시사할 것이고, 사실 어떤 종류의 분실은 무의식으로 인해 발생하며, 적어도 나중에 그래서 그랬다고 설명할 수 있다. 하지만 우리는 경험적으로 이런 사례들이 예외적이라는 걸 안다. 삶이란 복잡하고, 정신에는 한계가 있다고 설명하는 것이 차라리 더 나을 것이다. 우리는 결함이 있기에, 인간이기에, 잃어버릴 것이 있기에 잃어버린다.

아버지가 물건을 잃어버리는 능력과 뭔가 잃어버려서 겪는 곤란함의 정도는 서로 역상관 관계였다. 아버지는 뭘 잃어버리는 건 일상다반사였는데, 그럴 때마다 대개 침착하게 받아들이곤 했다. 마치 당신이 소유했던 물건이 실은 빌렸던 것이고, 정당한 주인이 다시 찾아가기로 했다는 듯한 태도였다. 내 생각에는 아버지처럼 뭘 잃어버리는 데 타고난 재주가 있는 사람이라면 그걸 상쇄하도록 다시 찾는 능력도 찾아냈을 것도 같다. 하지만 그 대신 아버지는 물건들이 사라졌다는 사실을 기꺼이 감수하는 능력을 개발했다.

이런 감탄스러운 태도는 시인 엘리자베스 비숍Elizabeth Bishop이 "잃어버리기 기술"이라 부른 것과 비슷하다. 이 표현은 내가 늘 아껴온 시, 구절구절마다 잃어버리기에 대한 가장 유명한 헤아림을 담은 「하나의 예술One Art」에 등장한다. 이 시에서 비숍은 열쇠나 시계처럼 사소한 물건을 분실하는 일은 우리가 더 심각한 걸 잃어버리는 일에 대비할 수 있도록 도와주는 거라고 말한다. 비숍의 경우, 더 심각한 것이란 두 도시, 하나의 대륙, 그리고 이 시를 바친 연인이었다. 처음에는 이런 말이 터무니없게 들릴 수도 있다. 결혼반지를 잃어버리는 것과 아내를 잃는 건 도저히 같을 수가 없고, 당연하게도 우리는 두 사건을 동일 선상에서 바라보지 않는다. 이를 잘 아는 비숍 역시 시의 마지막 구절에서 연인을 잃은 사건을 관조하며 잃어버리는 기술을 "통달하기 어렵지 않은" 것에서 갑자기 "통달하기 **그렇게** 어렵지는 않은" 것으로 변모시킨다. 강조는 내가 했지만, 한 발짝 물러난 건 비숍이다. 그러면서 이 시가 말하고자 하는 바가 전반적으로 약해져 결국 역설적으로, 즉 사랑하는 사람을 잃는다는 건 그 무엇과도 비교할 수 없다는 사실을 받아들이는 쪽으로 읽히기 쉽다.

하지만 마지막 연에서 사뭇 다른 이야기가 들려온다. 우리는 모두 제아무리 파괴적인 상실을 겪으면서도 이를 감수하고 살아나가는 법을 배워야 한다는 마지못한 인정이다. 이런 독법으로 보면 비숍의 시는 더할 나위 없이 진실하다. 이 시는 우리가 날마다 겪는 상실에 맞서 평정심을 구축한다면, 언젠가 훨씬 심각한 상실을 마주했을 때 전과 비슷한 평안함을 억지로라도 짜낼 수 있을지도 모르겠다고 제안한다. 터무니없는 주장이 아니다. 모든 영적인 전통은 집착하지 않는다는 관념 위에 쌓아올려졌다. 우리가 아무리 중대한 상실에 직면하더라도 받아들이는 마음과 평정심, 그리고 우아함으로 대처하는 법을 배울 수 있다는 믿음에.

그러나 여느 종교적 이상향이 그러하듯, 이런 생각은 대부분의 사람들에게 이상적이기만 하다. 사실 우리는 잃어버린 것이 사소할 때도 쉽게 분노를 터뜨린다. 물건을 분실하는 바람에 시간을 (때로는 시간과 돈을) 허비하게 되어서만이 아니다. 심리적 대가도 치러야만 하는데, 잃어버린 것이 얼마나 하찮건 우리가 스스로, 혹은 다른 사람과, 혹은 세계와 맺고 있는 관계 사이에 작은 위기가 발생할 수 있기 때문이다. 없어진 물건을 어디서 찾아야 하는가라는 장소의 문제가 아니라, 누가, 혹은 무엇이 사라지게 했는가라는 인과의 문제로 인해 촉발되는 위기다.

보통은 우리가 한 행위에 답이 있다. 뭔가 잃어버린다는 사소한 드라마 속에서 우리는 대개 늘 악당인 동시에 희생자가 된다. 우리의 자아에 대해서도, 우리를 구성하는 다른 다양한 부분들에 대해서도 불행한 일이 아닐 수 없다. 아이가 아끼고 좋아하는 오렌지색 오랑우탄 인형을 마지막으로 건드린 사람이 자신인 걸 아는데, 그래서 그걸로 뭘 어떻게 했는지 전혀 기억나지 않는다면 틀림없이 자신의 기억을 탓할 것이고, 때로는 기억에 잠시 공백이 생겼다는 것만이 아니라 전반적으로 내 기억이 믿을 만한 것인지도 걱정이 될 것이다. 하지만 어떻게 잃어버렸는지 정확하게 안다고 해서 더 위로가 되는 것도 아니다. 신용카드가 보이질 않는데 지난 주말에 식당에 두고 왔다는 걸 깨달았을 때처럼 말이다. 무책임했다는 기분뿐이라면 나쁘지 않다. 최악은 뭔가 중요한 걸 잃어버림으로써 진심으로 괴로워질 때다. 그럴 때 우리는 몇 시간, 며칠을, 때로는 몇 년 동안이나 우리가 주의를 놓쳐버린 바로 그 순간에 사로잡힌다. 살아오는 내내 가장 용서할 수 없는 일들 중에서, 앞으로 닥칠 일을 그래도 피할 수 있었던 바로 그 순간을 알아차렸더라면.

간단히 말해서 주기적으로 뭔가 잃어버리게 되면 스스로를 형편없는 사람으로 여기게 된다. 그 결과, 우리는 대신 탓할 사람을 찾는 편을 택하면서 책임을 지지 않으려고 한다. 그래서 물건에 대한 문제가 사람에 대한 문제로 바뀌는 것이다. 아내가 남편에게 우편함에 넣으라며 청구서를 탁자에 놔뒀다고 맹세하지만, 남편은 지지 않고 맹렬하게 맹세코 거기 없었다고 받아친다. 얼마 지나지 않아 둘 다 머리끝까지 화를 내고 만다. 주변에 혐의를 씌울 만한 용의자가 없을 때, 우리의 생각은 사라진 물건이 제 발로, 아니면 이런저런 오컬트적 마력에 결탁해 없어진 거라는 데 미치기도 한다. 말도 안 되는 소리로 들리겠지만, 우리는 대부분 이런 생각에 어느 정도 빠져 있는데, 보통은 거의 불가능에 가깝게 보이는 분실을 겪어봤기 때문이다. 아까까지 입고 있던 스웨터가 55.74제곱미터 아파트 안에서 어떻게 감쪽같이 사라졌지? 분명 우편함에서 꺼내온 기억이 있는 편지가 주방으로 찾으러 갔더니 왜 도통 보이질 않는 거지? 사라진 물건을 찾아서 시간을 쓸 만큼 쓰고 나면, 미신이라면 거들떠도 보지 않는 사람이더라도 고블린이며 외계인, 웜홀, 에테르처럼 희한한 범인들을 가지가지 떠올려보기 시작할 것이다.

어떤 물건의 행방이 묘연할 때, 우리가 사악하거나 신비로운 힘을 들먹이는 데는 이유가 있다. 그런 순간이면 이 세계가 관습적인 법칙에서 어긋난 것처럼 여겨져서다. 우리는 뭔가 잃어버리는 일을 몇 번이고 경험하면서도 그때마다 당혹스럽고 놀랍기만 하다. 세상이 돌아가는 방식에 어떤 균열이라도 생긴 것처럼 말이다. 스웨터나 편지를 찾을 수 없다는 사실이 불가해하게만 여겨진다. 스무 해 같이 산 아내가 어느 날 직장에서 돌아오더니 이혼을 요구한다거나, 젊고 건강한 삼촌이 간밤에 주무시다 돌아가셨다는 것처럼 상상조차 할 수 없는 일로 받아들여지는 것이다. 상실이 작건 크건, 이에 직면한 우리는 으레 강력한 불신의 감정으로 반응한다.

대단히 유혹적인 동시에 대단히 호도된 감정이기도 하다. 예컨대 최근 일어난 비극적인 사건을 생각해보자. 2014년 3월, 말레이시아항공 370편 비행기가 승객 239명을 태운 채로 구조 요청 없이, 화재나 폭발도 없이, 누구의 소행인지도 밝혀지지 않은 채로, 신뢰할 만한 목격자 하나 없이 충격적일 정도로 철저히 사라져버렸다. 게다가 1년 이상 잔해 한 조각 발견되지 않았다. 처음에는 이 비행기가 예정대로 쿠알라룸푸르에서 베이징으로 가는 항로 도중에 남중국해 어딘가 추락했을 거라고 추정됐다. 중국 정부가 격추했다거나 러시아가 납치해 카자흐스탄에 위치한 우주발사 기지로 우회하게 했다거나 하는 무모한 추측들이 여럿 오간 끝에, 수개월이 지나고서야 조사자들은 연료가 결국 바닥날 때까지 남쪽으로 향하다 인도양 외딴곳에 추락했을 가능성이 크다고 결론지었다.

이 이야기에 사로잡히는 동시에 몸서리쳐지게 두려움을 느낀 많은 사람처럼, 나 역시 이 모든 추측이 오가는 동안 우리의 초연결적이고 GPS로 감시되는 세상에서 상용 항공기처럼 거대하고 면밀하게 추적되고 관찰되는 무언가가 사라지는 일이 어떻게 가능한지 궁금하지 않을 수 없었다. 좁은 의미에서는, 믿을 수 없는 것이 너무도 당연했다. 항공계에서 말레이시아항공 370편에게 벌어진 사건은 극도로 변칙적인 예외였다. 지난 50년간 거의 10억 편에 달하는 항공기들이 오간 항로에서 조그만 상용 비행기 하나가 훌쩍 사라져버린 것이었다. 하지만 더 큰 세상을 놓고 보면 전혀 이례적이지 않다. 경험과 역사는 우리가 그 가치나 크기와 관계없이, 아무리 주도면밀하게 지켜보려고 안달복달하더라도 이 지상에서 잃어버리지 않을 수 없는 건 없다고 가르쳐왔기 때문이다. 그리고 두 눈을 똑똑히 뜨고 이 세계를 바라보는 것만으로도 우리는 이 사실을 알 수 있다. 착륙하기 전의 비행기가 고속도로 위를 낮게 지나가는 모습은 충분히 거대하기에, 그런 물체가 사라질 수 있다고 상상하기란 쉽지 않다. 하지만 이는 문제를 가늠하는 잘못된 해법이다. 우리와 비교하면 보잉777 항공기가 거대하게 보이겠지만, 인도양 대양저에는 같은 기종 항공기 1800억 대가 충분히 놓일 수 있다.

결국 이런 이유에서 어떤 상실은 그토록 충격적으로 여겨지는 것이리라. 현실을 거역해서가 아니라 드러내기 때문이다. 이런 상실은 우리에게 많은 걸 알려주는데, 그중 하나는 우리로 하여금 규모에 대한 감각을 정정하고, 세계를 있는 그대로 보게끔 하는 것이다. 잃어버릴 수 없을 만큼 큰 건 없을 정도로, 반대로 무엇을 잃어버리기에 너무 협소한 장소도 없을 정도로 이 세계는 너무나 신비롭고, 거대하며, 복잡하다. 잃어버린 결혼반지 하나 때문에 동네 공원의 소박한 지형도가 로키산맥으로 바뀔 수도 있다. 하이킹을 하다가 아이가 눈에 보이지 않으면 평화로운 개울과 숲이 무시무시한 황무지로 돌변하기도 한다. (상실과 밀접하게 관련되어 있는) 경외와 비탄처럼, 상실은 주변 환경과 우리의 크기를 단번에 변화시키는 힘을 갖고 있다. 무언가 중요한 것이 사라질 때, 우리는 그 어느 때보다 작아지고 이 세계는 그 어느 때보다도 광활해진다.

우리가 스스로를 중심에 두고 권한과 힘을 부여하는 감각을 교정하기란 이처럼 가혹해서 사소한 상실조차 받아들이기 힘들다. 무언가 잃는 일은 우리를 한없이 겸허해지게 한다. 상실은 우리에게 정신의 한계를 직시하도록 강제한다. 우리가 식당에 지갑을 두고 왔다는 사실을, 어디에 지갑을 흘렸는지 전혀 기억나지 않는다는 사실을. 상실은 의지의 한계를 직시하도록 강요한다.

우리가 사랑하는 대상을 시간과 변화의 가능성으로부터 지키기에 무력하다는 사실을. 무엇보다도 상실은 우리에게 존재의 한계를 직시하도록 강제한다. 거의 모든 것들이 언제고 사라지거나 소멸하리라는 사실을. 상실은 지금 여기 존재할 수 있었던 무언가가 한순간에 사라져버렸다는 당혹스럽고, 미칠 것 같고, 마음 아픈 사실을 통해 우리에게 이처럼 보편적인 일시성을 깨달아야만 한다고 반복적으로 요구한다.

나는 가끔 평생에 걸쳐 물건을 잘 잃어버리는 아버지의 습관이 연쇄적인 비극적 상실들로 형성된 당신의 어린 시절을 희가극적 형태로 보여주는 것이 아닌가 생각하고는 했다. 아버지가 성년이 된 모습은 충만하다는 단어로, 성격은 격정적이라는 단어로 특징지을 수 있을 텐데, 이렇게 보면 과연 그런 비극적인 사건들을 겪었는지 짐작되지 않겠지만, 아버지는 헤아릴 수 없는 상실들로 규정될 만한 역사의 한복판에 있던 가족과 문화권에서 태어났다. 지식과 정체성이 뿌리 뽑히고, 돈과 자원과 선택지가 사라졌으며, 집과 고향과 사람들을 모조리 상실했던 것이다.

큰 틀에서 보면 낯설지 않은 이야기다. 근대사에서 벌어졌던 가장 전면적이고 끔찍한 상실을 야기한 사건들 중 하나니까. 내 아버지의 어머니는 열한 명의 아이들 중 막내로 태어나 폴란드 중부 우치Łódź 외곽의 유대인 부락에서 성장했는데, 1930년대 후반 유럽 대륙 전체가 유대인들에게 위험해지던 와중에도 그곳은 유대인으로 살아가기 가장 위협적인 장소였다. 식구들이 다 같이 탈출하기에는 그 숫자가 너무 많고 또 너무 가난했기에, 할머니의 부모는 나로서는 감히 상상하기 어려운 두 사람만의 미적분학을 거쳐 막내를 안전한 곳으로 보내기로 결정했다. 그래서 아직 십 대였던 할머니는 그때까지 알고 있던 유일한 세계에서 4000여 킬로미터 떨어졌으며 여전히 팔레스타인 땅이었던 텔아비브에 살게 되었고, 상당히 연상이었던 유대계 폴란드인과 결혼했다.

오래 지나지 않아 내 아버지가 태어났다. 그로부터 얼마 안 되어 아버지는 아직 걸음마를 떼지도 않았을 무렵에 키부츠로 보내져 몇 년간 낯선 이들 사이에서 성장했다. 아버지가 그곳에 있는 동안, 그의 가족에게는 앞으로 많은 영향을 끼치게 될 중대한 상실이 두 번 일어났다. 먼저 그의 친부가 사망했고, 어머니는 재혼했다. 이 사실을 아버지는 20년이 훌쩍 지난 후에야 당신이 결혼하던 날 밤에 알게 되었다. 두 번째는 폴란드에 남았던 할머니의 가족 전부가 아우슈비츠로 끌려간 것이었다. 할머니의 부모는 거기서 사망했고, 열 명의 형제 중 아홉 명도 마찬가지였다. 1945년 1월 27일, 수용소가 해방되었을 때 제일 맏이였던 내 고모할머니 에지아만이 살아서 걸어 나왔다. 이런 사실이 언제, 혹은 어떻게 할머니에게 전달되었는지, 텔아비브까지 이름별로 하나씩 도착했을 나머지 소식들을 할머니가 어떻게 알게 되었는지 나로서는 알지 못한다. 할머니가 우치를 떠날 때 그곳에는 거의 25만 명의 유대인들이 거주하고 있었다. 그리고 고작 9000여 명 정도만이 전쟁에서 살아남았다. 몇 년이 지나 아버지가 키부츠에서 돌아왔을 때, 그의 가족은 한 번은 죽음과 재혼으로, 또 한 번은 거의 한 세대가 통째로 사라져버린 대학살이 야기한 감정들과 현실적인 조건들로 인해 두 번 재구성된 상태였다. 조부모와 숙모, 숙부, 사촌, 친구, 이웃 할 것 없이 모두 도륙되었고, 그의 어머니가 느끼는 상실감은 형언할 수 없는 것이었다.

텔아비브는 전쟁에서 버텨내기에 상대적으로 나쁘지 않은 곳이었지만 전쟁의 여파를 살아내기에 딱히 장점도 없었다. 중동 지역의 미래를 종잡을 수 없는 와중에 도시는 급속도로 위험해졌다. 어느 날 아침, 아버지의 친구가 아파트 밖 도로에서 놀다가 길 잃은 총탄에 맞아 목숨을 잃었다. 상황이 악화일로로 치닫는 와중에 자리를 잡은 이후로 한 번도 형편이 좋아진 적 없던 아버지의 가족은 근근이 고투하며 살아가고 있었다. 할아버지는 배관공이었지만 일거리가 드문드문했고, 할아버지와 할머니 사이에는 먹여 살려야 할 아들이 둘이나 더 있었다. UN이 팔레스타인에서 완전히 새로운 나라를 분할하기 석 달 전이었던 1948년 2월, 할아버지와 할머니는 그곳에서 아이를 키우려고 해볼 만한 건 다 해봤다고 결론지었다. 그렇게 해서 그들은 허름한 소지품들을 챙겨 이스라엘 정부가 들어서기 직전인 도시를 떠나 근대 유대인 역사에서 가장 예상을 벗어난 경로를 통해 독일로 이주했다.

당연히 그게 첫 번째 선택지는 아니었다. 할아버지와 할머니는 전쟁이 끝나고 미국 비자를 신청했지만, 집이라 부를 수 있는 장소를 필요로 하는 난민들이 1100만여 명이었던 데 비해 비자를 받을 수 있는 사람들은 소수에 불과했다. 날로 위험이 피부에 와 닿고 재정적으로 궁핍해지는 상황에서 무한정 기다릴 여유가 없었다. 그래서 할아버지는 전후 독일 암시장에서 괜찮은 벌이를 할 수 있다는 소문에 귀를 기울였다. 종교에 대한 믿음이나 시오니스트적 충동도 없었던 할아버지는 이전까지 제3제국이었던 나라의 법령에 수그리고 들어가는 데에도 거리낌이 없었다. 오직 가족에게만, 생존에만 충실할 따름이었다. 그들에게는 독일에서 생활이 가능한 한, 당시 다른 방향으로 밀려가고 있던 거대한 역사적 흐름에는 관심이 없었다. 그들은 독일로 갈 것이었다.

위험천만한 여정이었다. 직전에 합류를 결정한 삼촌 한 사람과 함께 텔아비브에서 유럽행 배가 있는 하이파까지 차로 이동해야 했다. 거리상으로는 96.5킬로미터에 불과했지만 곳곳에 위험이 도사리고 있었다. 당시 팔레스타인에서는 아랍 민족주의자들과 유대 시오니스트들 사이에 내전이 벌어지고 있었는데, 봉쇄며 폭격, 매복, 지뢰, 저격수의 총격이 날마다 잦아지고 있었다. 그 길을 가던 도중, 앞 좌석에 있던 삼촌이 총에 맞았다. 일곱 살이었던 내 아버지는 뒷좌석에서 서서히 죽어가는 삼촌을 보고만 있어야 했다. 훗날 아버지가 평소 늘어놓던 수다는 항상 이날의 비극으로 향하고는 했다. 트라우마가 오래 지속되어서인지, 아니면 자기 아이들을 지키려는 본능에서였는지 모르겠지만, 아버지는 순전히 전기적 사실을 그대로, 장식 없이 회고하고는 했다. 나는 그저 아버지의 가족이 다른 선택지가 하나도 없었기에 멈추지 않고 하이파로 가서 그곳에 시신을 남겨두고 배를 타고 제노바로 가서 독일로 향했다는 것만 알고 있다.

그들은 슈바르츠발트의 작은 마을에서 몇 년을 머물렀다. 아버지는 숲에서 놀고, 강에서 수영을 배우고, 픽스라는 이름의 덩치 큰 목양견과 친구가 되었다. 아버지는 학교에서 독일어를 완벽히 익혔는데, 그 언어로 처음 읽은 책이 『유괴』와 『보물섬』이었다. 선생들은 종교 수업이 있는 오후마다 아버지를 복도로 내보내 혼자 앉아 있게 했다. 저녁이나 주말이면 할아버지는 아버지를 오토바이 사이드카에 태워 방방곡곡을 돌아다녔다. 아버지는 라이카 카메라 더미와 미국산 밀수 담배 위에 눈이 초롱초롱하고 사랑스러운 미끼처럼 앉아 있었다. 생활은 즐거웠지만 위태롭기도 했다. 아버지는 성장할수록 가족이 곤경에 처해 있다는 걸 잘 알게 되었다. 그의 부모는 마룻바닥 밑이나 커튼 봉 속에 돈을 말아서 숨겨놓았고, 아이들이 듣지 못하도록 주의하며 일촉즉발이었던 상황이나 대치가 벌어졌던 일을, 당국이 밀수업자들을 엄중 단속할 예정이라거나 혹은 어디서 어떤 규모로 단속이 벌어졌는지를 이야기했다. 시간이 흐르면서 아버지의 운명이 비자 혹은 경찰 둘 중에서 무엇이 빨리 오는지에 달려 있다는 게 분명해졌다.

다행히도 비자가 먼저 도착했다. 1952년, 나의 할아버지와 할머니는 아이들을 데리고 브레멘으로 가서 미국행 배에 올랐다. 아버지는 육지가 시야에서 멀어지기도 전에 토하기 시작했는데, 발밑 바다가 요동치지 않았더라도 충분히 불안했을 것이라는 생각이 든다. 당시 아버지는 엘리자베스 비숍과 마찬가지로 두 도시와 하나의 대륙을 잃었고, 그의 가족이었던 사람들을 거의 전부 잃은 상태였다. 키부츠와 교전 지역, 중동과 유럽, 이스라엘을 만들어낸 티오르는 용광로와 제3제국의 꺼져가는 잉걸불 속에서 살아온 아버지는 아직 열두 살도 채 되지 않은 나이였다. 항해하는 내내 아버지는 삼등칸 침상에서 보냈는데, 항해 중인 동시에 극도로 혼란스러웠고, 끔찍하게 아팠다. 부모에게서 항구에 접근하고 있다는 말을 들었을 때에야 아버지는 간신히 갑판으로 올라가서 풍경을 바라보았다. 햇빛과 바람 속으로 기우뚱 실려 가는데, 맨해튼의 좁은 물줄기가 내려오는 곳에 자유의 여신상이 서 있었던 것이 아버지가 갖게 된 미국에서의 삶의 첫 번째 기억이었다.

아버지가 뉴욕 항구에 도착하던 날에 자신의 삶에서 가장 힘들었던 시기가 대부분 끝났다는 걸 알았을 성싶지는 않다. 하지만 아버지는 다른 형태의, 말하자면 이민자와 난민 들이 새로운 장소에서 가정을 꾸릴 때 자주 겪는, 자기 자신과 과거 사이의 틈을 확 벌리는 유형의 상실을 경험하고 있다고 직관적으로 느꼈으리라 생각한다. 아버지의 제1언어이자 가족 내에서 사용했던 이디시어와 폴란드어의 혼종어creole는 직계가족들이 당신보다 일찍 세상으로 떠나거나 흩어지면서 증발해버렸다. 아버지는 떠나온 땅을 50년이 지나서야 평생 딱 한 번 다시 볼 수 있었다. 아버지와 같은 처지의 난민이었던 레바논 출신 친구와 마지막으로 나누었던 대화 중 하나는, 망명을 일종의 상실로 정의하며 그 상실이 너무나 깊은 탓에 미래의 모든 성취가 흐려진다는 에드워드 사이드의 언급에 대한 것이었다. 아버지로서는 꾸준히 지속되는 행복을 포함해, 잃어버린 만큼 많은 걸 발견했던 분이었으므로 이 의견에 완전히 동의할 수 없었다. 하지만 아버지는 동화assimilation의 대가를, 인생에서 가장 은밀한 상실의 형태 중 하나를, 결코 되찾을 수 없을 고향을 향한 변하지 않는 갈망만큼이나 마음속 깊이 잘 알고 있었다.

어쨌거나 내가 태어났을 무렵 아버지가 어린 시절 겪었던 평지풍파가 머나먼 얘기처럼 보이게 되었다는 건 당신이 미국이라는 나라에서 스스로 삶을 일구었다는 증거이기도 했다. 아버지 가족은 미국에 도착해 디트로이트에 자리를 잡았고, 아버지는 지역 공립 고등학교에 다니며 물이 줄줄 새는 지하실에서 미국 귀화 수업을 수강했다. 하지만 아버지는 혼자만의 시간 동안 진정한 미국 사람이 되어갔는데, 일부는 동네 전자기기 상점 창가에 놓인 텔레비전에서 온종일 카우보이 쇼를 틀어주던 동네 골목에서 이루어졌지만, 대부분은 디트로이트 빈민가 놀이터였던 인근 비좁은 골목길에서 이루어졌다. 아버지는 일흔을 훌쩍 넘긴 나이에도 당신이 사랑했던 골목들, 다른 사람들이 내다 버린 쓰레기더미에서 재미있는 것들을 많이도 찾아냈던 일, 높고 좁은 벽 사이에서 핸드볼을 하며 놀기가 얼마나 안성맞춤이었는지에 대해 열정적으로 이야기하고는 했다. 한데 이런 장소는 무엇보다도 가족들이 지내던 좁고 갑갑한 아파트에서 부모님이 싸울 때마다 아버지가 찾아가던 장소였다. 싸움의 빈도와 정도가 늘어나고 증오가 더해갈수록, 당시 열세 살이었던 아버지가 집에 머무르던 시간은 점차 줄어들었다.

말썽은 아버지가 직접 발견한 것들 중 하나였다. 아버지는 그해 처음으로 욕실에서 당신 아버지의 폴몰 담배 한 대를 슬쩍해 피웠고, 몇 주 지나기도 전에 하루에 한 갑을 피우게 되었다. (아버지는 어머니가 임신한 이후 연초를 파이프담배로 바꿔 오랫동안 피웠다. 나는 파이프담배의 냄새며 폭폭폭 나던 조용한 소리, 팔목에 팔찌처럼 두를 수 있었던 길고 보송보송한 닦개를 포함한 모든 걸 좋아했지만, 결국 흡연의 위험에 눈을 뜨게 된 언니와 내가 성공적으로 로비를 벌인 끝에 아버지는 담배를 끊었다.) 그리고 동네 술집 주인 아들로 입담이 좋고 두뇌 회전이 빠른 리 라슨이라는 꼬마와 가장 친한 친구가 되었고, 둘은 함께 질 낮은 비행에 빠져들었다. 아버지가 인생이 올바른 쪽으로 방향을 틀고 수십 년이 지난 후에도 당신과 리 라슨이 다른 몇몇 친구들과 함께 디트로이트 사방팔방을 돌며 몇 달에 걸쳐 안전 고깔을 하나씩 훔쳐, 러시아워가 한창인 시간에 언덕 위에 앉아 자신들이 만들어낸 거대하지만 존재하지 않는 도로 공사 현장을 피하느라 느릿느릿 기어가다시피 하는 통근 차량들을 지켜보던 얘기를 할 때면 목소리에서 애정이 듬뿍 묻어났다.

하지만 그런 장난스러운 수작질들은 대개 부수적인, 자신의 방식대로 세상과 처음 마주할 때의 전율에 따라오는 부작용이었다. 아버지는 시리얼 상자 뚜껑을 많이 모아 타이거스 경기 입장권과 바꿀 수 있게 되자 어느 화창한 날 혼자 브릭스 야구장에 갔다가 곧장 야구와 사랑에 빠졌다. 야구는 이후 영원히 아버지에게 마치 열세 살 때로 거슬러 올라가는 듯한 자유를 느끼게 해주었다. 아버지는 다른 의미로 자유(free, 무료)였던 공공도서관도 찾았다. 그곳은 집이라는 일상에서 벗어나기에 최적의 장소였다. 아버지는 이내 날마다 학교를 마치고 도서관 문 닫는 시간까지 고요함 속에서 독서를 즐기며 대부분의 시간을 보내게 되었다. 교회에도 나갔다. 지역 라디오 방송국에서 일요일 아침마다 목사의 딸과 가스펠 합창단이 함께 노래하는 걸 들으러 오라며 청취자들을 꾀는 광고를 반복해서 듣던 아버지와 리 라슨이 마침내 그 요청에 귀를 기울이게 되었고, 둘은 버스를 타고 뉴 베델 침례교회로 갔다. 거기서 금발 꼬마와 안경잡이 유대인 꼬마 둘이서 난생처음으로 어리사 프랭클린 노래를 한바탕 듣게 되었다.

이 모든 일들이 벌어지는 와중에도 아버지는 학교에서 탁월한 성적을 거두었다. 미국에 정착하고 5년이 지난 1958년에 아버지는 졸업생 대표로 연설했다. 하지만 동창 중 대학에 진학할 예정이었던 이들은 매우 드물었고, 아버지의 부모는 미국 고등교육에 대해 아는 바가 전무했다. 마침 누군가 공과대학에만 공석이 있었던 미시간 대학교에 지원해보라고 제안했다. 아버지는 대학에 입학했고, 견딜 수 없었고, 한 학기 만에 낙제하고 말았다. 이듬해 아버지는 다시 대학에 들어가기로 했다. 이번에는 인문대학이었는데, 사고로 기숙사 방에 불을 내기 전까지는 괜찮았지만 불을 내면서 두 번째로 퇴학을 당했다. 아버지가 마침내 대학 졸업장을 받기까지는 맨해튼에서 소다수 가게 점원으로 일하기도 하고, 일리노이 중고 옷가게에서 판매직을 맡기도 하고, 지역 징병위원회에서 영장이 나왔는데 운 좋게도 막바지에 부대가 바뀌어 베트남 대신 한국으로 소집되는 일 등을 거치며 오랜 시간이 걸렸다. 아버지는 부대 배치 직전 어머니를 만났고, 아버지가 제대한 뒤 두 분은 결혼하셨다. 그 후 아버지는 드디어 대학을 졸업하고 로스쿨에 입학한 뒤 클리블랜드에 정착해 일을 시작하며 가족을 꾸렸다. 아버지에게 세상이 좀 더 친절했더라면, 아버지가 초년에 더 희망적이고 경제적 불안정을 덜 두려워했더라면 자신에게 주어진 선택지가 덜 제한적이라고 느꼈을 것이다. 내 생각에는 그랬더라면 아버지는 전혀 다른 계통의 직업을 선택했을 것 같다. 어쩌면 언니처럼 교수가 되거나, 나처럼 작가가 되었을 것 같다. 하지만 아버지가 이런 데서 상실감을 느낀 적이 있는지 내색한 적은 없다. 아버지는 법을 좋아했고, 가족을 사랑했으며, 딸들에게 당신이 누린 것보다 훨씬 안전하고 행복한 어린 시절을 제공할 수 있다는 것을 자랑스러워했다.

부모라면 보통 자식들에게 이런 삶을 꾸려주기 위해 무엇이든 할 것이다. 그래서 나의 조부모는 교전 지역을 통과하고, 체포될 위험을 무릅쓰고, 4년 동안 두 번이나 자신들이 아는 전부를 내던지고 낯선 나라로 향하는 배에 올랐던 것이고, 그래서 나의 증조부모는 다시는 볼 수 없다는 사실을 절절하게 알고 있으면서도 막내딸을 머나먼 세상으로, 새로운 집으로 보냈던 것이리라. 내가 오늘 살아 있는 까닭은 이처럼 두 세대가 이어질 수 있어서다. 그럼에도 불구하고 나는 이런 성과가, 여느 다른 성과들과 마찬가지로 취약하고 조건부라는 걸 알고 있다. 경험은 우리에게 안위나 안정감, 행복이나 기회처럼 부모가 아이들을 위해 추구하는 모든 것들이 공정하게 분배되지 않으며 영구한 조건도 아니라는 걸 가르쳐준다. 처음부터 이것들을 갖는 행운을 누리더라도 쉽게 잃어버릴 수 있다. 우리를 능가하는 강력한 힘, 때로는 국민 전체나 국가보다 강력한 힘에 의해 한순간 쓸려가 버릴 수 있는 것이다. 전쟁이나 기근, 집단학살, 전염병, 지진, 쓰나미, 허리케인, 대규모 총기 난사, 대규모 기아, 대규모 경제적 파국처럼 파괴적인 상황들이 다종다양하게 주기적으로 공동체를, 때로는 나라 전체를, 아버지의 초년 시절과 우리가 맞이한 이 시대에 그러한 것처럼 가끔, 그리고 처절하게 휩쓸고 지나간다.

이런 유형의 상실은 다른 형태의 상실을 비교적 사소하게 보이게끔 한다. 분명 무엇이 중대하고 무엇이 사소한가에 대한 감각은, 그저 재앙이라고만 부를 수 없을 만큼 강력한 재앙을 겪은 후에 더 날카로워진다. 마치 파국 이후에 도덕적으로, 감정적으로 명료해지는 것처럼. 이런 견해에 따르면 우리는 고통을 안겨주는 상실을 수없이 목격한 끝에 삶에서 무엇이 정말로 중요한지 이해하게 되고, 다른 사소한 걱정은 하지 않게 된다. 엘리자베스 비숍의 논리와는 정반대로, 우리가 겪는 가장 커다란 상실은 작은 상실들을 긴 안목으로 바라보며 대처할 수 있게 해준다는 견해다.

일견 매력적인 의견일 수밖에 없다. 하지만 면밀히 들여다보면 사소한 상실이 주요한 상실을 받아들일 준비를 하게 해준다는 비숍의 주장보다 더 받아들이기 쉬운 것도 아니다. 많은 사람들이 심각한 상실에 노출된 이후에 그나마 다행이었던 점들을 떠올려보는 법을 알게 되며, 작은 절망에 빠져들지 않는 법을 배운다는 건 사실이다. 한 예로 무엇을 챙기고 무엇을 떠나보낼지 늘 잘 알았던 아버지는 보통 자잘한 것들 때문에 전전긍긍하는 법이 없었다. 하지만 이런 태도가 어느 정도까지 성격이고 어느 정도까지 환경과 관련 있는지 어떻게 알 수 있겠나? 나의 할머니가 삶에서 중요한 모든 것들에 대해 새로이 감사하는 마음으로 2차 세계대전의 공포에서 벗어난 건 분명 아니다. 할머니는 삶에서 중요한 거의 전부를 **강탈당한** 채로 2차 세계대전을 빠져나왔다. 상황이 좋았다면 달라졌을지도 모를 자신의 모습을 포함해서. 할머니를 만났을 때, 그분은 변덕스럽고 불행했으며 아무도 굳게 잠긴 그 내면을 들여다볼 수 없었다. 당연히 그런 면모는 일부 성격에서 기인했을 것이다. 그렇더라도 트라우마가 전반적으로 미치는 영향을 고려할 때, 그것이 우리에게 궁극적으로 더 좋은 쪽으로 작용한다고 상상하는 건 이상하고 다소 잔인한 일이다.

우리 스스로도 우리 자신의 삶을 그런 관점으로 대하지 않는다. 물론 우리는 대부분 가장 힘겨운 상실에서도 의미를 건지려고 할 수 있는 걸 하고, 어떤 사람들은 정말로 그렇게 생각해서든 그저 위로하려고 하는 말이든, 고통이 인격을 빚어낸다고 말하기도 한다. 그러나 부모들이 정말로 상실을 통해 삶이 개선되었으며 더 나은 인간이 되었다고 믿는다면 아이들이 상실을 경험하지 않도록 그렇게 힘들게 노력하지 않을 것이다. 하지만 세대를 거듭할수록 대부분의 부모들이 그런 노력을 한다. 문제는 그 노력이 성공하는 데에는 한계가 있다는 것이다. 경제적으로 풍요롭다면 특정한 형태의 어려움을 막을 수는 있고, 넉넉한 사랑과 지원을 받는 경우라면 삶에서 피할 수 없는 고난에 더 잘 직면할 준비를 할 수 있을지도 모른다. 하지만 준비가 되었다고 해서 피할 수 있는 건 아니다. 부모는 자식을 상실에서 영원히 지켜줄 수 없을 것이다. 가장 끔찍한 비극이 일어나지 않고서야 부모를 앞서는 자식은 없기 때문이다.

우리가 잃어버리고 다시는 찾을 수 없는 것들은 어떻게 될까? 당연하게도 저마다 다른 상황에 처한다. 잃어버린 장갑 한 짝이 정원 한구석에서 눈에 띄지 않게 썩어가고, 전철역에 몇 달 동안 처박혀 있던 핸드백이 중고품 가게에 기부된다. 전화번호가 적힌 종잇조각이 2월의 보도 진창에서 흐물흐물해지고, 실종된 비행기 잔해가 해수면 6000미터 아래 잠겨 인간의 눈으로는 그 누구도 본 적 없는 피조물들의 방문을 때때로 받는다.

사라진 것들을 전부 한데 모으려고 애쓰는 건 인간의 마음이 오랫동안 지녀온 별난 습관이다. 우리는 소유물이 사라진 이유를 설명하려고 가공의 범인을 꾸며내는 데 그치지 않고, 그것을 찾으러 갈 수 있는 목적지를 창안한다. 나는 어린 시절에 그런 장소 중 한 곳을 처음 만났는데, 훨씬 더 유명한 다른 소설 속 장소의 먼 친척 같은 곳으로, L. 프랭크 바움L. Frank Baum의 『즐거운 나라의 도트와 토트*Dot and Tot of Merryland*』에서 우연히 마주친 장소다. 이 책에서 두 아이는 보트에 올라 물살에 휩쓸려 오즈의 나라를 떠나 사막을 건너 마법 왕국으로 간다. 이 왕국에는 일곱 계곡이 있는데, 아기와 광대들, 사탕, 아기고양이가 가득한 계곡 대부분은 즐거운 탐험지다. 하지만 마지막 계곡은 고요하고 기이하며, 사람이라고는 찾아볼 수 없고, 강둑에서 지평선까지 모자며 손수건, 단추, 외투, 수첩, 신발, 인형, 장난감, 반지 따위의 온갖 잡동사니들이 널려 있다. 도트가 어리둥절한 얼굴로 주변을 살피는데 즐거운 나라의 여왕이 이렇게 말한다. "여기는 잃어버린 물건들의 계곡이니라."

여러 이름으로 불렸지만, 여하간 잃어버린 물건들의 계곡은 우리의 집단적 상상력을 오랫동안 매혹했다. 500여 년 전 르네상스 시대의 위대한 이탈리아 작가 루도비코 아리오스토Ludovico Ariosto는 그중 하나를 샤를마뉴 대제 휘하에서 십자군 전쟁에 나선 유명한 기사에 관한 서사시 『광란의 오를란도』에서 불러낸다. 이 작품에서 오를란도는 적수에게 사랑하던 여인을 잃고는 미치광이가 되고 만다. 다른 기사가 도움을 주려고 예언자와 상의하자, 예언자는 그들이 달로 여행을 가야 한다고 말한다. "경이로운 보고인 달에는 우리가 그 아래 지상에서 잃어버린 모든 것이 있다네." 그들은 (전차를 타고) 같이 달에 가서 모자나 신발, 손수건 따위가 아닌 잃어버린 운, 잃어버린 명성, 잃어버린 사랑, 잃어버린 평판, 잃어버린 왕국, 그리고 잃어버린 넋을 발견한다. 넋들은 각기 마개로 막아둔 유리병에 담겨 있었는데, 그중 하나에는 "오를란도의 기지"라는 표찰이 붙어 있었다.

잃어버린 물건들의 계곡은 자서전에서부터 과학소설까지 오랫동안 형태를 바꾸어가며 수없이 등장해왔다. P. L. 트래버스P. L. Travers는 『이웃집의 메리 포핀스*Mary Poppins and the House Next Door*』에서 지구에서 사라진 모든 물건들이 달로 간다는 아이디어를 다시 불러낸다. 이번에는 잃어버린 물건들이 집에서 쓰는 일상용품들이다. (최근 만들어진 영화판 「메리 포핀스」에서는 이런 아이디어에 실존적이면서도 애절한 측면을 더했는데, 어머니의 죽음으로 슬픔에 잠긴 어린 주인공이 어머니가 "잃어버린 물건들이 도달하는 장소인" 달의 머나먼 저편에 거주하게 되었다고 믿는다.) 설정을 달리해 반복되는 것도 있다. 20세기 초 회의주의자로, 설명할 수 없는 자연 현상을 연구했던 찰스 포트Charles Fort는 도도새와 모아, 익룡을 비롯해 멸종된 온갖 동물들을 포함해 우리가 잃어버린 모든 것들이 빠져 들어가는 "슈퍼 사르가소 바다"가 이 지구가 아닌 그 위 어딘가, 혹은 평행하는 차원에 있다고 가정했다.

이처럼 상상 속 목적지가 오랫동안 호소력을 발휘해온 까닭은 그것이 일부 우리가 실제 생활에서 물건을 잃어버리는 경험에 부합하기 때문이다. 우리는 뭘 찾을 수 없을 때마다 쉬이 그 물건이 어딘가로 가버렸다는 느낌을 받는다. 흥미로운 건, 우리는 물건들이 원래 소유주를 찾아갈 수 없다면 우리가 잃어버린 물건들이 중유(티벳 불교에서 죽음과 환생 사이의 상태)에 존재하는 영혼들이나 가족 모임에서 만난 먼 친척들처럼 반드시 한데 모여 서로를 발견해야 한다고 여긴다는 점이다. 우리가 잃어버리는 물건들은 그 위치를 알 수 없다는 점으로 특징 지어진다. 이 물건들에 위치를 부여하는 건 얼마나 영리하고 만족스러운 일일까. 그런 잃어버린 물건들의 장소를 거닐고 있다고 생각해보면 황홀하기 그지없다. 최악의 상실들에 갉히고, 서로 거의 똑같은 물건들의 무더기에 겸허해지며, 한때 소유했던 무언가를 발견한 우리는 기쁨을 느끼는 동시에 얼마나 넓은 범위의 물건들을 잃어버릴 수 있는지에 압도당한다.

이것이 잃어버린 물건들의 계곡에서 가장 매혹적인 측면일 것이다. 여기서는 내용물이 뒤죽박죽 섞인 상자를 바닥에 쏟을 때처럼 상실이라는 범주가 얼마나 이상한지가 가시적으로 드러난다. 내 마음속 그곳은 에드워드 고리Edward Gorey의 그림처럼, 펜으로 그린 듯 만화적이고 울적하며 어둡다. 흐느적거리는 옷자락이 애절하게 펄럭거리고, 우산들이 동면 중인 박쥐들처럼 무더기로 쌓여 있고, 주머니늑대가 헤밍웨이의 마지막 소설을 입에 물고 슬그머니 사라지고, 어밀리아 에어하트의 비행기 록히드 엘렉트라가 지상을 향해 기울어져 있고, 글로 적히지 않은 채 새벽녘 사라져 버린 한밤의 상념이라는 유령들로 주변 공기가 가득하다. 신발부터 넋을 지나 익룡에 이르는, 분류학상으로 터무니없는 인구 구성이 이 장소를 그토록 매력적으로 만든다. 그 내용물은 오로지 '잃어버린 것'이라는 단 하나의 공통된 특성에 근거한 통일성과 의미를 갖는다. 마치 '미국인'이라는 방대한 유형의 국적처럼.

잃어버린 물건들의 계곡이 이처럼 매력적임에도 불구하고 그 핵심에는 우울감이 있다. 우리가 사랑하는 물건들이 그곳에 유배되었는데, 정작 우리 자신이 그곳으로부터 유배되어 있는 데서 오는 우울감이다. 잃어버린 물건들의 계곡들은 어떤 형태건 공통적인 특징이 있다. 그중 하나는 정상적인 상황이라면 인간들이 그곳에 접근할 수 없다는 점이다. 오로지 예언자나 메리 포핀스만이 우리를 달나라의 분실물 창고로 데려갈 수 있다. 토트는 자신과 도트가 평소와는 달리 잃어버린 물건들의 계곡을 탐험할 수 있도록 허락된 이유를 곧바로 알아차린다. "왜냐하면 우리도 길을 잃었으니까." 이렇게 보면 도트와 토트, 두 아이는 도로시나 양철 나무꾼보다는, 대부분의 필멸자들과 달리 잠시 명부로 출입하는 것이 허락되었던 오르페우스나 단테와 더 밀접한 관련이 있다. 잃어버린 물건들의 계곡과 지저세계는 이들처럼 밀접하게 관련되어 있다. 우리가 사랑했으나 잃어버린 물건들, 그리고 사랑했으나 잃어버린 사람들의 관계와 마찬가지로. 우리는 그들에게 내세를 내어

준다. 최소한 이 세계에서는 우리가 그들을 다시는 볼 수 없으리라는 달콤씁쓸한 깨달음으로.

아버지의 죽음은 예고된 것이었다. 그전부터 거의 10년 동안 건강이 좋지 않았는데, 그것도 상당히 그러했다. 아버지는 동상 지속적인 노화로 생겨나는 많은 증상들(고혈압, 고콜레스테롤, 신장질환, 울혈성 심부전)로 받은 고통과 더불어 나이와 시대에 일반적이지 않은 질병들도 견뎌야 했다. 바이러스성 수막염과 웨스트나일 뇌염, 그리고 클리블랜드 병원에서 가장 뛰어난 의사들도 좀처럼 정체를 파악할 수 없었던 자가면역질환이 그것이었다. 질병의 목록은 여기서부터 생리학적 측면에서건 심각한 정도에서건 범위를 가리지 않고 뻗어 나갔다. 아버지는 어머니와 휴가를 보내던 도중에 넘어지는 바람에 어깨를 회복하기 어려울 정도로 다쳤고, 7월 4일 독립기념일에는 친구네 집 뒤뜰 테라스 계단을 헛디뎌 무릎 인대를 못 쓰게 되었다. 딱히 호흡기 문제가 없었는데도 종종 숨 쉬기를 힘들어했고, 목의 신경이 잘못되었는지 간헐적으로 극심한 통증이 일어나 거의 일시적으로 마비 상태에 빠지기도 했다. 어렸을 때 그러했듯 빈곤 계층 아동처럼 치아 문제도 심각했고, 나중에 그러했듯 귀족적인 노인처럼 통풍도 있었다.

이 모든 어려움에도 불구하고, 아버지는 대부분 노년이면 많은 사람이 크게 상실하는 것 중 하나인 지적 능력을 대부분 보전하고 있었다. 한 번의 예외만 빼고. 두세 해 이어진 기이하고 무시무시한 이 저주는, 보통은 그렇지 않지만, 우리에게는 다행스럽게도 되돌릴 수 있었다. 아버지가 더욱 노쇠해지던 무렵에 벌어진 일이었다. 처음으로 자가면역질환이 나타나 심각한 응급 상황이 연쇄적으로 발생해 심장전문의, 신장전문의, 면역전문의, 종양전문의, 감염병전문의 등 의사들 한 팀이 통째로 호출되어 정확한 진단이 나오게 하려고 애쓸 때였다. 진단을 내릴 수 없었던 그들은 증상을 완화하는 데만 신경을 썼고, 이런 상황이면 으레 그렇듯 한없이 긴 약 처방이 이어졌다. 즉각적인 증상을 다루는 약, 부작용 초래를 다루는 약, 부작용을 막는 약이 야기할지도 모를 부작용을 다루는 약. 돌이켜보면 이것들이 전부 그 자체로 심각한 위기를 초래했으리라 생각되지만, 당시에는 다른 문제에 집중하기에는 병 그 자체가 너무나 걱정스러웠고 또 한편으로는 두 번째 위기를 알게 되기까지는 시간이 걸렸으므로 그런 생각을 하지 못했다. 여덟 달에서 아홉 달쯤 지나자 어머니와 언니, 그리고 나는 처음에는 조용히, 다음에는 공공연히 아버지의 머릿속에서 벌어지고 있는 일을 걱정하기 시작했다.

초기에 나타난 변화는 점진적이었다. 초반에는 기억에 공백이 생기는 일은 드물었고, 딱히 두드러지지도 않았다. 야간 수면 시간이 증가했던 아버지는 낮에도 꾸벅꾸벅 졸고는 했는데, 여느 때라면 더욱 활기찼을 가족 모임 때도 그러했다. 이야기를 나누는 도중에 간혹 납득되지 않는 방향에서 말을 뚝 끊었고, 남은 가족들은 아버지의 이상한 말들을 그럴듯하게 엮어보려고, 거기서 탈출해 어딘가 빛이 비추는 방향을 보려고 애를 썼다. 누가 봐도 앞뒤가 안 맞는 순간들에 직면해서도 고집스럽게 낙관을 강조했던 나는 식구들 중에서 가장 죄책감을 느꼈다.

결과적으로 이런 순간들이 규칙적으로 나타나기 시작하면서 정상적인 노화로 수수방관 받아들이기에는 너무 걱정스러워졌다. 아버지가 형편없는 길치로 유명했다는 사실조차 30년간 출근할 때마다 왕복했던, 집에서 세 블록 떨어져 있을 뿐인 역에 내렸던 어느 날 저녁을 상쇄할 수는 없었다. 아버지는 어떻게 집까지 왔는지 기억하지 못했다. 다른 데서도 마찬가지였다. 아버지는 공간과 시간 속에서 자신의 궤적을 따라잡지 못하게 되었다. 아버지는 이야기를 나누던 도중 연도가 어떻게 되는지, 당신이 클리블랜드에 있는지, 아니면 보스턴인지, 이탈리아인지, 이스라엘인지 갈피를 못 잡는 일이 많아졌다. 마침내 사실과 직면할 수밖에 없게 해준, 전적으로 이해할 수 없었던 한 통의 전화를 받았던 날이 똑똑히 기억이 난다. 내가 아는 사람들 가운데 가장 경탄할 만한 이의 지성이 약화하고 있으며, 여러 결정적인 면에서 이미 사라져버렸다는 것을. 사랑하는 이의 인지 능력이 몰락하는 모습을 본 사람이라면 그날 밤 내가 맞이했던 것과 같은 경험을 했으리라. 그날 밤, 나는 처음으로 아버지로 인한 커다란 슬픔에 잠겼다.

결국 과학자인 언니가 종합적인 추측을 내놓았다. 어느 날, 입원 중이었던 아버지가 유달리 걱정될 정도로 정신이 혼미해진 일이 있었고, 언니는 의사에게 전화를 걸어 아버지의 목숨을 살리는 데 하등 쓸모가 없는 약을 전부 더는 투약하지 말라고 전했다. 앞으로 아무리 오래 산다 해도 그 후로 나타난 변화처럼 믿기 어려운 일은 못 볼 것 같다. 아버지는 병원에서 풀려나던 날 밤, 비행기를 타고 와서 나와 언니와 함께 새벽 2시까지 깨어 있었다. 이탈리아 무정부주의의 기원과 헌법에서 통상조항의 역할, 『황폐한 집』의 가족관계도, 의식의 본성에 대한 서로 다른 철학자들의 경합하는 입장에 대한 이야기를 하면서. 다음 날 아버지는 일찌감치 활기차게 잠에서 깨어나 우리와 함께 네 살배기 손녀에게 썰매를 태워주러 외출했다.

출처를 알 수는 없지만 한 인간을 행복하게 하는 법에 대한 오래된 말이 있다. 먼저 그이의 당나귀를 뺏어라. 그리고 돌려줘라. 이런 비유에 아버지가 웃을 것 같다는 것 말고는 당나귀에 대해 아무것도 모르는 나지만, 영구히 잃어버렸다고 생각했던 귀중한 무엇과 재회하고 있다는 느낌보다 환상적인 건 이 세상에 존재하지 않는다고 단언할 수 있다. 아버지가 예전 모습의 절반 정도만이라도 보여주는 걸 본 지 2년이 훌쩍 지나 있었고, 다시는 내가 늘 알던 그 사람으로 돌아갈 수 없으리라는 사실을 받아들인 것이 1년 전이었다. 그런데 그날 밤, 거의 하룻밤 만에 예전의 아버지가 돌아온 것이었다.

나는 이 경험으로부터 사소한 상실과 심각한 상실의 관계에 관한 새로운 점을 포함해 커다란 깨달음을 얻었다. 일상적인 물건을 잃어버리는 사건이 언제나 기저에 질병이 있다는 걸 암시하지는 않지만, 실제로 정신적 능력의 감퇴는 물건들을 잃어버리는 일이 잦아지면서 드러나기도 한다. 치매 환자들은 소지품을 자주 잃어버리고, 초기 알츠하이머 환자들은 뜻밖의 장소에 물건을 두는 바람에 찾지 못하는 경우가 왕왕 있다. 오븐에서 안경이 나오거나 인스턴트커피 깡통에서 의치가 나오는 식이다. 나는 이를 알고 있었고, 그래서 아버지에게서 인지 능력이 감퇴하고 있다는 징후가 보이기 시작하자 아버지가 물건을 잃어버릴 때마다 면밀히 관찰하는 습관이 생겼다. 아버지가 지갑을 잃어버리는 사건이 전에는 그저 특징일 뿐이라고, 재미있다고만 생각했지만 이제는 잠재적인 경고로 받아들여졌다. 아버지가 끝끝내 떠올리지 못한 단어 하나 때문에 나는 거대한 바다 앞에 선 초조한 부모처럼 평범함과 불길함 사이의 드넓은 회색지대를 샅샅이 추적하지 않을 수 없게 되었다. 이제 나는 수없이 많은 사람들이 자기 자신에 대해서건 사랑하는 이에 대해서건 이런 습관과 두려움을 안고 살아간다는 걸 안다. 그 이유도 안다. 우리의 두뇌는 모든 잃어버린 물건들의 계곡 중에서도 가장 심오하고 신비로운 장소다. 그리고 그곳에서 무엇이 사라질 수 있는가를 생각하면, 살던 동네나 아내의 이름, 빗으로 하는 일, 아파트에 요양보호사가 와 있는 이유, 내가 누구인가, 집으로 어떻게 가는가 따위가 사라질 수 있다고 생각하면 가슴이 찢어진다.

삶의 막바지에 다다른 아버지가 시달렸던 상실들 중에서 이것이 가장 끔찍했다. 어머니와 언니, 그리고 나에게만 말이다. 아버지는 대체로 자신의 상태를 의식하지 못했고, 따라서 별문제를 느끼지 못했다. 아버지가 의사 탓에 겪은 오랜 쇠약보다도, 1967년 디트로이트 타이거에서 삼루수로 활약했던 선수 이름이 기억이 안 나는 데에 더 좌절하는 모습을 본 기억이 있다. 누구보다도 뛰어난 지적 능력을 갖춘 사람이었던 아버지는 노년의 나이에 당신을 괴롭혔던 여느 모든 상실들에 누구보다도 취약해질 수밖에 없었다. 게다가 인지력 문제와는 달리 이 상실들은 다시 돌아오지 않았다. 오히려 시간이 지날수록 개별적으로는 더 심해지고 집단적으로는 수가 많아지면서 설상가상에 이르렀다.

이렇게 보면 아버지가 희귀한 질병들을 앓기는 했어도, 전반적인 경험은 아주 흔한 것이라고 할 수 있다. 오늘날 사람들 대부분이 노년까지 생존한다는 사실은 장족의 발전이겠지만, 삶을 더 경험하는 대가는 때로 삶을 덜 경험하는 것이기도 하다. 그래서 기억력이나 움직임, 자율성, 체력, 지적 능력, 오래 살던 집, 직업에서 기인한 정체성, 존재의 습관, 무엇보다도 자신이 앞으로 나아가고 있다는 감각, 자신이 여전히 무언가 되어가는 중이라는 느낌, 이 세상에 아직 할 일이 남아 있다는 느낌처럼 수많은 것들의 상실은 통상 마지막 상실에 선행한다. 이런 변화를 딱히 겪지 않으면서도 오래 살 수도 있을 것이고, 전부 경험하면서 그 안에서, 혹은 변화 도중에 어떤 의미와 고마움을 찾아낼 수도 있을 것이다. 하지만 대부분의 사람에게 이런 경험은, 가벼운 짜증에서 통렬한 슬픔에 이르기까지 상실이 불러내는 감정들의 일상적인 전체를 언제고 환기할 것이다.

아버지가 삶의 최종 단계에서 불행했다고 말하려는 건 아니다. 아버지는 불행하지 않았다. 아버지에게는 어머니가 있었다. 아버지는 어머니를 아끼고 사랑했으며, 어머니는 (점차 그의 곁을 떠날 수 없는 이유가 커지긴 했지만) 언제나 사랑하기에 아버지 곁을 지켰다. 아버지에게는 언니와 언니의 가족, 그리고 내가 있었고, 아버지는 우리에게서 커다란 기쁨을 누렸다. 아버지는 달마다 독서 모임에 가서 사람들과 어울렸고, 자기 자신과의 독서 모임을 날마다 가졌다. 아버지는 좋아하지 않는 척하긴 했지만 고양이 두 마리가 있었고, 어머니와 함께 정기적으로 수영장에 가서 사람들과 한담을 나누었고, 온 동네에 걸쳐 커다란 동심원을 그리며 겹쳐지는 친구들과 동료들, 지인들이 있었다.

한데 상실이 본래 분리를 의미한다면, 아버지는 한때 자신이었던 사람과 점점 더 분리되고 있었다. 아버지는 열정적인 노동관을 가졌고, 동료들과 자신의 일을 늘 사랑했지만 더는 변호사로 일하지 않았다. 세상 구경을 즐겼지만 여행도 그만두었다. 여행 때마다 너무 많이 다치고 고난이 닥쳤기 때문이었다. 평생 차를 몰며 행복한 십 대처럼 즐거워했지만 운전도 그만두었다. 운동선수는 아니지만 늘 혈기왕성했는데도 이제는 블록 끝에서 끝까지 간신히 걸어갈 수 있을 뿐이었다. 이런 일들 맨 위에 통증이 있었고, 통증의 지독한 하수인인 수치스러움이 있었다. 지금도 나는 아버지가 식당에서 화장실에 가야 하는데 그러지 못하면서 목 신경이유발한 통증 때문에 눈에 보일 정도로 땀을 흘리던 모습에서 슬며시 고개를 돌리고는 한다.

이런 변화를 하나하나 보고 있자니 견딜 수 없이 마음이 아팠다. 아버지가 약해지고 고통스러워하는 모습을 보기 싫었고, 내가 끝의 시작을 목격하고 있는 건 아닌지 걱정스러웠는데, 이 걱정이 영 틀리지는 않았다. 나는 뒤늦게 비로소 동정심과 두려움이 양립할 수 없음을 받아들이기 시작했다. 오로지 죽음만이 아버지를 고통에서 해방해줄 때가 올 것이라는 사실과 함께. 이는 삶의 막바지에 도달한 사람들에게 종종 진실이고, 질병과 노화가 얽혀 있는 수많은 상실들을 견디는 방법 중 하나는 이것이 우리로 하여금 최종적인 상실과 평화협정을 맺도록 해준다는 것이다. 우리는 많은 사람들이 특히 소급적으로 이에 동의하는 걸 보게 된다. "적어도 고통에서는 벗어났으니까." 우리는 누군가 사망한 뒤에 이렇게 말하고는 한다. "그래도 이제는 고통스럽지 않으니까."

이런 말은 실제로 위안이 된다. 인생은 너무나 많은 일로 가득하고, 더 산다고 해서 반드시 더 나은 건 아니다. 우리는 이른 죽음이 늦은 죽음보다 더 나은 수없이 많은 조건을 이리저리 생각해볼 수 있다. 내 생각에는 1938년의 폴란드에서 평화롭게 눈을 감기 직전인 여든 살 유대인에게 더 오래 살기를 빌 사람은 없을 것 같다. 신체적 고통이 견딜 수 없이 극심해져서 더는 목숨을 이어갈 가치가 없다고 생각하게 된 사람에게 장수하기를 기원할 사람은 몇 되지 않을 것이다. 하지만 우리가 어떤 식으로건 영원히 완벽하게 건강을 유지할 수 있더라도, 우리는 본질적으로 삶을 영원히 연장하기를 바랄 수는 없다. 프랑스의 철학자 필리프 아리에스Philippe Ariès가 언젠가 죽음에 관해 쓴 것처럼, "악마의 영토에 합병되는" 건 대단히 유혹적이다. 하지만 수없이 많은 현명한 사상가들이 죽음에는 비단 고통으로부터의 해방만이 아닌 다른 장점도 있다는 훨씬 대담한 주장을 펼친다. 독실한 믿음을 가진 이들이라면 죽음을 중대한 변화, 혹은 반가운 귀향으로 받아들일 것이고, 세속적인 쪽이라면 영원히 지속되는 삶이란 전혀 의미가 없을 것이기에 죽음이 도덕적으로나 정신분석학적으로나 필요하다고 볼 것이다.

나는 언제나 우리가 시간이 부족해서 시간을 귀히 여기게 된 것이라고 생각했다. 하지만 한편으로 슬픔에 직면한 사람들의 생각과 감정은 극단적으로 갈라지게 된다는 것도 알게 되었다. 나는 분명 아버지가 고통에서 벗어나게 되어 기쁘지만, 말할 수 있는 건 여기까지다. 감정이 솟구치는 자아의 심장부로 내려가면 이 이상으로 죽음에 감사를 표하기란 불가능하고, 나의 눈부시고, 재미있고, 사랑스럽고, 경애하는 아버지가 여전히 살아 있기를, 영원히 살아 있기를 바란다고 하지 않는 건 불가능하다. 언젠가 윌리엄 제임스Willam James가 이렇게 쓴 적이 있다. "내가 불멸의 삶에 대해 아는 가장 뛰어난 논거는 바로 그런 삶을 누릴 자격이 있었던 이의 존재였다."

더 일반적인 죽음과 마찬가지로, 아버지의 죽음 역시 다소 예측 가능했던 동시에 충격적이었다. 그 일은 추분을 목전에 둔 9월의 어느 날, 세상의 축이 본격적으로 어둠을 향해 기울어지던 시기에 벌어졌다. 당시 아버지가 인생의 가을에 접어들었다는 사실이 자명했기에 아버지를 보내드릴 준비를 더 잘했어야 한다는 생각이 든다. 하지만 해를 거듭하며 응급실을 찾는 일이 많아졌고, 나는 점차 처음처럼 경악하거나 두려워하지 않고 마음을 다스리게 되었다. 어느 정도는 누구도 최악의 고비를 영원히 겪으며 살 수는 없는 노릇이었고 또 한편으로는 아버지가 대체로 자신의 병을 태평하게 견디고 있어서이기도 했다. (한번은 아버지가 경동맥과 관련된 문제에 대해 내게 이런 문자를 보냈다. "목요일 조직검사biopsy로도 부검autopsy이 언제 실시될지 알 수가 없고 부검을 해봐도 아무것도 안 나올 것 같구나.") 무엇보다도 아버지가 상당히 불리한 조건하에서도 그저 계속해서 살아 있다는 점이 중요했다. 나는 논리적으로 누구도 이처럼 심각한 질병이라는 짐을 평생 지고 살 수 없다는 걸 알고 있었다. 하지만 아버지는 수없이 죽음과 마주하고 회복하면서 얄궂게도 외려 불굴의 의지를 지니게 된 것처럼 보였다.

그런 까닭에 어머니가 어느 날 전화해 아버지가 심방세동으로 입원했다고 전했을 때 대단히 놀라지는 않았다. 그날 배우자와 함께 시내로 나갔을 때 아버지의 심장박동이 이미 정상으로 돌아왔다는 소식을 들었을 때도 놀라지 않았다. 의사들이 말하길 백혈구 수치가 이상할 정도로 높기 때문에 일단 입원한 상태로 지켜보자고 했다. 정기검진을 받으러 갔다가 결국 곧장 중환자실로 실려가게 된 일련의 사건을 우리에게 말해주는 아버지의 모습은 아주 쾌활하고 명철했으며 누가 보더라도 원래의 아버지 그대로였다. 아버지는 걱정 끼쳐 미안하다면서도 그래도 우리를 봐서 기쁘다고 고백했고, 심장 건강에 도움이 되는 병원 식사를 물리고 우리더러 제대로 된 칠리를 한 접시 사 오라고 했다. 아마도 내일이면 퇴원할 수 있을 것 같아, 우리는 말했다. 하지만 다음 날, 아버지는 여전히 기분이 좋아 보였지만 뭔가 이상했다. 아침에 찾아갔을 때 본 아버지는 극히 장황했는데, 평소처럼 수다스러운 것이 아니라 약간 정신이 나갔달까, 제정신이 아닌 것 같았다. 의사는 일시적으로 신장 기능이 상실되어 혈류 내 독소 수치가 높아졌기 때문이라고 말했다. 자연스럽게 낮아지지 않는다면 한두 차례 투석을 진행해 독소를 제거할 계획이라는 거였다.

그날은 수요일이었다. 이틀이 더 흐르는 동안 장황하기만 하던 수다스러움이 잦아들어 조리에 맞지 않는 말 정도가 되었고 이어진 토요일, 아버지는 입을 꾹 닫았다. 의료진은 수수께끼로 여겼고, 우리는 걱정했다. 아버지는 대화를 소중하게 여길 뿐만 아니라 언제나 말로 세상을 이해하는 사람이었다. 아버지는 평생 질병을 포함한 모든 것에 대해, 모든 것으로부터, 모든 것을 관통하며 말로 설득해왔다. 오랫동안 응급 의료상황을 지켜보며 나는 고열에 시달리며 몸부림치는 아버지를, 열두 가지 서로 다른 종류의 통증을 겪는 아버지를, 환각에 빠진 아버지를, 때로는 환각을 보고 있다는 사실을 명백히 인지하고 있어서 눈에 보이는 걸 묘사하며 인지체계의 신비로운 특성을 논하는 아버지를 보았다. 병으로 인해 일시적으로 훼손된 정신으로, 나머지 우리는 알 수가 없고 오로지 섬뜩할 뿐인 기이한 초심해대 피조물들을 잡을 궁리를 하는 모습도 보았다. 이처럼 여러 상황이 있었지만, 그러는 내내 말하지 못하는 아버지를 본 적은 한 번도 없었다. 그런데 이제 아버지가 닷새 동안이나 침묵을 지키고 있는 거였다. 엿새째 되던 날, 아버지는 다시 꿈틀거리며 소리를 내는가 싶었지만 원래 모습을 되찾지는 못했다. 그리고는 몸부림치며 버둥거리는 힘겨운 밤이 이어졌는데, 가끔은 하나도 이해되지 않고 가끔은 얼핏 또렷하게 들리는 단어들("안녕!", "마추피추", "나 죽나보다.") 몇 마디를 제외하고는 아버지가 다시 입을 여는 일은 없었다.

그럼에도 불구하고 아버지는 좀 더 오래 지켜냈다. 그러니까 자신다움을, 아이잭다움을, 우리 가족 각자에 깃든 그 형언할 수 없고 확고한 한 조각의 자아를 계속해서 지켜냈다는 말이다. 아버지가 침묵하고 일주일이 지나자 의료진들이 끝없이 퍼붓는 질문들("슐츠 씨, 발가락을 꿈틀거릴 수 있습니까?", "슐츠 씨, 제 손을 꽉 잡아보시겠습니까?")을 모조리 거부하던 아버지는 오직 하나의 최종 명령에만 반응하기를 택했다. 우리로서는 기쁘게도 슐츠 씨는 아직 혀를 내밀어 보일 수 있었던 것이다. 하지만 아버지가 거의 끝까지 지니고 있던 한없이 다정한 자발적 움직임은 어머니에게 입을 맞추는 능력이었다. 어머니가 아버지에게 입을 맞추려고 고개를 숙일 때마다 아버지는 입술을 발쭉거리며 내가 늘 봐온 그대로 간결하고 사랑스러운 동작을 보여주었다. 언니와 내 앞에서 그 모습은 부모님이 서로 나누는 인사였고, "좋은 꿈 꿔.", "그냥 놀리는 거야.", "미안해.", "당신 참 예뻐.", 그리고 "사랑해."라는 말이었고, 서로 공유하는 언어의 기본적인 마침표이자 50년간 행복했던 세월의 표식이자 인장이었다.

이런 분위기가 이어지던 어느 날 밤, 우리는 아버지 곁에 모여 꼭 하고 싶은 말들로 아버지의 침묵을 채웠다. 항상 가족을 가까운 존재로 여겨온 나는 아버지의 사그라지는 불꽃 주변으로 우리가 얼마나 더 가까이 다가설 수 있는지를 알고 사뭇 놀랐다. 병실은 하얀 육면체 같았고, 통로가 식료품점처럼 훤히 밝혀져 있었지만, 내 기억 속 그날 밤은 렘브란트의 회화 작품처럼 어두우면서도 생동감이 넘친다. 우리는 오로지 사랑만을 이야기했다. 달리 할 말은 없었다. 우리는 아버지에게 얼마나 감사한지, 당신이 우리를 얼마나 행복하게 해주었는지, 아버지의 삶이 얼마나 충만하고 명예로운 것이었는지를 말했다. 아버지는 비록 입을 열지는 않았지만, 겉보기에는 의식이 또렷했다. 말하는 우리 얼굴을 하나씩 바라보는 아버지의 두 갈색 눈이 눈물에 젖어 반짝였다. 나는 아버지가 우는 모습을 보는 게 항상 싫었고, 그럴 일도 거의 없었지만 이번만큼은 한없이 감사한 마음이었다. 아버지의 인생이 마지막 시기에 도달했을지도 모르지만, 아마도 가장 중요한 것을 아버지가 이해하고 있다는 희망이 생긴 것이다. 적어도 그날 저녁에,

나는 아버지가 바라보는 곳마다 자신이 늘 가족과 함께해온 자리를 발견했을 거라고 생각했다. 원의 중심이자 우리의 변하지 않는 사랑의 원천이자 대상이었던 그 자리 말이다.

이런 일들이 죽음이라는 사건에 다정함과 의미를 부여한다. 운이 좋다면 지하 300미터 어두운 동굴에서 발견되는 은맥처럼, 죽음 안에서 발견되는 의미와 다정함의 접합선이 있다는 것도 사실이다. 그렇더라도 동굴은 동굴이다. 당시 우리는 병원에서 위험천만하고 한없이 긴 2주를 어찌 지나갔는지 모르게 보낸 뒤였다. 그러는 동안 정확한 진단이 나오지 않았고, 예후도 확실히 알 수 없었다. 우리는 내내 새로운 가능성, 새로운 검사, 새로운 의사, 새로운 희망, 새로운 공포로 포위되어 있었다. 우리는 밤마다 지칠 대로 지쳐 집에 도착해 그날 있었던 일을 이야기하고는 했다. 그렇게 하면 마치 다음 날 어떤 길이 생길지도 모른다는 것처럼. 그러다 일어나서 주차장과 중환자실 접수대, 24시간 영업하는 오봉팽을 돌아다니는 루틴을 재개했지만, 그런 곳들을 제외하면 루틴이라고 할 것이 없으며 그 무엇도 우리의 준비나 계획을 도와주지 않는다는 걸 알게 될 뿐이었다. 아침마다 이름 한 번 들어본 적 없는 나라의 기후에 맞추어 옷을 입으려는 것 같았다.

사랑하는 사람의 죽음을 살아낸다는 건 너무나 내밀한 행동인데, 필연적으로 그 기억이 이상하고 구체적인 것들 속에 깃들기 때문이다. 사촌에게 음성 메시지를 남겼는데 그가 더는 들을 수 없다거나, 전화벨이 무시무시한 전조를 드리우며 울리는 가운데

켜져 있는 텔레비전, 밖에서 조용히 순찰 중인 경찰차 불빛을 받아 앞문의 짙은 유리 패널이 붉어졌다가 파래졌다가 다시 붉어지는 일 같은 것. 죽음을 둘러싼 상황이 이처럼 다양함에도 불구하고, 대부분의 죽음이 병원에서 일어나기에 오늘날 우리가 경험하는 죽음의 형태는 대부분 비슷해진다. 수천 가지 플롯이 단 하나의 무대에서 펼쳐진다. 마치 다들 똑같이 마음 아픈 꿈속으로 걸어들어온 것 같다. 게다가 병원은 여러 측면에서 죽음을 맞이하기에는 나쁘지 않은 장소인 반면 애도를 시작하기에는 이상하고 까다로운 장소이기도 하다. 나는 수차례 병원에 출입하며 그곳에 대해 지닌 부정적인 감정들을 억누르려고 항상 애를 썼다. 병원에서는 근사한 사건들도 벌어진다는 걸 알았으니까. 병원에서는 누군가 생명을 구하고, 고통을 덜고, 희망을 되살리고, 아기들이 태어난다. 나 자신도 이런 사건을 목격한 적이 있다. 내 조카는 1.36킬로그램으로 출생했는데, 완벽하지만 아주 작게 축소된 모습으로 잔뜩 겁먹어 있었다. 신생아 집중치료실에서 한 달을 보내고 돌아온 그 애는 기적적으로 완전무결하게 건강한 모습으로 악을 쓰며 울어댔다. 마흔다섯 살에 폐동맥 시술을 받았던 아버지는 예순에 재수술을 받았는데, 그 후로 주어진 삶에 대한 대가라고 생각하면 재수술은 흉터 하나 정도에 불과했다. 이런 선물들을 주었으니 나는 기꺼이 병원을 용서할 마음이 든다.

그러나 아버지가 돌아가시기까지 며칠이고 하염없이 앉아 있기만 하는 일은 지독하게 침울했다. 내내 춥기도 했다. 간호사에게 담요를 더 달라고 요청해 하얗고 얇은 담요를 서너 겹으로 만들어, 아버지 곁의 비닐을 씌운 리클라이너에 앉아 아버지의 손을 잡은 채 뭘 읽거나 꾸벅꾸벅 졸고 있던 어머니에게 덮어주었다. 출입구 맞은편에는 금속제 벤치가 벽에 고정되어 있었다. 나는 그중 하나에 몸을 뻗고 눕거나, 앉거나, 일어나서 창밖을 바라보고는 했다. 상황이 그렇게 끔찍하지 않았더라면 지루했을 것이다. 대단히 위급한 상황이 벌어지고 있는데도 아무것도 할 일이 없었다. 시간은 끝이 없었지만 동시에 삐 소리를 내는 기계와 피를 뽑는 채혈사, 아버지의 머리 위에 매달린 수액 주머니 수위를 확인하러 들르는 누군가에 의해 한없이 세분되어 있었다. 가끔 간호사가 들어오면 우리는 어머니만 남겨둔 채 조용히 병실에서 나오고는 했다. 오래전부터 그럴 필요가 없어졌고, 조심스럽게 굴거나 프라이버시를 존중하는 건 누구도 신경 쓰지 않게 되었지만.

평소에는 우리 중 누군가가 전화하거나 좀 걷거나 카페테리아에 다녀온다는 핑계로 병실을 나가 있고는 했다. 엘리베이터 안에는 산소통 거치대의 조심스러운 호위를 받는 강마른 노인들과 아이의 휠체어 뒤에 지친 보초병처럼 서 있는 엄마들, 기민하고 분주한 의사들이 층마다 엘리베이터 문이 열리며 신경학과, 신장학과, 종양학과, 방사선학과, 병리학과, 소아과 집중치료실 따위의 목적지가 마치 단테가 제공했던 것처럼 철저하고 신중하게 구분한 지옥의 비전을 제시하는 동안 공손히 침묵을 지켰다. 한 여자가 며칠간 중앙 로비에 자리를 잡고서 하프를 연주하기도 했는데,

그 몸짓이 아름답다고 하기에는 지나치게 감상적으로 여겨졌다. 비슷한 이유에서 바로 바깥에 있던 분수는 그 여성과 비슷한 방식으로 물결을 일으키며 나를 위무하고 매료시켰는데도. 그 여성의 뒤쪽 복도에 위치한 서점 창가는 테디베어 인형들로 잔뜩 장식되어 있었고, 그 뒤에는 카페테리아가 있었다. 나는 하루 한 번쯤 카페테리아에 가서 식욕을 돋우려 애를 쓰고 실패하며 판매용 음식들 주변을 원을 그리며 돌고는 했다.

날마다 이런 식이었다. 면회시간에 제한이 있고, 한 번에 한 명만 면회할 수 있는 정책이 막 해제된 뒤였으니 나는 우리가 운이 좋다는 걸 의식하고 있었다. 지금도 나는 이 글을 쓰면서 우리가 면회객이 금지되는 시대를 겪지 않았으니 운이 좋았다고 생각하고 있다. 아버지가 그러잖아도 슬픔에 잠긴 사람들이 고립되고, 무엇보다도 사랑하는 이와 나란히 앉아 "나 여기 있어."라고 말할 기회가 사라져 비통함이 배가되었던 코로나 팬데믹 시기에 병에 걸려 돌아가신 건 아니라는 것이. 아버지가 돌아가시기 전까지 몇 주를 곁에 앉아 내내 지킬 수 있었다는 건 특권이자 위안이었다. 아버지가 아무리 오랫동안 병실에 갇혀 있더라도 우리는 서로 같이 있기를, 아버지와 함께 있기를 원했다.

하지만 직장이 아닌 한, 우리는 병원에서 절대로 그렇게 많은 시간을 보내지 않는다. 병원의 물리적 현존은 마치 상점에 딸린 교회가 그러하듯 실존적인 책무들과 불화한다. 우리는 중환자실에서 틴턴 수도원의 워즈워스처럼 어렴풋하고 거대한 영원이라는 낭떠러지와 삶의 덧없음을 인지하는 동시에 공항에 갇혀 있는 것이나 다름없다. 초조함과 아무것도 할 수 없는 상태가 결합되어 있다는 것도 공항과 비슷하다. 낯선 사람들과 계속해서 가까이 붙어 있다는 것도. 친절하거나 거들먹거리는 전문가들에게 의지할 수밖에 없다는 것도. 별로 마음에 안 들고 값비싼 상업시설까지 오랫동안 걸어가야 한다는 것도. 문으로 들어서자마자 기진맥진한 상태가 공기처럼 스멀스멀 침입해온다는 것도. 속세에서 벗어난 것 같고, 외부세계에서 멀리 떨어진 일종의 좌초된 시간대에 존재하고 있다는 느낌도. 우리의 경우에는 아버지의 상태가 너무나 정체불명이어서, 비행기가 결항되었는데 후속 정보를 전혀 받지 못한 채로 머나먼 도시에서 하룻밤 묵어가게 되었다는 느낌도 있었다. 우리가 비행기가 아니라 대대적인 파괴 혹은 구원을 기다리고 있었다는 점을 제외하면 말이다.

내 경험에 비추어보면, 병원은 또 다른 측면에서 그 실존적 책무를 다하지 못한다. 아버지의 심장박동이 불규칙하거나, 신장 기능이 떨어졌거나, 혈압이 떨어졌거나, 백혈구 수치가 상승했거나, 반응을 거의 보이지 않아서 먹지도 마시지도 못하는 상태로 중환자실에 입원해 있는 내내 주치의로 배정된 의사는 해볼 수 있는 모든 걸(다른 조합으로 처방된 약물, 더 많은 투석 시도, 요추 천자, 희귀병을 골라내기 위한 혈액검사, 심장과 폐 MRI) 해보자고 제안했다. 아버지가 죽어가고 있는 것이 아니라면, 그래서 우리가 아버지를 평화롭게 죽어가도록 놓아두기를 선택할 게 아니라면. 어머니와 언니가 아버지의 생존 가능성에 대해, 아버지가 결국 살 만한 가치가 있는 상태로 다시 회복할 가능성에 대해 단도직입적으로 묻기 시작했을 때조차도 의사들은 대답을 거부하거나 이 사례가 복잡하며 결정은 가족 몫이라는 말 외에는 입을 닫았다. 의학적 지식이 전무한 우리가 자신들의 보조를 받아 직접 결정을 내리는 편이 낫다는 태도였다.

다른 식이었으면 좋았을 거라는 생각이 든다. 모든 의사가 죽음이 임박했을 때 정직하게 말해준다면 좋겠다. 하지만 그러지 못한 의사들을 전적으로 탓할 수는 없는데, 나 자신도 아버지와 가족에게 별 도움이 되지 않았기 때문이다. 내겐 누군가의 임종을 앞두고 필요한 유형의 지혜가 부족하다. 나는 삶을 지나치게 사랑하고, 한심하기 짝이 없는 경우의 수에 기꺼이 판돈을 걸 용의가 있고, 더 많은 희망을 부풀리는 데 끌리는 경향이 있다. 하지만 언니가 내 옆에 앉아서 매우 다정하지만 극단적이라고 할 수 있는 말을 했던 날, 나는 언니가 옳다는 걸 알았다. 삶의 막바지에 이르러 위태로운 상태에 놓인 아버지가 이런 여러 조치를 통해 회복되더라도, 우리에게 중요한 모든 측면에서 우리는 아버지를 온전히 돌려받지 못하리라는 거였다. 아버지의 의사 친구 두 사람이 아버지를 찾아왔고, 우리가 이 문제에 관해 묻자 두 사람 역시 아버지를 무척 사랑하지만 자기들 일이라면 보내드릴 거라고 말했을 때, 나는 마침내 감사의 눈물을 흘렸다.

어느 오후, 우리는 죽음을 물리치려고 아등바등하는 대신 문의 빗장을 풀고 기다리기 시작했다. 간호사가 아버지의 팔에 달린 투석관에 붕대를 감고, 구불구불한 선이 달려 있고 뒷면이 끈적끈적한 센서들을 많이도 제거하고, 온갖 기계에서 아버지를 해방시키는 모습을 보고 있자니 안도가 찾아왔다. 간호사는 한없이 상냥했다. 아버지에게, 그리고 우리에게 담요를 가져다주고 인정 넘치는 말을 해주고 질문을 퍼붓고 의사들을 호출하고 여분의 의자를 달라는 요청을 받아주며 아버지가 호스피스 병동으로 이관하기 전까지 보여주었던 수없이 많은 친절 중 마지막으로 베풀어 준 친절이었다. 간호사가 할 일을 마치자 우리는 저마다 소지품을 챙겨 복도를 지나 엘리베이터에 탔고, 아버지를 모시고 당신이 새로이 최후를 맞이하게 될 병실에 안착했다.

그곳은 중환자실보다 작고 단순했으며 훨씬 조용했다. 하루에 몇 번 정도 간호사가 들어와 아버지의 상태를 확인했지만, 그 외의 시간에 우리는 생각에 잠긴 채 서로 함께, 그리고 아버지와 함께 최후의 나날을 보내고 있었다. 나는 놀랍게도 이런 시간을 아버지와 함께 보내고 있다는 사실이 위안이 된다는 걸 깨달았다. 작게 코를 고는, 귀에 익은 소리와 더불어 오르내리는 가슴팍을 보며 아버지의 손을 잡고 옆에 앉아 있다는 것이. 사람들이 하는 말처럼 못 견디게 슬프지는 않았다. 오히려 견딜 만한, 고요하고, 사색적이며, 너울거리는 형태의 슬픔이었다. (나중에 오해로 밝혀졌지만) 나는 그 시기에 내가 아버지의 죽음과 화해하고 있는 중이라고 생각했다. 하지만 그날 이후 나는 아버지가 아무리 반응이 없고 죽어가고 있는 것처럼만 보이더라도 대단히 현저하게 살아 있다는 것을 알게 되었다.

그러던 어느 이른 아침에, 아버지는 살아 있지 않게 되었다. 즉시 마음이 텅 비어버리는 것 같았던 기억이 난다. 그래서 내가 입 밖에 낼 수 있었던 몇 마디 차가운 음절들이 나의 외부에서 만들어진 것 같았다. **이렇게 됐구나.** 안이 빈 철제 금고처럼 무거움과 동시에 가벼움을 느꼈던 기억이 난다. 어린 조카가 쓴 편지를 할아버지의 가슴 위에 올려두던 모습을 본 기억이 난다. 나는 그 모든 순간 동안 그의 가슴을 바라보고 있었는데, 아버지의 가슴은 더는 움직이지 않았다. 하지만 아버지가 사망하고 처음 몇 시간 동안 가장 기억에 남는 모습은 아버지의 벗어진 머리 위쪽을 손으로 부드럽게 안고 있던 어머니다. 두려움 없이, 부정하지 않고, 돌봄을 돌려받을 가능성이 전무한 채로, 그저 마지막으로 다시 한 번 남편을 향해 다정함을 보여주려고 죽은 남편을 안고 있는 아내. 내가 본 중 사랑에서 우러나온 가장 순수한 행동이었다. 사랑하는 이를 떠나보낸 어머니는 아름답고, 형언할 수 없을 정도로 침착했다. 아버지는 죽은 사람처럼 보이지 않았다. 나의 아버지처럼 보였다. 책을 읽으려고 이마 위로 안경을 밀어 올리던 아버지의 모습이 자꾸만 떠올랐다. 다른 모든 것들이 더 세게 치고 들어오기 직전, 아버지에게 필요할지도 모르니 침대에 안경을 놔뒀어야 했다는 생각이 나를 덮쳤다.

그렇게 해서 나는 잃어버린 물건들의 계곡에서 오랫동안 거주하게 되었다. 아버지가 돌아가시고 3주 뒤 이번에는 암으로 또 한 사람의 가족 구성원을 잃었다. 또 3주가 지나고 내 고향을 연고로 하는 야구팀이 월드시리즈 게임 7차전 10이닝에서 패배했다. 아버지가 그 팀에 온 열정을 갖다 바치는 팬이 아니었다면 내게 별 영향을 끼치지 않았을 결과였다. 그 일주일 뒤 힐러리 클린턴이 미국 유권자들의 절반을 조금 웃도는 득표율로 대선에서 패배했다.

제대로 기능하지 않는 사랑의 형태와 마찬가지로(어떤 면에서 애도는 이런 사랑의 형태다.) 애도에는 경계가 없다. 그 힘겨운 시간을 보내는 동안 나는 다른 상실들로 인한 고통과 아버지를 상실해 생겨난 슬픔을 거의 구분하지 못했다. 장례식을 치르는 동안에는, 그리고 추도문을 읊을 때조차도 평정심을 유지했다. 하지만 두 번째로 참석하게 된 장례식에서 고인의 아들이 일어나 발언할 때 눈물을 터뜨리고 말았다. 후에 좋지 않은 일이 또 생길 것 같다는 감정에서 벗어날 수가 없었다. 언제고 가까이 지내던 사람이 죽었다는 소식이 들려올 것만 같았다. 선거가 마무리된 아침, 나는 난민이었던 아버지와 내 생각 속에서 전개되던 미래가 그리워서 다시 눈물을 흘렸다. 그 미래 대신 시민권과 신변의 안전, 경제적 안정, 타인의 의견과 다름을 존중하는 미국의 근본적 가치, 그리고 민주주의라는 제도와 그 수호처럼 다른 것들을 상실하는 일에 목전에 다가온 것 같았다.

나는 몇 주 동안 실제 슬픔과 상상한 슬픔의 파도 속에서 힘겹게 떠밀려 다녔다. 정치적인 파국과 개인적인 파국을 계속해서 그려볼 수밖에 없었다. 어머니가 전화를 받지 않을 때마다 두려움이 솟구쳤고, 언니가 비행기를 탄다고 하면 끔찍하게 꺼림칙했으며, 배우자가 차에 타는 것도 두고 볼 수 없을 정도였다. 엘리사베스 비숍은 "너무나 많은 것들이 / 온통 사라질 작정인 것 같다"라고 썼다. 내가 구체적으로 경험했던 불행이 어느 정도였건, 나를 엉망으로 만든 건 바로 장차 얼마나 많은 고통이 닥칠 것인가 하는 예감, 그리고 그 고통을 피할 수 없다는 사실이었다.

그럼에도 불구하고 나는 사랑하는 사람들이 가까이 있기를 원했다. 그들의 존재가 상당한 고통을 불러냈지만 말이다. 부모를 잃는 사건을 전에는 한 번도 겪어보지 못했지만 이제는 그 결과를 너무나 잘 알게 되었는데, 그건 남은 가족들에게 변화가 일어난다는 것이었다. 우리 가족은 평생 네 사람이었고, 변화가 생긴다면 그건 오로지 숫자가 늘어나고 기쁨이 배가되는 쪽이었다. 하지만 아버지의 죽음을 애도하는 일은 어떤 면에서 새로운 가족 기하학에, 사각형이 아니라 삼각형에 적응하는 일이었다. 우리를 이루는 하나의 단위가 작아졌고, 무게중심이 이동했고, 그래서 처음에는 어쩔 수 없이 더 슬퍼졌다.

이 슬픔의 거개는 아버지가 어머니로부터 철저하게 분리되었다는 데 있었다. 나는 십여 년을 아버지 걱정으로 보냈는데, 불안 보존 법칙이라도 있는 것처럼 아버지가 돌아가시자마자 거의 바로, 내 두려움은 그대로 방향을 틀어 어머니에게로 향했다. 두려웠던 이유 대부분은 아버지에 비하면 상당히 양호했던 어머니의 신체적 건강 때문이 아니었다. 내가 걱정했던 건 반백 년을 변함없었던 아버지라는 존재와 더불어 보낸 어머니의 인생에 크게 두드러질 수밖에 없었던 공허였다. 배우자를 잃은 사람에 대해 "그분 없는 그 사람은 상상이 안 돼요."라는 말이 판에 박힌 듯 나오기 마련이지만, 내 경우 이를 쉬지 않고 상상한다는 것이 문제였다. 아버지가 돌아가시고서 얼마 되지 않은 시기에, 내 슬픔은 대체로 어머니가 홀로 인생을 살게 되리라는 생각에 사로잡혀 절망하는 형태를 취했다.

결국 나는 장성한 자식들이 종종 그렇듯 나 역시 어머니를 과소평가했다는 걸 깨달았다. 어머니는 내가 두려워했던 대로 아버지를 진심으로 그리워했지만, 이내 어머니가 만사에 대해 보여온 태도대로 애도하고 있었다. 침착하고 자애롭게, 최악의 날들을 피하지 않고 받아들이는 비범한 능력과 더불어 남은 날들을 가능한 잘 살아가겠다는 비상한 의지를 갖추고. 나는 어머니의 우아함과 불굴의 용기에 감명을 받았는데, 특히 내가 계속해서 그 정반대 모습을 보이고 있어서 더욱 그러했다. 아버지가 돌아가신 후 나는 평소답지 않게 서툴렀고, 잘 아프고, 잘 다쳤다. 거의 3주 동안 미열에 시달렸고, 신경 압박에 고통스러웠고, 햄스트링이 늘어났고, 아무 이유 없이 두 번이나 넘어졌고, 원인을 알 수 없는 치통이 성가시게 했는데, 그중 가장 나빴던 건 어느 날 아침에 커피를 내리려다 끓는 물이 담긴 유리병을 통째로 내 팔뚝에 뒤집어 쏟았던 일이었다. 심리학자라면 나의 일부가 무의식적으로 정서적 고통을 드러내 보여주려고 시도하는 중이라고 말할 텐데, 나도 그렇다고 생각한다. 하지만 이 모든 경미한 사건사고와 질병은 마치 내가 내 신체와 이 세상이 기본적으로 동작하는 물리적인 방식에 낯설어진 것처럼, 심리적인 요인이 초래한 계속되는 재앙이라기보다는 균형감각을 고루 상실해서인 것처럼 느껴졌다.

무슨 이유에서건 여러 가지로 쇠약해진 상태가 쌓인 결과 나는 엄청나게 늙어버린 기분을 느꼈다. 그 반대였을지도 모르겠다. 내가 이미 늙어버렸다고 느끼는 바람에 그렇게 쇠약해진 것일 수도 있다. 어떤 유형이건, 애도하는 이는 나이가 들어버린다. 부분적으로는 탈진했기 때문이지만, 주된 이유는 필연적인 죽음과의 대립 때문이다. 늙어버렸다는 기분(실제로 나이 든 상태가 더할 나위 없이 만족스러울 수 있다는 것과는 확연히 구분되는)은 남아 있는 날들과 남아 있는 즐거움이 줄어들고 있다는 기분이다. 부모에 대한 애도 역시도 우리를 나이 들게 하는데, 생애주기 전체를 앞으로 몰아붙이기 때문이다. 나는 아버지를 상실하고 나서 우리 세대의 행진에서 한 단계 앞선 기분이었다. 단번에 망각으로 향하는 거대한 계단 하나를 성큼 뛰어오른 것 같았다. 하룻밤 만에 중년에 접어든 기분이었는데, 슬픔이 내가 아직도 아버지가 필요하고 아버지 없이 남겨질 수 없는 사람인 것처럼, 마치 어린애가 된 것 같은 느낌을 가져다주어 이상했다. 다소 이상하고도 순환적이지만, 나는 아이가 된 것 같아 늙어버린 기분이었고, 동시에 어린아이였던 게 너무 오래전인 것처럼 느껴지기도 했다.

나는 갈피를 잡지 못했고, 불안했고, 상처를 받았고, 아팠다. 이 모든 걸 감안하면 아버지가 돌아가신 뒤 내가 얼마간 누가 봐도 쓸모없는 존재였다는 사실은 별로 놀랍지 않다. 어디서도 동기를 찾을 수 없었고, 날마다 인간이 할 수 있는 한 거의 아무것도 하지 않았다. 어느 정도는 행위가 가속처럼 느껴져서였다. 아버지가 아직 살아 있던 시간에서 멀어지는 것이 무서웠다. 하지만 장례식이 끝나고, 옷가지들을 기부하고, 사의를 표하는 카드를 작성하는 등 애도의 공식 절차가 전부 끝나자 달리 뭘 해야 할지 알 수 없어서이기도 했다. 거의 십여 년을 아버지를 잃을지도 모른다는 걱정으로 보냈지만, 그다음이 어떻게 될지는 한 번도 생각해보지 않았다. 내 상상은 심장과 마찬가지로 죽음의 순간에 멈추어 있었다.

이제 어쩔 수 없이 시간을 통과해 앞으로 나아가야만 하는데, 그 방법을 모른다는 걸 깨달았다. 시에서 얼마간 위로를 구할 수 있었지만, 이를 제외하면 난생처음으로 뭔가 읽을 생각이 들지 않았다. 글을 쓸 수도 없었다. 원칙적으로는 내가 일하던 잡지사에서 전일로 근무해야 했지만, 나는 선택한 일정에 맞추어 집에서 일했다. 전에는 소중하게 여겼던 호사였지만 애도가 시작된 초기에는 붕 뜬 기분이었다. 요령껏 장례 휴가를 마치고 나자 일거리들과 마감일이 밀려들기 시작했지만 너무나 탈진해 집중할 수도 없고 정신이 딴 데 팔려 있었다. 날마다 노트북을 켜고 한동안 노려보다 텅 빈 화면과 한없는 동질감을 느끼며 다시 꺼버리고는 했다. 직업적, 경제적 이유도 있었지만 정서적인 이유에서도 다시 글쓰기를 시작해야 한다는 걸 알고 있었다. 적절한 시간에 잠들어 적절한 시간에 일어나야 한다는 걸 알고 있었다. 제대로 끼니를 챙기고, 친구들에게 연락하고, 오랫동안 찾아가지 않은 상담사에게 전화해야 한다는 걸 알고 있었다. 내가 뭘 해야 하는지를 너무도 잘 알고 있었으면서도 뭘 하고 싶은지는 조금도 알지 못하고 있었다.

내가 **하고 있던** 한 가지가 무엇이었는지 단어로 알려준 이는 뻔하게도 아버지였다. 아버지는 평생 놀라운 어휘력을 보여주었는데, 그 범위가 너무나 방대하고 또 미묘해서 틀린 답을 내놓을 때도 성공한 것처럼 보였다. 어쩌다 circumjoviating이라는 단어를 우연히 본 적이 있다. 나는 '목성 궤도를 돌다'라는 뜻을 지닌 이 단어의 의미를 맞춰보시라 도전장을 내밀었다. 아버지는 대략 5초 정도 생각한 끝에 논리적으로 그리고 초연하게 이런 가정을 내놓았다. "신을 회피하기?" 나는 그 이래로 쭉 그 뜻으로 이 단어를 사용해왔다. 신이나 양심, 혹은 책무를 회피하는 경험을 어떤 단어가 그토록 간결하게 묘사할 수 있을까? 내가 아버지에게서 물려받은 많은 것들과 마찬가지로, 언어라는 선물 안에는 윤리라는 선물이 있었다. 아버지가 돌아가시고 내가 먹먹히 앉아 일을 회피하기, 책을 회피하기, 시간을 회피하기, 기쁨을 회피하기, 현실을 회피하기라는 표현들이 나를 규정하는 걸 지켜보고만 있을 때, 이 단어는 그렇게 내게로 돌아왔다.

나는 아버지를 잃었지만 정확히 상실[lost]했다는 기분을 느낀 건 아니었다. 갈팡질팡하는[at a loss] 기분이었다. 마치 상실[loss]이 거꾸로 뒤집힌 오아시스나 정신을 잃게 하고 나침반 바늘을 빙글빙글 돌아가게 하는 버뮤다 삼각지대처럼 물리적인 세계에 있는 것 같은 이상한 표현이다. 나는 오랫동안 (어머니와 언니에게 전화하고, 배우자와 끌어안고, 고양이들과 노는) 사소한 행위를 할 수 있을 것 같고, 그래야만 한다는 기분이 들 때까지 축 늘어진 채 누워만 있었다. 하지만 이런 행위로만 하루하루를 채울 수는 없었다. 나는 밤마다 탈진한 상태로 잠자리에 들었고, 터무니없이 오랫동안 잤다. 이전에는 엄청나게 아팠을 때나 그렇게 잤다. 아침이면 나의 지상에서의 시간이 감내할 수 없을 정도로 빠르게 뒤로 흘러가 버렸다는 것과 언제고 납빛 영원이 내 앞에 불쑥 나타나리라는 두 가지 상반된 두려움에 휘말려 잠에서 깨어났다. 지루함에 통달하는 법을 익히던 여덟 살 이후로 살면서 무엇을 해야 하는가 하는 간단한 문제가 이처럼 나를 집어삼켰던 적은 없었다.

내가 아버지를 찾아 바깥출입을 하기 시작한 건 이렇듯 무기력한 상태로 표류하던 시기였다. 나는 자연에서 평안과 명료함을 구하고자 하는 사람이기에, 밖에 나가 가끔은 걷고 가끔은 달리면서 아버지를 찾았다. (아버지가 돌아가시고 기나긴 우울의 늪에 빠져 있던 중에도 나는 달리기를 멈추지 않았다. 달리기는 신체를 유지하고, 정신을 맑게 해주고, 기분을 조절해주는 등 인생에서 하는 역할이 많았으므로 섣불리 그만둘 생각을 하지 못했다.) 애도가 시작된 초반, 힘겨운 나날을 보내는 와중의 다른 많은 것들이 그러했듯 이 탐색은 모호하고 딱히 구체적이지 않았다. 나는 어떤 계획을 세우거나 뚜렷한 판단을 내리며 탐색에 나서지 않았다. 탐색이 진지한 생각의 무게를 견디지 못하리라는 걸 알았던 것 같다. 아마도 죽음에 대해 내가 이해하는 것들 중 무엇도 탐색이 성공하리라는 보장을 해주지 않았기에 그러했으리라. 나는 우리가 죽은 뒤에도 그 본질이 변함없이 지속된다거나, 망자들이 살아 있는 자들과 교감할 수 있다는 말을 믿지 않는다. 하지만 애도하는 우리는 분별력을 잃어버린 우주론자가 되어버리고, 나는 불가해한 이유로 나가서 찾아보면 한순간이라도, 설명할 수 없는 방식으로라도 아버지와 함께 있을 수 있을지도 모른다고 생각했다.

그리고 이처럼 소위 탐색에 나서는 행위가 유족들에게 흔히 발생한다는 걸 알게 되었다. 실은 너무 많아서, 엘리자베스 퀴블러로스Elizabeth Kübler-Ross의 동시대 심리학자 존 볼비John Bowlby는 충격과 무기력 이후에 찾아오는 애도의 두 번째 단계를 '갈망과 탐색'이라 일컫기도 했다. 아버지가 돌아가시기 전에 나는 한 번도 이 단계에 접어든 적이 없었다. 아마도 그때까지는 늘 먼저 세상을 떠난 이들이 나를 찾아와 그런 곤란에서 구해주었기 때문일 것이다. 외증조할머니는 내가 열네 살이었을 때 아흔셋의 나이에 잠을 자다 돌아가셨다. 내가 아는 한 그분은 점잖음의 표본 같았는데, 그로부터 몇 달이 지나 거실 소파에 늘어져 책을 읽던 내 바로 뒤에서 그분이 당장 똑바로 앉아 다리를 꼬고 있으라고 날카롭게 말하는 소리가 들렸다. 23년이 지나 그분의 딸인 내 외할머니가 아흔다섯에 돌아가셨다. 외할머니는 결코 점잖음의 본보기라 할 수는 없었지만 대쪽 같고 영민하며 재미있는 근사한 할머니였다. 그래서 어느 날 밤 도저히 풀리지 않던 원고를 그만 쓰기로 하고 자러 가려고 일어서자 뒤에서 외할머니가 "그거 참 끔찍한 발상이구나."라고 말하는 걸 들었을 때는 대단히 놀랐으면서도 그분의 특징이 고스란히 드러나는 말이라고 생각했다.

그러나 그중에서도 가장 기억에 남은 경험은 열여섯 살이 되던 해 가까운 친구 한 명을 잃는 충격적인 사건 이후에 시작되었다. 어느 날 저녁, 우리는 학교를 마치고 평소 종종 그랬던 것처럼 한동안 전화로 수다를 떨었다. 그리고 몇 시간이 지나 그 애가 살해당했다. 너무나 갑작스럽고 충격적이었던 데다 나는 아직 어렸기에 그 애의 죽음을 받아들이기가 더욱 어려웠다. 그 후로 오랫동안 나는 그 애가 사건을 꾸며냈다거나, 우리 둘 다 교묘한 거짓말에 시달렸다는 꿈을 꾸었다. 나는 다소 규칙적으로 그 애의 존재를 감지했는데, 내 생각에는 그 애의 죽음을 믿을 수가 없었던 것과 같은 이유에서 그랬던 것 같다. 처음에는 하굣길에 그 애가 내 이름을 부르는 소리가 들렸다. 마치 내 슬픔을 명랑하게 책망하는 것처럼, 화가 난 동시에 격려해주는 듯한 목소리였다. 더 이상했던 건 겉모습은 다르지만 분명한 형태로 그 애를 다시 만났다는 확신을 주는 사건이 두 번 있었다는 점이다. 처음에는 애벌레로, 그리고 시간이 지나 더 어처구니없지만 비닐봉지로. 아니면 그 비닐봉지 안으로 불어 들어 어느 여름 늦은 오후 먼지투성이 뒷길 위에서 나를 지나쳐 데굴데굴 굴러가게 했던 실바람으로. 그날 나는 전혀 그 친구를 생각하지 않았다. 그 애가 죽고 10년이 지난 뒤였다. 하지만 그 비닐봉지를 보자마자 나는 소리 내어 웃음을 터뜨렸다. 유령의 출현이나 죽은 자의 부활에 대해 우리가 관습적으로 떠올리는 관념들에서 비닐봉지보다 더 거리가 먼 것이 없을 텐데, 뚜렷한 이유가 없었음에도 나는 비닐봉지를 보자마자 압도적으로 그 애를 인지했다.

애도 중인 사람들이 이런 경험을 흔히 한다는 것을 나는 시간이 지나고서야 알게 되었다. 시인 잭 길버트Jack Gilbert는 「홀로Alone」에서 죽은 아내에 대해 이렇게 썼다. "미치코가 죽은 뒤에 / 그녀가 돌아올 거라고 생각할 수 없었는데 / 돌아왔다니 이상한 일이지 / 누군가의 달마시안으로 말이야." 망자를 감지하거나 보거나 듣는 경우, 그런 만남을 사별 환각bereavement hallucination이라 부르는데, 대략 절반 이상의 사람들이 이런 경험을 한다고 한다. (이 비율은 배우자를 잃은 경우에 더 높으며, 결혼 생활 기간과 비례한다.) 아무도 이런 일이 발생하는 이유를 설명할 수 없지만, 언젠가 신경학자 올리버 색스가 관찰한 바와 같이, 독방 수감자거나 최근 시각을 잃은 사람들, 대양을 횡단하거나 장기간 극지방 항해를 한 사람들처럼 극단적으로 단조로운 풍경에 노출된 사람들이 경험하는 환각 증세와 어떤 공통점을 보인다. 이런 경우들, 그리고 아마도 사별의 경우에는 낯익은 감각이 돌연 철회되면서 우리의 마음이 이전까지 늘 존재했지만 갑자기 사라진 것으로 채워지게 되는 것이리라.

사별 환각을 경험한 이들 중 상당수가 어떤 형태의 사후세계도 믿지 않는데, 나도 그렇다. 내가 경험했던 생생한 환각들은 내가 죽음에 대해 이해하는 바와 합치되지 않았고, 예상외로 내 이해를 변경하지도 않았다. 이런 경험으로 내가 어떤 신념에 가까이 다가가게 되었다면, 그건 오로지 인간 정신의 무한한 수수께끼들 속에서 내가 늘 유지했던 신념이었을 것이다. 이런 경험은 매번 반갑고, 놀랍고, 한편으로는 조금 우습기도 했다. 신성하다기보다는 훨씬 세속적으로 느껴졌다. 나는 천사나 유령 따위가 현전했다고 느껴본 적이 없고, 이 세계와 다른 세계를 흐리는 장막 같은 게 있다고 생각해본 적도 없다. 하지만 이런 상호작용을 오로지 내 머릿속에서 일어난 일로 경험한 것도 아니었다. 특히 나를 꾸짖는 할머니나 내 이름을 부르는 친구의 목소리는 생각이나 기억, 심지어는 꿈과도 전적으로 다른 형태의 외현성exteriority을 지니고 있었다. 이 경험들을 최대한 범주화해보자면 낯설고 기이한 것보다는 그 반대, 아주아주 친숙한 쪽에 가까웠다. 마치 내가 애도를 경험하기 전에는 몰랐던 형태의 사랑인 것 같았다.

아버지를 찾아 나서며 내가 바란 건 바로 이처럼 위안이 되는 친숙함이 몰려드는 거였다. 아버지가 돌아가시고 몇 주 동안 나를 찾아오지 않았으니, 어쩌면 내가 아버지에게로 갈 수 있을지도 몰랐다. 10월의 어느 늦은 오후, 잿빛으로 물들어 칙칙하고 공기에서 겨울이 성큼 다가오고 있다는 기색이 처음으로 느껴지던 날, 처음으로 시도에 나섰지만 불과 5분 뒤에 몸을 돌렸다. 이렇게 부질없는 일을 해본 적이 거의 없었다. 아홉 살인가 열 살이었을 때 염력 실험을 한다고 나선 기억이 났다. 10월의 그날, 나는 어릴 때 책상 위에 놓인 연필을 떨어뜨려 굴러가게 하는 데 성공했던 딱 그만큼 아버지를 불러내는 데 성공했다. 다시 말해 잘되지 않았을뿐더러, 그런 일을 가능하게 해줄, 하다못해 그걸 '실행'이라고 여길 욕구를 승인할 수도, 전념을 표현할 수도, 물리적인 행위와 정신 상태 등 어떠한 메커니즘도 상상할 수 없었다. 하지만 연필과 아버지, 두 번 다 나는 노력을 멈추지 않았다.

그다음에도 성공하지는 못했다. 실은 한 번도 성공하지 못했다. 내가 사랑했으며 그 죽음을 슬퍼했던 다른 이들과 달리, 어째서 아버지가 돌아가신 후에는 그 존재가 느껴지지 않는 것인지 그 이유를 모르겠다. 그래도 이 우주가 나의 이해에 부합하는 방식으로 작동한다 해서 놀라거나 부정할 필요가 없다는 건 잘 안다. 나는 언제나 이것이 우리 존재의 불가침 조건 중 하나라고 생각해왔다. 우리가 사랑하는 사람들이 죽음에 다다르면 확고부동하게 존재하기를 그친다는 사실. 물잔을 뒤집으면 물이 쏟아지는 것처럼.

모두가 이런 믿음에 동의하지는 않을 것이다. 어떤 이들은 이

번 생에서 사랑했던 사람이 고인이 되어서도 자신을 보살피고 있다고 느끼기도 하고, 또 어떤 이들은 다음 생에서 그들을 만나게 될 거라고 확신하기도 한다. 하지만 내 생각에는 완전히 상실했다는 감각이 단순히 불가지론자나 무신론자만 짊어져야 할 몫은 아니다. 누구보다도 독실하고 박식한 기독교인이었던 C. S. 루이스는 아내 조이 데이비드먼이 유방암으로 사망하자 『헤아려 본 슬픔』이라는 제목의 작고 얇지만 대단히 인상적인 책을 썼다. 그는 자신의 신실한 독자들이 난감해할 것을 고려해 필명으로 책을 출판했는데, 내용이 신성모독적이라거나 그가 믿음을 저버려서가 아니라 이 책의 신앙에 대한 해석이 일반적인 위로를 거의 전적으로 결여하고 있어서였다. 그는 이렇게 썼다. "내게 종교의 진실을 말해주신다면 기쁘게 듣겠습니다. 종교의 의무에 대해 말해주시면 고분고분 듣겠습니다. 하지만 종교의 위안에 대해서는 아무 말도 할 생각을 마십시오. 그렇지 않으면 당신이 조금도 이해하고 있지 않다는 의혹을 품게 될 것입니다." 루이스는 계속해서 문장을 이어간다. 죽음으로도 불변하는 자아는, 복원된 과거는, 머나먼 어느 눈부신 해변에서의 재회는 "전부 그릇된 찬가와 석판화에서 나온 것입니다. 성경에는 이에 관해 한마디도 없습니다." 성서의 어떤 구절도 그의 죽음 이후에 아내와 재결합하게 될 거라고 약속하지 않았고, 자신이 열망하는 여성이 더는 존재하지 않는다고 느꼈던 그는 확실히 다시 만나지 못할 거라고 느꼈다. 그는 이렇게 쓰고 있다. "내가 찾아 나설 수 있다고 하더라도, 이 시공간에서 그녀의 얼굴을, 그녀의 목소리를, 그녀의 손길을 어디서도 발견할 수 없으리라는 것보다 더 확실한 게 무엇이랴?" 자신과 세상을 떠난 아내 사이에서 그는 오로지 "닫힌 문, 철의 장막, 진공, 절대 영도"만을 느낄 뿐이었다.

아버지가 돌아가시고 내가 느꼈던 것도 이러했다. 아버지를 찾아 나선 그 모든 시간들 동안 아버지의 가장 희미한 흔적 하나도 발견하지 못했다. 그 후로 오랫동안 아버지가 존재한다는 징후를 소환하려고 제법 많은 순간 노력했지만 내 정신과 기억을 넘어서는 어떤 조짐도, 뭔가 발생하고 있다는 느낌도 없었다. 이제 아버지의 딸로 존재한다는 건 깡통 전화기 줄 반대편에 깡통이 달려 있지 않은 채로 한쪽만 들고 있는 것과 같다. 그의 부재는 절대적이다. 그가 있던 곳에는 아무도 없다.

상을 치르는 일은 전통적으로 공적이고 구조적인 절차다. 우리는 고인을 마지막으로 대면하고, 장례식과 추도식에 참석하고, 거울을 가리고, 일주일간 시바(부모나 배우자와 사별한 유대인이 장례식 후 지키는 7일간의 복상기간—옮긴이)를 지키고, 적어도 한 달 동안 카디시(유대교에서 예배가 끝났을 때 드리는 송영, 사망한 근친을 위해 드리는 기도—옮긴이)를 올리고, 만 1년 동안 상복을 입는다. 대조적으로 애도는 개인적인 경험이고, 의례나 시간의 제약을 받지 않는다. 널리 알려진 바에 의하면 애도는 부정, 분노, 타협, 우울, 수용을 단계별로 겪게 하는데, 아마도 사실이리라. 하지만 고생대 역시 캄

브리아기, 오르도비스기, 실루리아기, 데본기, 석탄기, 이첩기처럼 단계별로 진행되었지만, 동시에 2억 9000만 년간 지속되었다.

지나치게 오래 지속되는 다른 것들과 마찬가지로 애도 역시 믿을 수 없을 정도로 지루하다.(사람들이 애도의 이런 측면에 대해 더 자주 말하지 않는 이유를 모르겠다.) 애도의 초반에는 그렇지 않다. 슬픔이 너무나 강렬하고, 일상을 전반적으로 대정비하는 일이 지루함 따위를 허락하기에는 너무 초기이기 때문이다. 하지만 결과적으로 변함없이 자리를 지키는 애도에 익숙해지면서 단조로움이 들어선다. 상을 치르면서 시간 감각이 대대적으로 망가졌기에 아버지가 돌아가시고 정확히 얼마나 지나서야 나도 이런 일을 겪게 되었는지는 기억나지 않지만, 비통한 마음이 내 안에서 철벅거리다 고인 물처럼 가라앉기까지 몇 달쯤 걸렸으리라 생각한다. 이로 인해 삶은 극도로 칙칙해졌고, 나 역시 극단적으로 칙칙해졌으며, 무엇보다도 애도가 그 자체로 믿을 수 없이 피로한 일이 되었다. 어느 날 내가 얼마나 애도하기에 지쳤는지 소리 내어 선언하듯 말했던 기억이 난다. 초췌하고, 무기력하고, 음울한 끝없는 애도에 대해. 세상 사람 중에서 지루함과는 가장 거리가 멀었던 아버지에 대한 모욕으로 느껴지기도 했고, (아버지의 죽음이 내게 강력하게 환기시킨 바에 따르면 아주 귀하고 한정된 선물인) 시간을 낭비하는 것처럼 느껴지기도 했다. 하지만 나는 아버지를 돌려받을 수 없는 것만큼이나 그 끔찍함을 잠재울 수도 없었다.

설상가상으로 이 지루함이 변덕스러운 애도로부터 보호해

주지도 않았다. 우리는 '지루함'이 '예측 가능한'과 동의어라고 여기지만, 나는 애도하는 과정이 변화무쌍한 동시에 지루하다는 것을 알게 되었다. 이렇게 보면 애도는 아버지가 죽음을 향하는 동안 병원에서 겪었던 경험과 닮아 있었다. 거대한 감정들이 널뛰었고, 갑갑하고 반복적인 날들이 계속되었다. 스트레스와 우울, 신체적 고통과 마찬가지로 애도 역시 늘 여기 자리하고 있다는 단순한 사실로 우리를 마모시킨다. 날마다 잠에서 깨어나 부동산 대출금을 갚아야 하고, 날마다 잠에서 깨어나 등이 아프고, 날마다 잠에서 깨어나 아버지가 죽고 없다. 하지만 철마다 날씨가 다르듯, 이 적막함의 꼭대기에 자리한 내 애도는 혼란 그 자체였다. 너무나 다종다양한 요인들에 지속적으로, 그리고 민감하게 영향을 받아서 언제고 그 작용이 나를 충격에 빠뜨릴 수 있었다.

예컨대 나는 어느 날 스스로 진정으로, 깊이, 눈부시게 근사한 기분을 느꼈는지도 모른다. 특히 화창하고 추웠던 어느 겨울날 나는 괜찮다고, 전부 다 괜찮다고, 아버지의 삶에, 아버지가 평화롭게 죽음을 맞이하신 것에 감사하다는 확신에 찼다. 아버지는 내가 그분 없이도 삶을 계속해서 꾸려가는 데 필요한 모든 걸 주었다는 걸 인지하며 활기차게 달리기를 하고 돌아오던 기억이 난다. 전부 이미 아는 것이었지만 애도에 푹 빠진 상태에서는 금방 사라지고 마는 생각들이었다. 그런가 하면 어떤 날에는 좋은 상태를 유령처럼 따라하고 있는 것 같았다. 차분하면서도 멍하고, 기능은 하지만 감정이 없었다. 또 어떤 날에는 내 마음의 일부가 아버지가 돌아가셨다는 사실을 잊은 채 뭐가 문제인지 알아내려고 필사적으로 시도하느라 우왕좌왕하는 것처럼 이상하고 갈피를 잡을 수 없는 분노로 가득했다. 이미 벌어졌던 사건을 기다리고 있는 기분이었고, 그래서 안절부절못하고 산만해졌다. (C. S. 루이스는 이렇게 썼다. "아무도 애도가 두려움처럼 느껴진다고 말해주지 않았다. 배 속이 요동치고, 안절부절못하고, 입이 떡 벌어지는데.")

희미하기는 했지만 분노도 느껴졌다. 유족들은 보편적으로 자신에게, 신에게, 세상의 부당함에, 죽은 망자에게, 뻔뻔하게도 배우자나 아이가 아직 살아 있는 완전한 타인에게, 돌연 견딜 수 없는 치욕에, 열린 캐비닛 문짝에 머리를 부딪치며 느껴지는 해방감에 엄청난 분노를 경험한다. 과거에 다른 이를 애도하면서 이런 유형의 비합리적이고 갑자기 솟구치는 분노를 겪은 적이 있지만, 아버지가 돌아가신 뒤에는 분노의 기운 없는 사촌 격인 감정, 짜증에 시달리고 있다는 걸 깨달았다. 애도는 잠이 부족할 때처럼 평정심을 쉽사리 잃게 하는데, 나는 아버지가 돌아가시고 유감스럽게도 자주 짜증을 내고 까칠해졌다고 느꼈다. 평소 같았다면 거슬리지 않았을 사소한 문제들이 격노를 불러일으켰다. 급해 죽겠는데 식료품점 직원이 계산을 마치려면 매니저를 불러야 한다고 하거나, 나와 통화 중인 어머니가 뒤에서 소음을 내는 텔레비전 끄는 걸 깜박했다거나. 이런 순간의 한가운데서도 나를 분노하게 하는 표면적인 대상이 문제가 아니란 건 알고 있었다. 아버지가 더는 존재하지 않으며 그의 죽음을 애도해야 한다는 삶의 새로운 조건이 그저 나를 좌절케 했다. "아버지가 돌아가셨다는 게 너무 짜증 나." 어느 날에는 이렇게 큰 소리로 말했다. 전적으로 사실이었지만 실은 이렇게 말하려던 거였다. "핸드폰이 꺼져서 너무 짜증 나."

애도가 내게 끼친 갖가지 영향 중에서도 이것이 가장 싫었다. 이런 감정을 불러일으킨 상실에 대한 헌사로는 형편없었고, 이상하고 자기 소모적인 기분이 들게 하면서 사소하지만 공격적인 실존적 위기를 겪게 했다. 아버지의 죽음에 대해 정서적으로 보였던 많은 반응 중 이것은 슬픔의 근본적 상태에서 가장 멀리 떨어진 기분을 느끼게 해주었다. 비록 (내 경험에 한해서는) 우리가 애도할 때 슬픔이 놀라울 정도로 멀리 느껴질 때가 자주 있지만, 겪어보기 전까지 나는 애도가 슬픔의 한 형태이며 기본적으로 둘은 동의어이지만 애도가 더 극단적인 형태라고 추정했다. 어쩌면 기저에서는 그럴지도 모른다. 내가 애도하는 과정에서 느꼈던 다른 모든 감정(불안, 고갈, 과민함, 무기력)은 그저 이런 감정들이 가린 슬픔에서 발생했고, 그보다 접근성 높은 이차적 현상이었을지도 모른다. 그럼에도 결국 별다른 차이는 없는데, 널리 합의된 바에 의하면, 유족들이 가장 자주 느끼는 감정들은 서로 천차만별이기 때문이다. 퀴블러로스가 애도의 분류학을 제안한 이후로(원래는 타인의 죽음에 직면하는 경험을 기술하기 위한 것이었지만, 이제는 애도하는 이들을 위해 널리 사용된다.) 사람들은 그녀가 제시한 다섯 단계의 타당성과 보편성을 논의하며 충격과 고통, 죄책감, 반성, 재건, 희망처럼 부가적인 요소들을 더해왔다. 하지만 옛 모델도 새로운 모델도 애도를 규정하는 특성으로 슬픔을 포함시키지 않고 있다.

놀랍게도 슬픔이 빠져 있다는 사실은 내 경험을 정확히 반영한다. 당연하게도 나는 아버지의 죽음으로 인해 대단히 슬펐고, 지금도 가끔 그렇다. 마치 웅덩이에 빠져 있듯 슬픔에 푹 빠졌던 날들이 온전히 기억나는데, 그 슬픔이 너무나 선명하고 순전해서 안부를 묻거나 무슨 일이 있느냐는 질문에 내가 할 수 있는 유일한 답은 "나 그냥 슬퍼."뿐이었다. 어떤 날에는 그 감정의 더 지독한 형태에 삼켜진 것 같았던 기억도 난다. 좀처럼 줄어들지 않는 상실이 거대한 파도처럼 솟아올라 나를 집어삼키는 형태, 애도는 그러하리라 늘 생각했던 형태였다. 하지만 웅덩이건 파도건, 애도하는 나를 단골로 찾아오지는 않았다.

대신에 나는 슬픔이란 어느 의미로 보나 취약한 것임을, 더 공격적인 감정들에 의해 계속해서 국경을 침범받는, 호전적인 대륙의 작은 중립국 같은 것임을 알게 되었다. 한편 슬픔은 이상하게 능청맞고, 이상하게 순종적이지 않았다. 슬픔은 쉽사리 숨어들었고 나올 마음이 없으면 일어나지 않았다. 나는 아버지를 생각하고, 그리워하고, 사랑할 수 있었지만, 스스로 사랑에 빠지게끔 강요하거나 자극할 수 없는 것처럼 내가 선택한 시간과 장소에서 아버지를 향한 슬픔에 빠질 수 없었다. 슬픔은 자기 마음대로, 또는 어떤 사건이 있고 나서야 추론할 수 있는 이유로, 아니면 전적으로 내 외부에 있는 요인 한둘로 인해 일어났다. 명절이나 부모님의 기념일, 아니면 장례식에 참석해야 하는 때처럼 내가 대비 태세를 갖춘, 예측 가능한 트리거는 거의 여기에 해당하지 않았다. 오히려늘 예상을 벗어나며 대개 간접적인 일들이 나를 망쳤다. 아버지가 돌아가시고 1년이 조금 지난 어느 날, 맨해튼의 한 카페에 앉아 있는데 어떤 남자가 점심을 같이 먹던 동료에게 "딸아이가 나한테 좀 더 자주 전화했으면 좋을 텐데."라고 말하는 걸 듣고 노트북의 글자들이 흐려지더니 베이글 조각에 목이 메는 일이 있었다.

가끔은 이런 순간들이 더 많이 찾아오기를 바랐다. 슬픔이 한밤중의 강처럼 어둡고 맑게, 더는 못난 감정들에 얼룩지지 않은 채로 나를 통과해 흘러가기를 바랐다. 하지만 이런 순간들이 우리의 바람에 응답하여 나타나지는 않는다. 슬픔을 불러낼 수 있다면 제거할 수도 있겠지만, 애도는 우리가 슬픔을 통제할 수 없다는 교훈을 건넨다. 사별에 관한 책이며 매뉴얼이며 웹사이트 들은 "애도를 통해 앞으로 나아가는" 방법에 대한 온갖 충고로 가득하고, 사랑하던 이의 죽음에 대처하는 이런저런 방법들도 물론 존재한다. 나는 홀로 슬픔에 잠식당하지 않으려고, 집 안에만 있지 않으려고, 고통을 부정하거나 무감각하게 있지 않으려고, 가족과 친구들과 신체와 직업과 사건들과 이 세상의 필요를 너무 자주, 혹은 너무 오랫동안 도외시하지 않으려고, 더 나은 쪽으로 나아가려고 무진 애를 썼다. 악화하는 걸 간신히 저지하는 정도였을지라도 전부 도움이 되었다고 믿는다. 하지만 이런 온갖 자기돌봄 속에서도 내가 '애도를 통해 앞으로 나아간다'는 느낌, 그 구절이 함축하고 있는 스스로 성큼성큼 걸어 나가는 느낌은 전혀 들지 않았다. 애도는 마치 내 영향을 벗어난 힘, 순전히 야생적인 힘, 퓨마나 폭풍처럼 내 의지로 어찌할 수 없는 힘처럼 나를 통과해 지나가는 것 같았다. 이는 압도적이었고, 가끔은 두려울 정도로 가깝게 느껴졌지만 이상하게도 약간 멀어지면 매혹적이었다. 단어가 지닌 오래된 의미처럼 강인하고 경이로웠다. 그리고 그것이 다시금 사라지면, 그 예측 불가한 등장 사이의 시간적 간격이 너무 길어지면, 나는 비뚤어진 사람처럼 애도가 돌아오기를 갈망하고는 했다.

나는 대부분의 사람들이 적어도 조금은 애도를 그만두기를 두려워한다고 생각한다. 나는 그랬다. 슬픔이 아무리 지독하더라도 우리는 그 슬픔이 사랑의 이미지에서 비롯되었으며 우리가 애도하는 대상의 개성을 품고 있다는 걸 이해한다. 우리는 언젠가 빛바랜 파란색 야구모자나 뜨개질 용품으로 가득한 토트백을 보고, 아니면 브람스 피아노 협주곡을 듣고 털썩 주저앉았는지도 모른다. 나는 기부하기 위해 부모님 침실에 쌓아둔 아버지의 버튼다운 셔츠 더미를 보고 눈물을 흘렸다. 어릴 적 아버지 법률사무소에 있던 것과 똑같은, 윤을 낸 목재 벽시계를 보고도 그랬다. 그 순간 어린 시절의 기억이 한꺼번에 밀려 들어와 충격을 받을 정도였다. 가운데가 구겨졌고 책등이 망가진 낡은 『미들마치』 책(아버지는 뉴욕 사람들이 피자 조각을 입에 넣기 전 반으로 접듯 문고본 책을 무심결에, 한편 흐뭇하게 반으로 접고는 했다.)도 그랬고, 조그만 종이 껍질 속 은종이가 반쯤 빠져 있는 연한 초록색 위글리 추잉검 통에도 그랬다. 그런데 다소 흥미로운 건 애도 과정이 무기처럼 휘두르는 이 모든 것들이 실은 꽤 근사하다는 점이다. 과거라는 영토에서 오랫동안 유배되어 있다 돌아온 이상하고 구체적이며 반가운 귀환자들. 애도라는 과정이 그토록 매혹적인 이유 하나는, 삶이 우리에게 더 이상 세공하지 못하는 것을 주는 것 같아서나. 바로 망자와의 정서적으로 강력하며 지속적인 연결고리를. 그러니 음산한 선물이 사라지고 나면 우리가 사랑하는 이도 더 멀리 가버릴 거라고 느껴지기 쉽다.

이렇게 우리는 애도가 안겨주는 고통과 기이한 관계를 맺는다. 초기에는 끝나기만을 바라고, 나중에는 끝날까 봐 두려워한다. 그리고 마침내 마음이 가벼워지기 시작하지만, 한편으로는 그렇지 못하다. 처음에는 기분이 나아지는 듯한 느낌이 상실처럼 여겨지기도 해서다. 시인 필립 라킨Philip Larkin은 언젠가 「나무들」이라는 시에서 이렇게 썼다.

> 말해질 뻔했던 무엇처럼
> 나무들이 잎으로 돌아간다
> 새싹들이 안도하며 잎을 펼친다
> 그 초록은 일종의 애도다.

이처럼 순환적인 유형의 애도라고 할 수 있는, 애도를 애도하는 행위는 완벽하게 정상적이며 불가피한 일이지만 동시에 어리석고 무용한 것이기도 하다. 기분이 나아진다고 해서 참담해질 것도 아니다. 배신이라고 할 수도 없다. 그리고 우리가 아무리 이둡고 모질고 이골이 나도록 애도하더라도 사랑하는 이에 관한 무엇도 보존되지 않는다. 가끔 그런 것처럼 느껴질 수도 있겠지만, 우리는 애도를 통해 그 누구도 살아 있게 할 수 없다. 심지어 기억 속에서조차. 외려 그들을 죽어 있게 할 뿐이다. 그러니 애도를 끝낼 수 없다면, 우리가 사랑하는 이는 오직 애도로만 이루어지게 되어버린다.

사랑하던 이를 잃는 경험이란 너무나 어마어마해서 한 번에 받아들이기 어려울 수밖에 없다. 그 실체는 애도라는 드높은 파도가 물러나고 내적 해변에 온갖 이상한 것들만을 남겨둔 채 뒤늦게서야 저 스스로를 온전히 드러내기 시작한다. 한 예로 나는 병원에서 보낸 마지막 몇 주 동안 있었던 수많은 일들 가운데 아버지의 침묵이 가장 크게 남으리라고는 예견할 수 없었다. 당시에는 아버지가 말을 잃어 당혹스럽고 속상했지만, 지금처럼 크게 감정적으로 주목할 필요는 없는 것처럼 보였다. 너무 많은 일이 벌어지고 있었고, 아버지의 신체에서 결정적으로 작용하는 시스템들이 수없이 위기에 봉착해 있었고, 오랫동안 긴급해 보이는(그리고 종국에는 중요하지 않게 된) 사안들을 얘기해야만 했다. 아버지가 평생 투석 치료를 받으셔야 할까? 장기 치료를 알아봐야 하는 게 아닐까? 그러니 아버지가 알 수 없는 이유로 말하지 않게 된 건 가장 시급한 문제로 보이지는 않았다. 어쨌거나 침묵 때문에 죽은 이는 아무도 없었던 것이다.

그러나 침묵을 이유로 죽을 수 있는 사람이 있다면, 그건 아마 나의 수다스럽고, 달변이고, 여러 언어를 구사하는 아버지일 것이다. 아버지의 침묵은 너무나 아버지답지 않았다. 우리가 알던 아버지의 영혼과는 정반대였다. 돌이켜보면 나는 그 침묵이 의미하는 전조가 무엇인지 알았어야 할 것 같다. 하지만 나는 침묵과 균형을 맞추려고 온갖 시도를 했다. 가족과 함께 아버지 침대에 앉아 말을 걸었고, 시를 읽어주었고, 노트북으로 음악을 틀어서 병실을 차이콥스키와 쇼팽, 베토벤의 「환희의 송가」로 가득 채웠다. 아버지가 사랑했던 모든 것, 인간이 개념과 감정과 소리로 구축해온 모든 경이로운 것. 당시 나는 아버지가 이를 들을 수 있기를, 무엇인지 알기를 바랐고, 지금도 마찬가지다. 그렇지 않더라도 아버지가 그 모든 걸 처음 만났을 때처럼 찬탄하며 다시 듣고 경이를 발견할 수 있었기를 바란다. 그렇지 않더라도 나는 아버지가 평안을 찾았기를 바란다.

병실에서 나를 잠자코 좇는 아버지의 친근한 갈색 눈동자. 아버지가 죽어가던 시기를 생각할 때면 아버지의 두 눈이 늘 떠오른다. 가끔은 그 눈 뒤에서 무슨 일이 벌어지고 있었는지 궁금해진다. 아버지의 침묵이 사고 그 자체가 서서히 붕괴하는 더 심각한 파국을 드러냈던 것인지, 아니면 장애물이 생겨나거나 긴 세월 유지되어온 연결고리가 끊어져 세상과의 관계가 파기된 결과였는지는 알 수 없다. 아버지의 내면 역시 겉보기처럼 침묵하고 있었을까? 아니면 한밤중 불 켜진 방에서 창밖을 내다볼 때처럼 바깥은 온통 그늘지고 잘 보이지 않지만 내부만은 환하게 밝혀져 있었을까? 나는 알 수 없고, 알 수 없다는 것이 왜 이토록 불편한지 모르겠다. 결국 우리는 세상을 떠나고 스스로를 떠나는데, 어느 쪽이 먼저인지가 딱히 중요하지는 않은 것 같다. 둘 중 어느 쪽이 더 외로울지도 잘 모르겠다.

로마 신화에 나오는 죽음의 여신 중 하나의 이름은 타키타다. 침묵하는 여신이다. 오비디우스에 따르면 망자의 날, 그녀를 위무하려는 신자들이 입을 꿰맨 물고기를 제물로 바쳤다고 한다. 제신에게 안성맞춤인 제물이었다. 죽음은 입이란 입을 모조리 꿰맨다. 죽음에 관한 모든 것이 언어에 거역한다. 죽은 자들은 스스로 말할 수 없다. 산 자들은 죽음을 체험하여 말할 수 없다. 애도하기 위해 적합한 말을 고르는 일조차 대단히 어렵다. 우리는 애도하기로부터 애도에 관해 배우지만, 이는 외롭고 새로울 게 없는 지식이며 묘사하기도 어렵고 거의 모든 측면에서 개별적이다. 아버지가 돌아가신 뒤로 나는 죽음과 마주한 이를 위로할 때 스스로가 얼마나 쓸모없는지를, 무슨 말을 하건 정확하지도 않고 도움이 되지도 않는, 뻔하고 진부한 얘기만 늘어놓게 된다는 걸 알고 짜증스러웠다. 이 세상에서 아버지를 **아버지로** 애도할 수 있는 다른 유일한 사람인 언니와 대화를 나눌 때조차도 언니의 슬픔이 내 슬픔보다도 고통스러웠는데 그때도 내가 한 번이라도 위로가 되거나 유용한 말을 한 것 같지는 않다. 지금은 그저 장례를 치르고 몇 달이 지난 어느 날 오후에 언니와 전화하는데 잠시 침묵이 이어지다 우리 둘 다 아버지를 얼마나 그리워하는지 서글프게 깨닫고 그저 "어휴"라고 했던 기억이 난다.

"어휴"는 전형적인 음절이다. 어휴, 어이쿠, 아이고, 아아. 이처럼 뜻이 불분명하고, 말 그대로 아무 의미가 없는 소박한 감탄사들은 끔찍함이 덜한 날이면 신음이나 곡소리와 동등한 위치를 지닌다. 우리가 애도하다 휘청거리지 않을 때조차도 애도는 세상을 언어로 표현하는 능력을 조롱한다. 애도의 중심에 자리한 냉혹한 현실(세상을 떠났고, 가버렸고, 돌아가셨고, 돌아오지 않는다.)은 굳이 말로 하기에는 너무나 분명하고, 느껴지는 대로 자주, 그리고 분별없이 말하기에는 지나치게 끔찍하다. 머리를 쥐어뜯거나, 이를 악물거나, 옷을 찢어발기고 싶은 충동도 있겠지만, 이런 행위는 우리에게 도움을 줄지언정 우스운 부조화를 이루는 사회적 예의범절의 요구에 따라 대개 억제된다. 우리는 출근하고, 베이비샤워에 참석하고, 그냥 버티는 중이라고, 물어봐 줘서 고맙다고 말한다. 그러는 내내 우리는 사랑하는 이가 일상적이고 상상할 수 없는 경로를 따라 이 세상에서 사라져버렸다는 소식을 억누르고 있다.

그래서 아버지의 침묵이 그토록 오랫동안 인상적으로 남아 있는 것이리라. 그 침묵이 여전히 내 곁에 **머무르고 있어서다**. 침묵은 내가 그 실체를 속속들이 이해하지 못하는 동안 영구하고도 전격적인 상실이 찾아오기 전 살짝 맛을 보여준 것이다. 오로지 시에서만 위로를 찾을 수 있었던 애도의 초기 어느 날, 배우자가 나를 앉히더니 「브루클린 나루터를 건너며Crossing Brooklyn Ferry」를 읽어주었다. 이 시에서 배의 난간에 기댄 월트 휘트먼Walt Whitman은, 나의 아버지가 처음으로 뉴욕 항구를 바라보던 곳 바로 북쪽에서, 보이는 모든 것들에 찬사를 보낸다. 이 시에서 활짝 트인 휘트먼의 시야에는 부두와 돛, 선회하는 갈매기들뿐만 아니라 스쳐 지나가는 모든 이들이 포함되어 있다. 그가 태어나기 전 난간에 서서 그 풍경을 바라보았던 모든 사람, 지금 그의 주변에서 함께 바라보는 모든 사람, 그리고 그가 죽은 이후에 바라보게 될 모든 사람. 이 시에서 휘트먼은 목을 길게 뺀 야생의 전지적인 존재처럼 너무 많은 걸 예견하지 않는다. "강과 하늘을 바라보는 이의 기분을 나도 느낀다." 그는 다정하게 책망한다.

그렇게 시의 중반에, 애도의 중반에 상실에 대한 나의 이해가 지독히 편협하다는 것이 드러났다. 내가 아버지에 대해 그리워한 것(아버지와 대화하고, 함께 웃고, 내 생각과 느낌을 전하며 대답을 듣는 것)은 아버지를 통해서 여과된 삶, 아버지 내면의 빛에 비추어 바라본 삶이었다. 하지만 아버지가 돌아가시며 사라져버린 가장 중요한 걸 다시는 손에 넣을 수 없음을 나는 즉시 깨달았다. **아버지의 방식대로** 바라봤던 삶, 철저하게 우리 모두가 살아가는 대로의 삶. 내 모든 기억들을 다 모아도 아버지처럼 존재하는 단 하나의 순간도 만들어낼 수 없고, 내가 겪은 상실 전체는 아버지가 경험한 상실 앞에서 창백해진다. 아버지는 휘트먼처럼 활기차게 또 철저하게 인생을 사랑했다. 아버지는 삶을 남겨두고 떠나기가 싫었을 것이다. 당신이 아꼈던 사람들을 포함해 모든 것을, 찬란히 빛나는 바다를 떠나기가 진심으로 질색이었을 것이다.

한 의식의 소멸이란 숨이 턱 막히는 일이다. 거리를 두고 보면, 역사의 여명 이후로 이런 상실은 날이면 날마다 매시간 일어나는 일이란 걸 안다. 하지만 가까이서 봤을 때, 한 우주가 순간 존재하지 않게 된다는 건 충격적이다. 나는 아버지를 잃었고, 아버지는 전부를 잃었다. 병원에서 아버지의 침묵이 예언했던 건 이처럼 절대적인 상실이었다. 정신이 끝자락에 도달했으며, 자아가 최종장을 맞았다는 것, 더는 항구나 도시, 시, 세상의 일부일 수 없다는 것. 시인 W. H. 오든W. H. Auden은 예이츠가 사망하자 이렇게 썼다. "그는 자신의 숭배자가 되었다." 이제 아버지를 사랑했던 우리는 그가 남긴 전부가 되었다.

언니네 집 거실에는 11월 추수감사절을 맞아 온 가족이 그 집을 찾을 때마다 아버지가 자기 소유라 주장했던 의자가 놓여 있다. 아버지는 도착하자마자 곧장 그 의자를 차지하고는 식사를 준비하거나 먹을 때, 아니면 가끔 손녀딸 방에서 그 애가 자기 전까지 이야기책을 읽어주거나 인형들의 나라에서 지금 벌어지고 있는 생생한 이야기를 들려주러 갈 때 말고는 대개 그 자리에 머물러 있었다. 당시 아버지의 인생은 끝자락에 도달해 있었다. 예전에는 부모님 댁에서 명절을 치렀다. 그러나 균형감각을 잃고 허리도 아파지고 시간이 지나면서 아버지는 주방 일에서 영구히 해방

되었다. 한번은 일손을 보태려고 의자에서 일어나려던 아버지에게 우리가 다시 앉아 계시라고 합창하자 이렇게 말했다. "내가 장식품이 되었구나."

아버지는 (경멸의 의미에서든 칭찬의 의미에서든) 결코 장식품이 아니었다. 아버지는 여전히 자리하는 곳마다 분위기를 띄웠다. 추수감사절에 아버지는 종일 자신의 의자에 앉아 있었는데, 딱히 재미있는 얘기를 하거나 수다를 늘어놓지 않으면서도 우리 가족만의 철학 왕처럼 보였다. 우리가 거실에서 다 같이 빈둥거리는 동안 아버지는 엄청난 열정으로 아버지, 할아버지, 학자, 유식쟁이, 질문하는 사람, 자애로운 판관, 탁월한 진행자라는 여러 역할들을 수행했다. 우리가 식사 준비나 하던 일로 바쁘거나 산책을 나갈 때면 아버지는 안경을 이마에 걸치고 읽던 책으로 돌아가고는 했다. "고대인을 위한 히브리어." 한번은 무슨 책을 읽는지 질문하자 아버지는 별다른 노력 없이 중의적으로 농담하듯 답했다.

앞서 아버지에 관해 "그가 있던 곳에는 아무도 없다."라고 썼는데, 사실이 그렇다. "아무도"라는 단어가 중립적 공백이 아니라는 경고와 더불어. 한번은 집 뒤쪽 도로변 나무에서 올빼미를 본 적이 있는데, 이제는 그 옆을 지나갈 때마다 반사적으로 고개를 들고는 한다. 죽음 뒤에 남겨진 아무것도 없음과 같은 무엇 때문이다. 올빼미가 있던 자리에 올빼미가 없는 것이다. 아버지가 돌아가시고 처음 맞이한 추수감사절에 나는 의자를 볼 때마다 거기 앉아 있던 아버지를 생각하지 않을 수 없었다. 의자뿐만이 아니다. 내 인생에 존재하던 모습으로의 아버지는 이제 없다. 아무 데도. 확실하게. 나는 사랑하는 이를 잃은 거의 모든 사람이 이런 경험을 할 거라고 생각한다. 유족이 된다는 건 항구적으로 부재하는 존재와 더불어 살아가는 일이다.

이런 말이 불편하게 들릴 것이다. 처음에는 그렇다. 아버지가 돌아가신 그 순간부터 나는 아버지가 당신을 슬픔으로만 기억하기를 바라지 않을 거라는 걸 알았다. 당신의 딸들이 오로지 행복하기만을 바란 분이었으므로. 그럼에도 그 후로 오랫동안 내 삶은 부정적인 마이너스의 공간으로 변화했다. 아버지가 존재하지 않는 지도. 이 지도엔 의자처럼 아버지가 늘 존재했던 모든 장소가 빠져 있을뿐더러, 아버지가 앞으로 존재하지 않을 모든 장소가 포함되어 있었다. 아버지가 돌아가시고 얼마 지나지 않아 연상인 친구와 대화할 일이 있었는데, 그는 아흔넷이 된 자신의 아버지가 살아 계신다고 말했다. 내가 뭐라고 대답했는지, 어떻게 대화를 이어갔는지 모르겠다. 이런 생각밖에 할 수가 없었다. '스무 해를 더 사셨네.' 살면서 아버지를 앞으로 이십 년 더 모실 수 있다면. 헤아릴 수 없이 긴 시간 동안, 말 그대로 한 세대를 아버지와 함께 보낼 수 있다면.

애도하는 사람들은 공통적으로 이처럼 세속적인 계산을 해보기 마련이다. 사랑하는 사람이 언제 사망하건, 졸업식 참석, 결혼식에서 춤추기, 새로운 집들이, 그간 구축해온 인생 돌아보기, 집필한 책 읽기, 아이들 만나기처럼 죽은 이가 살아서 충분히 누렸어야 하는 일들은 끝없이 떠오른다. 미래에 벌어질 사건들은 그 자체로 근사하지만, 죽음 이후에 그런 일들이 있다고 생각하면 괴로워진다. 애도하는 우리에게 남은 건 기억뿐이기에 우리는 자꾸만 뒤를 돌아보며 헷갈려하지만, 당연하게도 누군가 세상을 떠났을 때 우리가 슬퍼하는 건 과거가 아니라 미래다. 친구와의 대화에서 깨달은 게 바로 이것이었다. 이 시점부터 내 인생에 있을 모든 일들을 아버지가 볼 수 없다는 것.

애도를 마치기까지는 오랜 시간이 걸리고, 애도가 끝났다는 걸 알게 되기까지는 더 오래 걸리기도 한다. 우리는 애도의 주기율을 신뢰할 수 없고, 확신을 갖고 따라가기에 애도의 조건들은 너무나 변화무쌍하다. 우리는 아직도 애도 중인가, 아니면 그냥 기분이 엉망진창인가? 사별의 공식적인 절차가 끝나고, 이제는 살아가는 내내 이따금 찾아오는 슬픔이라는 감정이 시작되는 희미한 경계를 지난 걸까? 이에 대답하기란 쉽지 않다. 최악의 시기가 지나갔거나 그런 것처럼 보인다 하더라도 그것이 다시 찾아오지 않으리라는 보장이 없기 때문이다. 애도의 재범률은 무시무시할 정도이고, 진심을 다해 완벽하게 애도를 끝냈다고 생각되는 시점으로부터 한참 지난 후에 다시 애도하게 되는 경우도 잦다. 하지만 대부분 슬픔이 결과적으로 희미해지기는 한다. 언제나 사후적이지만, 삶을 돌이켜보다 애도가 끝났음을 알게 되는 것이다.

그러나 사랑하는 이의 죽음 뒤에 남겨진 모든 부재에 대해서는 그렇지 않다. 부재는 그저 달리 느껴지기 시작할 뿐, 마침내 마음이 슬픔이 아닌 다른 무언가로 채워지는 것처럼 느껴질 뿐이다. 나는 여전히 거의 매일 아버지가 존재하지 않는 모든 곳에 시선을 보낸다. 사진에서, 읽던 책에서, 내가 쓴 문장이 내는 소리와 내 생각들의 형태에서, 어머니와 언니에게서, 거울에 비친 내 얼굴에서, 낯익은 아버지 지갑(이제 아버지 곁에 있지 않게 되었으므로 안전해진)을 보면서 아버지의 부재를 마주친다. 그중 몇몇은 내 아버지였던 사람에 대해, 잠시 멈추어 아버지를 생각하는 시간을 가질 수 있다는 것에 대해 감사한 마음이 들게 한다. 몇몇에 대해서는 여전히 우울하고 애매한 감정이 든다. 의자처럼 일상과 관련된 기념물memorial은 언제나 아버지와 함께 환히 빛나고 있기에 내가 밝힐 필요가 없는 양초다. 이 모든 것들은 집단적으로 세상을 조금 덜 불완전하게 하는 일에 봉사한다. 아버지와는 다르게 이런 것들은 아직 여기 존재하고, 앞으로도 영원히 존재할 것이다. 이들을 만들어낸 사랑처럼 지속적으로. 이것이 상실의 근본적인 역설이다. 절대로 사라지지 않는다는 것.

2

발견

내 마음속 깊이 간직하고 있는 이야기를 하나 하려고 한다. 실제로 있었던 일로, 유성에 맞을 뻔했던 빌리라는 이름의 열한 살 소년에 관한 이야기다. 어느 여름날 일요일 저녁이었다. 빌리는 예배를 마치고 부모님과 함께 앉아 점심을 먹었고, 그 후 목초지와 밭을 가로질러 존슨 농장으로 향했다. 로저 존슨은 빌리와 또래였다. 두 아이에게 여름철 일요일은 일종의 현장field이었다. 드넓고 탁 트인 들판에는 지켜보는 어른들도 없었고, 학교를 가야 하는 날도 아니었다. 낮에는 경계가 없었지만 어둠이 찾아오면 자연스레 생겨났다. 아이들은 구슬치기를 하며 놀았다. 나무도 탔다. 언제나 헛간에 널려 있는 옥수숫대를 탄약 삼아 전쟁놀이도 했다. 전쟁이 확산되면 아이들은 창고와 고철 더미를 뒤져 찾아낸 판자에 자전거 튜브를 걸어 어린나무 두 그루 사이에 고정하고는 로켓 발사 장치라고 선언했다. 새들이 시끌벅적하게 우짖고 하늘에 빛이 사위어갈 무렵에야 빌리는 비로소 작별을 고하고 우유를 짜러 집으로 향했다.

어린 시절의 세계란 어마어마하다. 소박한 교외지 뒤뜰조차도 비밀스러운 위험과 왕국으로 가득한데, 빌리가 성장한 지역은 한 집 건너 한 집의 거리가 대개 40만 제곱미터에 달했으니 걸어서 집으로 돌아가는 것만으로도 여러 세대와 문명을 아우를 수 있었다. 대지보다 유일하게 큰 것은 지평선에서 지평선까지 완벽히 평평하게 뻗은 대지가 닿지 못한 공간을 채울 의무가 있는 하늘뿐이었다. 때로 빌리와 로저는 소 떼를 데리러 길을 건너가서 목초지에 소들과 함께 벌렁 누워 머리 위에서 시시각각 모습을 바꾸는 구름을 바라보았다. 고독한 드래곤이 꼬리를 펼치고, 사자가 엉덩이께로 몸을 말고, 짙은 어스름이 빠르면서도 갓 쟁기질을 마친 고랑처럼 말쑥하게, 궂은 날 바다처럼 세를 불렸다. 저녁이면 빌리는 허드렛일을 마치고 곳간 뒤에 홀로 앉아 모습을 드러내는 별들을 바라보았다. 별들은 처음에는 하나씩, 그다음에는 무리 지어, 그다음에는 어마어마한 군집으로 나타났는데, 상상을 초월할 정도로 머나먼 땅에서 수천만의 나그네들이 횃불을 들고 모여드는 것처럼 보였다.

그리고 그날 저녁, 여전히 집으로 걸어가고 있던 빌리가 뒤를 돌아보았을 때, 하늘은 저 멀리 가장자리부터 서서히 어두워지고 있었고 처음 나타난 별들이 희미하게 보였다. 세월이 지난 뒤에도 빌리는 그날 뒤를 돌아보았던 이유를 정확히 설명할 수 없었다.

아마도 그냥 그러고 싶어서, 아이들이 으레 그렇듯 잠깐 반대로 걷고 싶은 마음이 생겨나서, 혹은 시야각 모퉁이에서 뭔가 움직여서, 아니면 빌리 자신은 인지하지 못한 어떤 소리 때문에 뒤를 돌아보았을 것이다. 나무에서 사과 떨어지는 소리를 들을 수 없는 것과 마찬가지로, 인근에서 운석이 떨어져도 그 소리를 들을 수는 없다. 하지만 높은 곳에서 떨어지는 제 혈족에 지구가 반응하는 소리를 들을 수는 있다. 운석은 대단히 강력한 전자기력을 발생시키는데, 그 힘을 흡수한 나무나 울타리 지지대, 안경, 머리카락 따위의 물체들의 온도가 상승하며 팽창해서 온갖 종류의 이상한 소리가 나는 것이다. 운석 낙하를 목격한 사람들은 그 소리를 휘파람이나 치직하는 소리, 우르릉, 쉭쉭, 지글거림, 포성처럼 쾅하는 소리로 묘사하곤 했다. 강렬한 에너지는 기압 변화를 야기하기도 하기에, 물리학자와 행성학자 중에는 청각장애인들도 떨어지는 운석을 때로 '감각'할 수 있다고 생각하는 사람들도 있다.

이유야 어찌되었건 빌리가 돌아섰을 때, 하늘에서 무언가가 아래쪽으로 돌진하고 있었다. 작고 검은 물체가 곧장 그에게로 날아드는 것처럼 보였다. 빌리는 깜짝 놀라 돌아서서 달리기 시작했다. 마침내 그가 달음박질을 멈추고 다시 돌아보자 그것은 사라지고 없었다. 그는 걸음을 되짚어 그 물체를 찾아보려고 했지만, 점점 의지할 빛이 줄어들었고, 그는 결국 포기하고 몰려드는 어둠을 헤치며 집까지 남은 길을 걸어갔다. 하지만 그는 다음 날 다시 찾으러 나섰다. 자신이 무엇을 찾고 있는지 발견하기 전까지 전혀 모르고 있었지만, 찾자마자 바로 알 수 있었다. 그의 두 손에 부드럽게 하지만 유난히 무겁게 느껴지던 그 물체는 일반적인 토양에서는 절대 찾을 수 없는 것으로, 그것이 떨어져 내린 무한한 우주처럼 황홀했다. 그가 발견한 것이었다.

발견한다는 건 얼마나 경이로운 일인가. (이 세계가 그들에겐 여전히 새로움으로 가득해서 이에 주목하지 않을 수 없기에) 발견에 능한 아이들은 이 사실을 잘 알고 있으며 곧바로 즐거워한다. “엄마, 이리 와서 내가 뭘 찾았는지 봐!”라며 기쁨에 겨워 외치는 소리를 들어본 적 있으리라. 문제의 대상이 현관 앞 계단에 죽어 있는 바나나 민달팽이일지라도 말이다. 아이들이 기쁨을 느끼는 건 당연하다. 발견에는 대개 보람이 따르며, 때로는 신나기까지 하니까. 발견이란 오래된 것과의 재회이거나 새로운 것과의 만남이고, 우리 자신, 전에 잃어버렸던 무언가, 아니면 우주의 신비로운 조각 하나와 행복하게 조우하는 일이기도 하다.

이런 만남들의 목록은 지금 이 책보다 훨씬 두껍게 이어질 수 있을 것이다. 발견의 분류 항목들은 상실의 경우와 마찬가지로 어마어마한 숫자를 자랑하며, 고릿적 스페인 금화부터 신에 이르기까지 얼핏 보기에는 서로 관련이 없는 내용물로 가득 채워져 있기 때문이다. 우리는 소파 쿠션 사이에서 연필 따위를 찾아내기도 하고, 태양계 저 너머에서 새로운 행성을 발견하기도 하고, 때로는 사물이 아닌 것들, 내면의 평화나 옛날 초등학교 같은 반 친구, 문제에 대한 해결책 같은 걸 찾아내기도 한다. 새 직업이나 허름한 모퉁이에 위치한 바비큐 가게처럼 한 번도 잃어버리지 않았던 것들을 발견하기도 한다. 그리고 거의 아무도 찾아볼 생각을 하지 못했을 정도로 깊이 숨겨진 것들(신경아교세포나 쿼크 입자 같은)을 찾아낼 때도 있다.

이렇게 다양하지만 발견이란 언제나 둘 중 한 형태로 이루어진다. 첫 번째는 되찾음recovery으로, 전에 잃어버렸던 것을 다시 찾는 일이다. 두 번째는 발견discovery으로, 전에 한 번도 잃지 않았던 걸 찾는 일이다. 되찾음은 본질적으로 잃어버리는 사건이 야기한 효과를 반전시킨다. 되찾음은 현상복구이고, 우리에게 세계의 질서를 회복해준다. 발견은 대조적으로 우리의 세계를 **변화시킨다.** 뭔가 돌려주는 대신에 새로운 것을 안겨주는 것이다.

두 가지 발견이 가져다주는 결과물이 모두 근사할 것 같지만, 둘 중 어느 쪽도 늘 그렇지만은 않다. 세탁기를 열다섯 번 돌리는 동안 내내 못 찾던 양말 한 짝을 되찾으면 조금 만족스러울 거고, 드디어 짜증에서 벗어났다는 의기양양한 종류의 안도감을 느낄 수도 있지만, 그렇다고 해서 행운이라고 여기거나 경이로움을 느끼지는 않는다. 더 나쁜 쪽도 있다. 우리는 때로 원하지 않았던 걸 발견하기도 한다. 방사선과 의사가 엑스레이를 들여다보다 암의 음험한 그림자를 감지하기도 하고, 아들이 유전적 가계도를 조사하다 아버지에게 다른 여자와 낳은 아이들이 있다는 걸 알게 되기도 한다. 하지만 이런 일은 발견에는 대부분 즐거움이 따르지만 상실에는 그렇지 않다는, 합리적으로 탄탄한 법칙에 대한 예외일 것이다.

실은 즐거움 그 이상이 찾아오기도 한다. 어떤 발견은 우리 삶을 통째로 바꿔놓기도 하는 것이다. 나는 많은 이유에서 아버지의 죽음을 받아들이기 어려웠지만, 그 모든 것에도 불구하고 한 가지 견딜 수 있도록 해준 사건이 있다. 아버지가 돌아가시기 한 해 전에 사랑에 빠졌던 것이다. 그 후로 이어진 일들 대부분은 이 경험에서 비롯되었다. 애도의 이야기 구조가 상실을 인정하고 받아들이는 것이듯, 사랑 이야기는 모두 발견의 연대기이며 특별한 발견의 개인적 역사다. 그래서 아버지의 죽음으로 인해 큰 상실들과 작은 상실들의 관계에 대해 궁금해졌던 것과 마찬가지로, 나는 누군가에게 빠져들면서 사랑을 발견하는 일과 대상이 무엇이건 여하간 더 넓은 범위의 발견이라는 행위의 공통점에 대해 생각해 보게 되었다.

범위가 보다 넓은 발견의 특징 중에서 가장 중요한 것을 앞에서 얘기했다. 발견에는 늘 즐거움이 따른다는 점이다. 우리가 찾아낸 대상에 확실한 가치가 있다면 이 점이 더 분명해진다. 진정한 사랑이나 잃어버렸던 일기장을 찾아낸다면, 혹은 주차장에서 100달러 지폐를 발견한다면 누구나 경탄하지 않을 수 없다. 하지만 그저 발견하는 **행위**에도 가치가 있다. 몇 년 전 집으로 가던 길에서 잠시 벗어나 전에는 한 번도 보지 못한 중고품 상점에 들른 적이 있다. 먼지가 수북한 책장을 채운 물건들을 들여다보다 단돈

1달러에 근사한 시집 초판본을 한 권 구입하게 되었다. 번듯하게 서명까지 된 그 책의 저자는 랭스턴 휴스Langston Hughes였다. 그토록 가치 있는 물건을 우연히 마주칠 일도 다시는 없을 것 같지만, 그 발견이 황홀했던 건 문자 그대로의 가치 때문만이 아니었다. 희귀서적상에게서 휴스의 시집을 샀더라면 물건이야 같겠지만 현격히 다른 감정을 느꼈을 것이다. 훨씬 많은 돈을 써서만은 아닐 것이다. 그 책을 발견했던 일이 놀라웠던 건, 시집이 낚시도구 상자와 러스트올럼 페인트 통, 빈 액자 무더기 사이에 처박혀 있었다는 사실뿐 아니라, 그 장소에 갈 일이 없는데 어쩌다 가게 되었다는 사실까지 더해졌기 때문이었다.

발견물 자체의 내재적 가치를 다 걷어내더라도, 발견하는 행위 자체의 내재적 가치는 그대로 남아 있다. 예의 중고품 가게에서 나는 나중에 길이 13센티미터가량의 조그만 주철 고래를 발견했는데, 고작 25센트를 지불했을 뿐이지만 기분 좋은 묵직함과 더불어 세상에 널린 잡동사니들 사이에서 그걸 구해냈다는 만족감 때문에 소중히 여기고 있다. 나뿐만 아니다. 수백만에 달하는 사람들이 중고품 가게나 마당에서 열리는 벼룩시장을 찾는 주된 이유는 절약의 필요 외에도 이런 만족감 때문이다. 상대적으로 가치가 보잘것없는 물건들이라 해도, 발견 자체가 확실한 재미를 보장하는 법이다.

이런 발견이 아이들을 즐겁게 해주는 기초적인 방법 중 하나라는 것도 매우 재미있다. 노스다코다 자동차 번호판에 내재한 가치는 없다. 하지만 엿새 동안 마흔아홉 개 주를 자동차로 여행하는 동안 당신의 열 살짜리 아이가 찾아낸 번호판은 가치를 획득한다. 숨바꼭질이나 깃발 뺏기, '월리를 찾아라', 단어 스크램블 등 발견의 기쁨을 제외하고는 어떤 보상도 제공하지 않는 수많은 게임 역시 같은 논리다. 가장 순수한 형태로는, 우리가 아이들에게 부적처럼 귀하게 여기라고 알려주는 동전이나 네잎클로버를 발견하는 일도 마찬가지다. 이런 물건들이 그 자체로는 거의 가치가 없을지라도, 우리는 운이 좋아서 발견했다는 순환적인 이유로 그것을 행운으로 받아들인다.

운이 좋다는 느낌은 거의 모든 발견의 본질적 요소다. 앞서 말했듯 발견이라는 경험들이 제각기 대단히 다양하더라도 말이다. 때로 발견은 되찾음의 행위이며, 때로는 발굴discovery의 행위다. 때로는 배움과 많은 면에서 닮아 있고, 가끔은 성장처럼 보이기도 하는데, 삶의 여러 의미는 우리가 나이를 먹으면서 친구들이나 행복, 목적, 소명, 영혼의 단짝, 자아 등 오롯이 자신만의 것을 찾아내는 데서 기인하기 때문이다. 여하간 발견은 본질적으로 여섯 살 난 아이의 마음 그대로 땅에서 동전 한 닢을 찾아내던 순간을 꼭 닮았다. 우리는 이 세상이 그렇게 밝게 빛날 때, 그러니까 중고품 가게의 잡동사니 장식품이나 눈부신 아이디어가 처음으로 모습을 드러내며 빛날 때, 장차 결혼하게 될 여자가 눈을 사로잡을 때, 그것을 바라보며 서 있는 사람이다.

유성에는 동전이나 네잎클로버처럼 행운을 가져다주는 일종의 부적 같은 기능이 있다. 그래서 우리는 유성을 올려다보며 소원을 빈다. 이런 습관은 굳건히 이어진 전통의 가벼운 판본이다. 인류 역사에서 운석은 그 정체가 파악되기 한참 전부터 신성한 지위를 획득했으며 귀한 대접을 받았다. 철기시대가 막을 올리기 1000년 전쯤, 운석에서 금속을 발견한 고대 이집트인들은 그 출처를 파악해('하늘에서 내려온 철'을 의미하는 상형문자가 있다.) 제례의식에 사용했는데, 투탕카멘의 무덤에 부장품으로 묻힌 검도 이 물질로 만들어졌다. 고대 그리스인들은 에페소스의 아르테미스 사원에 신성한 돌을 보관했는데, 오래전 사라진 이 돌은 운석이었다고 널리 알려져 있다. 아담과 이브가 살던 시절 하늘에서 내려왔다고 알려진 또 다른 운석은 1500년 동안 메카의 대모스크 벽에 자리해왔다. 일본 노가타에 위치한 신토 신사에서는 기원후 861년 마당에 떨어진 운석에 줄곧 예를 갖추어왔다. 오리건주 윌러멧의 클래커머스 사람들은 수백 년, 혹은 1000년 전 자신들의 땅을 강제로 떠나기 전까지 무게 1만 3000킬로그램에 달하는 운석을 천국에서 내려온 선물이라 여겼다. 이들은 그 동공에 고인 물로 씻기도 하고 치료하기도 하고 전장에 나설 때 화살촉에 그 물을 성유처럼 바르기도 했다.

이상한 돌의 기원은 오랫동안 수수께끼였다. 우주에서 돌의 조각들이 자리를 이탈해 지구에 떨어졌다는 과학적이거나 신학적인 논리를 꺼렸던 몇몇 사람들은 운석의 출처가 지구라고 주장했다. (이런 회의주의자 중에는 토머스 제퍼슨도 있었는데, 그는 코네티컷에 어떻게 운석이 떨어질 수 있는지 설명하기란 어렵지만 "운석은 구름으로부터 떨어졌을 텐데, 바로 그 구름 속으로 운석이 어떻게 들어갈 수 있었는지를 설명하기"가 훨씬 까다로울 거라는 주장을 펼쳤다.) 운석이 우주에서 왔으리라고 믿는 이들도 있었지만, 정확히 어디서인지에 대해서는 의견이 갈렸다. 이 수수께끼가 풀린 건 20세기에 진입한 뒤였다. 우리는 이제 어떤 운석들은 달과 화성에서 왔으며, 혜성에서 떨어진 것들도 있고, 대략 99.8퍼센트에 달하는 대부분의 운석은 수억 킬로미터 떨어진 소행성대 출신이라는 걸 안다. 광막한 고철처리장을 닮은 소행성대에는 우리 태양계 초창기였던 약 45억 년 전 형성된 원시 행성들의 부유물이 산재해 있다.

이런 잔해들이 이따금 궤도에서 벗어나 화성이나 목성 중력의 영향을 받아, 대개는 다른 소행성과 충돌해 지구로 향하기 시작한다. 700년, 1000년, 2000년 동안 궤도를 이탈한 운석은 새롭고 낯선 행로를 따라, 정돈된 우주의 질서에서 풀려나 거칠게 질주했다. 지구 대기권에 진입한 운석이 낙하하는 속도는 시속 약 2만 5749킬로미터까지 도달하고, 마찰로 인해 표면이 증발하기 시작하면서 그 뒤로 백열성의 가스 꼬리가 남는다. 낮은 대기권에 도달하면 원래 덩어리는 대부분 타버리고 한때 빛나던 화구는 스스로 소멸해 지구를 향해 돌진하는 둔탁하고 거무스름한 돌로 변한다. 운석은 거대하지만 지구에 닿을 때는 불길에 휩싸여 있지 않다. 혹은, 활활 타올랐던 여정을 드러내는 뚜렷한 징후가 없다고 해도 좋다. 떨어지는 동안 표면이 너무나 효율적으로 녹아 사라져서 그 중심부는 외부 우주처럼 차가워진다. 그 결과로 운석이 떨어지는 동안 근처에 있는 사람은 화상을 입을 걱정 없이 바로 집어 들어도 된다.

하지만 대부분의 사람들에게 이런 조언은 딱히 필요하지 않을 것 같다. 빌리가 운이 좋아 운석을 발견했다고 하는 건 이 사건을 지나치게 축소하는 말이다. 지구에서 1제곱마일당 운석 하나가 떨어질 확률은 대략 2만 년에 한 번이다. 빌리가 있었던 장소 인근에 마지막으로 운석이 떨어졌던 건 십중팔구 마스토돈이 어슬렁거리던 시절이었을 것이다.

운석이 얼마나 희귀한지에 관한 이야기 같지만, 사실 이 이야기는 우리가 사는 행성이 얼마나 드넓은지에 관한 얘기다. 지구에는 매년 4만 2000개의 운석이 떨어지는데(무게가 10그램 미만인 유성까지 포함하면 그 숫자는 더욱 늘어난다.) 사실상 거의 대부분의 운석은 감지되지 못한 채 도착하며, 97퍼센트는 물로 덮여 있거나 인구가 희박한 곳에 떨어진다. 떨어질 때 관측되어 곧바로 회수되는 건 0.01퍼센트 정도(대략 1년에 대여섯 번)다. 빌리처럼 주변에서 떨어진 운석을 발견할 가능성은 약 10억분의 1이다.

그러니 이렇게 발견한 운석을 잃어버린다는 건 말도 안 되는 소리다. 그 운석이 어떻게 되었는지, 소년이었던 빌리가 어떻게 되었는지는 나중에 더 말할 생각이다. 하지만 그전에 빌리가 운석을 어떻게 발견했는지에 관해, 그리고 지구의 거대함과 우리가 얼마나 조그마한지를 고려하면 우리가 대체 무언가를 어떻게 발견할 수 있는가 하는 보편적인 문제에 관해 몇 마디 해야겠다.

무언가 발견하는 방식에는 넓게 두 가지가 있다. 찾아 나서거나, 운이 따르거나. 때로는 마치 **대상이 우리**를 발견한 것처럼 보일 정도로 느닷없는, 순전히 우연한 경우도 있다. 이런 식으로 티라노사우루스의 뼈가 앨버타 남부에서, 사라졌던 카라바조 회화 작품이 프랑스 농가에서, 휘트먼의 『풀잎』 초판본이 중고서점 원예 코너에서 우연히 모습을 드러냈다. 하지만 대개 의도를 갖고 이 세상 들판을 한 발짝씩 수색하며 찾아 나설 때 발견이 이루어진다. 트로이 유적이나 소아마비 백신, 에스토니아 시골에 거주하는 먼 친척을 찾아내듯. 이런 발견에는 진지하고 지속적인 노력이 뒷받침되어 있다.

탐색하기와 우연히 찾아내기라는 두 가지 발견의 순간은 서로 배타적이지 않다. 엄청난 행운이 따랐기에 빌리는 운석이 지구로 돌진하던 순간 그곳에 있었던 것이고, 오랫동안 걸었기에 떨어진 운석을 찾을 수 있었던 것이다. 역설적으로 들릴 수도 있지만, 무언가를 우연히 발견하려면 종종 광범위하게 수색해야 한다. 예컨대 1974년에 중국 산시성에서 우물을 파던 농부 몇 사람이 우연히 귀한 무언가를 발굴했다. 2000년도 전에 진시황제를 장례 지내던 의식에서 매장된 토기 조각 잔해들이었다. 이는 역대 고고학사에서 가장 위대한 발견 중 하나가 되었지만, 나머지 전체의 일부로 한데 모여 병마용갱을 구성하는 약 8000개의 실물 크기 병사, 말, 전차, 그리고 여러 형상 들을 발굴하기까지 50여 년간 몇 세대를 아우르는 학자들과 인부들이 동원되어야 했다.

실제적인 차원에서는 찾아 나서기와 행운이 한 쌍으로 작동하는 경우가 잦다. 하지만 심리적으로는 그렇게 다를 수가 없다. 정확한 위치를 파악하려고 노력을 기울여 찾던 대상을 발견한 우리는 이 세계가 적어도 조금은 우리 의지에 따른다는 느낌을 받는다. 우리가 스스로 움직이면 무언가를 발견할 수 있다는 믿음이 생겨나고, 발견 자체가 우리 노동을 보증하는 보상이라는 기분 말이다. 이와는 대조적으로 우연히 무언가를 발견하게 되면 우리가 세계의 의지에 종속되었다는 기분이 든다. 물건들이 이해할 수 없는 이유로 사라지면 고블린이나 웜홀 따위를 떠올리게 되는 것처럼, 예상을 벗어난 발견을 하게 되면 운명이나 카르마, 숙명, 그리고 신을 떠올리게 된다. 흥미롭게도 특히 놀라운 걸 발견할수록 이런 해석에 더 끌리는 경향을 보인다. 극도로 희귀한 걸 발견할수록 우리가 더욱 이런 기분에 빠진다는 건 우리 정신이 지닌 이상한 특성이다. 뜻밖의 발견과 직면한 우리는 이 우주를 지배하는 힘과 직면해 있다고 느낀다.

언뜻 거창하게 들리겠지만, 운 좋게 무언가를 발견한 사람이라면 누구나 이런 기분을 느껴봤을 것 같다. 내 경험으로는 그러지 않기가 거의 불가능하다. 이런 일이 있었다. 몇 년 전 나는 코스타리카에 머물며 작업하고 있었는데, 한 친구가 찾아와 오사 반도半島에서 일주일간 하이킹을 하며 보냈다. 코스타리카 남서쪽에 위치한 그곳은 장관을 연출하는 정글 지대와 해변, 맹그로브 습지로 이루어져 있었다. 하이킹 첫날, 우리는 길을 따라가다 거대한 갈색 강을 건넜고, 조밀하게 펼쳐진 숲을 지나 돌연 해안선에 다다랐다. 썰물 무렵이었고, 바다는 거대한 사각형 형태의 석판들이 하얀 모래로 이루어진 좁은 물길들의 경계를 가르는 기묘한 풍경을 드러내며 물러간 뒤였다. 우리는 해변에 배낭을 팽개치고 멀리까지 걸어 나가 각자 거대한 돌을 하나씩 차지하고 나란히 누웠다. 한 시간쯤 얘기하며 누워 있는데 빗방울이 후드득 떨어지면서 얼굴을 때리고 돌 위에 작고 검은 말풍선들을 그리기 시작했다. 몸을 일으키자 장막처럼 거대한 폭풍이 대양을 건너 우리를 향해 다가오고 있었고, 그래서 우리는 배낭을 다시 챙겨 하이킹을 계속했다. 그리고 한참 뒤에 날이 갰고 우리는 다른 해변에 도착했는데, 친구가 아까까지 누워서 얘기하던 바위틈에 선글라스를 벗어두고 왔다는 걸 알게 되었다. 비가 오는 바람에 서둘러 떠나느라 두고 온 거였다.

우리는 함께 바다를 바라보았다. 밀물 때가 되어 있었다. 거대한 녹색 파도가 해안을 향해 무아지경으로 몰아치고 있었고, 커다랗고 둥그런 거품이 서로 몸을 포개며 우리 발치에서 잽싸게 방울지며 몰려들었다 물러났다. 그 너머로는 짙푸르게 물든 태평양과 햇빛을 받아 빛나는 석판들이 눈 닿는 데까지 펼쳐져 있었다. 우리는 웃음을 터뜨렸다. 선글라스는 안녕. 그날 밤 야영지로 돌아가야 했고, 바위에서 너무 오랫동안 휴식을 취했다는 건 조수 차를 아슬아슬하게 놓칠 수도 있다는 뜻이어서 우리는 몸을 돌려 왔던 길을 되짚기 시작했다.

처음 도착했던 해변으로 돌아왔을 때는 모습이 달라져 있었다. 우리가 사지를 뻗고 누웠던 돌들은 30미터쯤 멀리 떨어진 바닷속에 잠겨 있었는데, 그 깊이가 얼마나 될지 아무도 알 수 없었다. 밀물이 높이 들어와 파도가 정글의 빽빽한 하층 식생부에 부서지고 있었다. 반면 우리는 서서히 기세가 사그라들었다. 허기지고 햇빛을 잔뜩 쬐었기도 하고 피로했던 우리는, 이제부터 매력적이기야 하겠지만 매우 길고 고난이 예정된 마지막 몇 킬로미터를 마저 걸어야 했다. 우리는 균형을 잡으려고 장대를 들고 허리까지 흠뻑 젖은 채로 파도가 밀려올 때마다 부목과 코코넛에 얻어맞으며 걸어갔다. 그러다 파도 너머에서 뒤에 있던 친구가 다급하고 이상한 목소리로 나를 부르는 것이 어렴풋이 들렸다. 나보다 머리 하나가 큰 그녀는 내가 보지 못한, 뒤엉킨 나뭇가지들과 해초 더미에 갇혀 있던 걸 본 거였다. 돌아보자 친구는 선글라스를 쓰고 있었다. 믿기지 않는 여정을 통해 돌아온 선글라스에는 여전히 해초 한 가닥이 매달려 있었다.

그런 순간에 신의 축복을 받았다고 믿을 것인지, 운명이 미소를 지었다고 믿을 것인지, 혹은 그저 확률을 따를 뿐인 세상에서 매우 드문 확률이 자신에게 유리하게 작용했다고 믿을 것인지는 딱히 상관이 없다. 중요한 건 외부의 어떤 힘의 존재를 느끼게 된다는 사실이다. 본디 자비롭건 그렇지 않건, 가끔은 누구도 반

박할 수 없을 정도로 자비로운 결말을 만들어내는 힘 말이다. 우주의 호주머니가 뒤집히고 사라졌던 물건이 굴러떨어진다. 포세이돈이 레이밴 선글라스를 돌려준다. 코스타리카에서 맞이한 그날, 우리의 허기와 고갈과 이제 그만하고 싶다는 평범한 욕구는 선글라스가 나타나면서 신속히 사라져버렸고, 그 자리를 놀라움과 고마움, 경이로움, 경외감처럼 완전히 다른 감정들이 대체했다. 이런 감정들, 우연하고 놀라운 발견이 우리에게 야기하는 감정들은 전체로서의 우주가 야기하는 감정들과 같은 것이다. 그리고 그 이유 역시 같다. 삶이 우리가 기대하지 않았고, 요구하지 않았고, 특별히 받아 마땅하지도 않은 어떤 근사한 것을 주었기 때문이다.

의도적으로 탐사에 나섰다가 뭔가 발견하는 건 또 다른 얘기다. 운이 좋아서 실제로 조금도 품을 들이지 않고 마주치는 발견과는 다르게, 의도적으로 찾아 나서 발견할 때는 인내심과 계획, 자원, 시간, 그리고 노동력이 필요하다. 마침내 찾던 걸 발견하는 승리를 거둔 순간에 그것은 우연적인 발견과 닮아 보인다. 얼마나 오랫동안 찾으러 다녔는지와 관계없이, 발견은 한순간이기 때문이다. 그러면서 자기 자신과 이 우주에 대해 우연한 발견과 똑같이 한없는 기쁨을 느낄지도 모른다. 하지만 그 순간 직전까지는 발견이 안겨줄 전율보다는 어디서, 그리고 어떻게 찾아야 하는가 하는 실리적인 문제가 더 중요하다.

이 문제에 대한 답변들은 차고 넘치지만 좋은 건 드물다. 많은 부모와 마음공부 선생, 심령술사 들이 잃어버린 물건을 찾는 일을 도와주겠지만, 그들이 하는 대부분의 조언은 너무 빤하거나(왔던 길을 되짚어라, 평정심을 유지해라, 청소해라), 수상쩍거나(잃어버린 물건 대부분이 처음 있으리라 짐작한 장소에서 45센티미터 이내에 있을 가능성이 크다는 '45센티미터 법칙'), 아니면 뉴에이지적이다("당신 가슴팍에서부터 잃어버린 물건까지 은색 끈으로 쭉 이어져 있다고 상상해보자."). 가톨릭에서는 잃어버린 물건의 수호성인 성 안토니우스에게 기도하라고 할 것이고, 신기술에 열광하는 이라면 도구를 사용해서 문제를 해결하라고 부추길 것이다. 어떤 경우에는 도구를 사용하면 실제로 문제를 해결할 수도 있는데, 사라진 휴대폰에 전화를 걸어줄 여자친구가 있거나, 일상용품에 부착하는 조그만 블루투스 활성화 장치가 있거나, 버튼을 누르면 도요타 캠리가 경적을 울리는 전자 열쇠를 사용하는 경우들이 그렇다.

이런 묘책이 도움이 될 때도 있겠지만, 한계도 있다. 핸드폰은 켜져 있어야 하고, 배터리가 방전된 상태면 안 되며, 자동차도 지근거리에 있어야 한다. 물건을 잃어버리기 전에 추적 장치를 부착할 식견도 있어야 한다. 이런 조건이 아니라면, 혹은 원래 소유하던 게 아닌 물건을 찾는 경우라면 이 방법들은 45센티미터 법칙보다도 하등 쓸모가 없다. 진심으로 뭔가 찾아야 한다면, 혹은 더 심각한 경우로 진짜 중요한 물건을 잃어버렸다면, 도구나 시각화 연습이 아니라 전문가가 필요하다.

미군이 2차 세계대전 당시 깨달은 문제가 바로 이런 것이었다. 적군의 잠수함을 경계하던 해군 장성들은 잠수함의 위치를 파악하는 방법에 대해 고심하게 되었다. 그들은 이 문제를 다루기 위해 대잠수함전 작전연구소를 창설했는데, 아마도 역사상 처음으로 사라진 대상을 수학 문제로 간주하여 찾으려고 나선 조직일 것이다. 이 연구소는 U보트를 찾는 업무에 특화되어 있었지만, 본질적으로 미지의 장소에 위치한 그 어떤 물체라도 찾아내는 최적의 방법을 찾으려고 노력했다. 그러기 위해 연구소 구성원들은 최적탐색전략(나중에 그들이 개척한 분야의 기념비적 저작의 제목이 된다.)이라는 것을 창안했다.

당시 최적탐색전략은 컴퓨터과학, 특히 인공지능과 밀접한 관련이 있었다. 하지만 원래 형태는 물리적 영역에 적용되는 것이었는데, 그 중심에 자리한 수학이 시간을 거듭하며 발전해왔고, 여전히 실종자나 말레이시아항공 370편 항공기처럼 복잡한 실제 세계에서 벌어지는 수색의 근간을 이루고 있다. 이 수학의 세부적인 내용은 복잡하지만 요지는 단순하다. 무엇을 수색하건, 처음에는 사라진 대상이 있을 법한 장소에 관해 그럴듯한 가설을 최대한 많이 세워보는 것이다. 이 가설에 따라 수색 범위가 결정되는데, '내 아파트 안'처럼 이미 알고 있고 제한적인 장소일 수도, '인도양 어딘가'처럼 규모가 크고 쉽게 가늠할 수 없는 장소일 수도 있다. 그러고 나면 수색 범위를 구역별로 나누고, 각기 다른 두 가지 가치를 부여한다. 첫 번째는 그곳에서 물건을 잃어버렸을 가능성이다. 두 번째는 만약 그곳에 물건이 **있다면** 찾을 가능성이다. 이에 따르면 없어진 지갑이 약장에 있을 가능성은 낮겠지만, 있기만 하다면 약장 안에서 지갑을 찾을 가능성은 100퍼센트다. 역으로 위성 데이터와 연료량을 통해 MH370이 바다 어느 구역에 가라앉았는지 거의 확실하게 추론할 수는 있겠지만, 수심이 8000미터에 달하기에 찾을 가능성은 거의 없다. 이처럼 두 개의 숫자를 확정하면, 둘을 조합해 각각의 구역에서 사라진 대상을 찾을 가능성을 타진해보고, 그 후 전체 수색 범위를 대상으로 확률 지도를 그려본다. 그리고 나서야 가장 성공 가능성이 높은 장소부터 수색하면서 점차 가능성이 낮은 장소들로 옮겨가는 것이다.

너무 당연한 말이므로 바보같이 들릴지도 모르겠다. 사라진 물건이 가장 있을 법한 장소를 떠올리기 위해 미 해군의 조언을 따라야만 하는 건 아니고, 사람들은 대개 자동으로 가장 있을 법한 장소에서 시작해 가능성이 낮은 장소들로 옮겨간다. (절박한 순간에 열쇠가 어쩌다 냉장고에 들어간 건 아닐까 하고 냉장고를 열어보지 않은 사람이 어디 있겠는가?) 그런데 이런 수색이론은 찾는 과정에서 중요한 점 하나를 공식화한다. 무언가를 찾으려면 자원이 필요한데, 이 자원이 유한하므로 주의를 기울여 할당해야 한다는 것이다. 딸아이의 배낭을 찾을 때는 자원을 할당하는 문제가 그다지 중요하지 않겠지만, 딸아이를 찾는다고 생각하면 극도로 중요할 수밖에 없다.

그런 경우 직관에만 의존하기에는 사안이 너무 시급하고, 대부분 너무 복잡하기도 하다. 『최적탐색이론*Theory of Optimal Search*』은 "허위표적이 없을 때 고정목표를 설정하기"처럼 가장 단순한 유형의 문제부터 해결하는 것으로 시작한다. 아마도 우리는 고정목표가 아니라 바다 위를 떠다니는 뗏목을 찾고 있거나, 길을 잃었는데 그저 주저앉아 도움의 손길을 기다리기보다 미지의 방향으로(아마도 이미 찾아본 길을 되짚어보는 걸 포함해) 나아가는 하이커일지도 모른다. 허위목표가 있는 경우도 있다. 우리가 대상을 찾는 데 동원되는 감각기관이나 장비들(눈, 귀, 레이더, 수중음파탐지기, 카메라)이 하나같이 불완전한 까닭에 우리는 쉽게 호도되기도 한다. 마침내 공항 주차장에서 차를 찾았다고 생각했는데 실은 다른 사람의 회색 혼다 어코드다. 16세기 난파선을 발견한 줄 알았는데 1970년대에 침몰해 대양저에서 산산이 부서진 스쿠너(돛대가 두 개 이상인 범선—옮긴이)에 불과하다.

더 나쁜 건 우리의 주목을 끄는 게 허위목표만이 아니라는 점이다. 우리는 때로 완전히 잘못된 수색 범위에 전념하기도 한다. 없어진 지갑이 자신의 아파트가 아니라 친구의 자동차 조수석 아래 끼어 있을 수도 있다. 옆에서 사라진 동료 하이커가 한 시간 일찍 여정에서 빠져나가 마을로 돌아갔거나 원래 경로와는 달리 수영하러 갔을 수도 있다. 어떤 대상을 찾을 때, 그 대상을 발견한 뒤에야 비로소 그것이 어디 있었는지 확실히 알게 된다는 건 기운 빠지는 진실이다.

이런 이야기는 무언가를 찾는 일을 낮은 단계에서 벌어지는 야단법석과 높은 단계의 통계학적 과정 사이 어딘가에 위치한 건조한 과정처럼 보이게 한다. 하지만 발견에는 스릴이 넘친다. 적어도 인류가 집단으로 창의성을 발휘한 결과물인 이야기를 보면 그렇다. 무언가를 찾아 나서는 유형의 이야기들이 가장 오래되었고, 가장 지속력을 발휘하며, 가장 인기가 있다. 이런 탐색quest 서사에서 전형적으로 찾아 나서는 대상은 미지의 장소거나, 머나먼 어딘가 숨겨진 대단한 가치를 지닌 물건이다. 우리가 실제로 찾게 되는 대상처럼, 이야기 속 대상들은 구체적이기도 하고 추상적이기도 하며, 영웅이 잃어버린 것이거나 전에는 한 번도 본 적 없는 것이기도 하다. 이아손과 아르곤호 선원들은 황금 양털을, 프시케는 연인을, 해리 포터는 호크룩스를, 갤러허드부터 인디애나 존스까지 많은 사람들이 성배를 찾아 나섰다.

어린이용 게임 제작자들과 마찬가지로 탐색 서사를 창작하는 이들은 발견에 내재한 기쁨을 이해하고 있으며, 발견하는 순간을 지연시켜서 관객들을 잡아둘 수 있다는 걸 잘 안다. 결국 서스펜스란 대상이 저기 존재한다는 걸 모르는 상태에서 발생하는 것이 아니라, **저기 있다는** 걸 알지만 언제, 어디서, 그리고 어떻게 찾아낼지 모른다는 데서 나타나는 산물이다. 이는 탐색이 등장하는 것 자체로 플롯에서 십중구할을 차지할 수 있음을 보여준다. 주인공에게 목표가 주어지고(X를 찾아라), 클라이맥스에 도달하는(X를 찾았다) 사이에, 주인공에게는 새롭고 흥미로운 영토를 탐험할 구실이 생기는 것이다. 오래된 격언에 따르면 우리는 "건초더미에서 바늘을 찾으려고 할 때 건초더미에 대해 알게 된다."

이는 목적지가 아니라 그곳에 이르는 여정이 중요하다는 또 하나의 클리셰를 되풀이하는 우아한 방식이다. 수많은 탐색 서사는 철학적 외피와 보조를 맞추어 주인공의 정서적, 혹은 정신적 발전을 암시한다. 이런 이야기들은 탐색의 표면적 대상은 중요하지 않다고, 우리가 찾고 있는 진짜 대상은 자기 자신이라고 시사한다. 프랭크 바움은 잃어버린 물건들의 계곡으로 가기 이전에, 『오즈의 마법사』에서 자신의 인물들을 마음과 뇌, 용기, (그리고 도로시부터 오디세우스에 이르는 탐색에 나선 모든 영웅들의 기나긴 계보가 그러했듯) 자신들의 집을 찾는 여정으로 보냄으로써 이 점을 분명히 밝혔다.

어떤 유형의 탐색 서사는 마찬가지로 작동하면서도 부정적인 사례를 보여준다. 주인공은 성숙해지는 데 실패하고, 대신 자신이 찾는 대상에 위험할 정도로 집착하게 된다. 『최적탐색이론』에 따르면 찾아 나서는 도전은 두 가지 요소로 이루어져 있다. "어떻게 찾을 것이며, 언제 그만둘 것인가." 이런 이야기에서 주인공은 사라진 대상의 가치가 탐색하느라 소요된 시간의 대가를 치르느라 빛을 잃어버리고 오랜 시간이 흐른 뒤에도 멈추지 못한다. 이런 경각심을 불러일으키는 탐색 서사에서 가장 빼어난 사례가 『모비 딕』일 것 같다. 물론 다른 작품들도 많다. 예컨대 『보물섬』에서 명목상의 보물은 딱히 중요하지 않다. 이 책은 사실상 탐욕과 집착, 순진함, 자만심, 그리고 폭력을 다루고 있다. 영웅들은 마침내 보물을 찾아내지만, 복권에 당첨된 사람들을 두고 오가는 말처럼, 그래서 달라지지도, 나아지지도, 행복해지지도 않는다.

이런 이야기들이 전하는 교훈은 분명하다. 시간을 소모하며 찾게 되는 대상을 경계하라는 것이다. 제대로 된 것을 찾아내고 때로는 터무니없는 꿈을 훌쩍 뛰어넘을 정도로 보상을 받을 수도 있지만, 잘못된 걸 찾아내면 찾은 것보다 잃는 것이 더 많으리라. 다행히 우리는 온전히 혼자서 결정을 내리지 않아도 된다. 살면서 무엇을 찾아야 하는가를 파악하는 문제는 수천 년 동안 철학의 주요 관심사였기 때문이다. 그 결과로 산출된 가르침은 거의 만장일치로 우리의 행복이 『보물섬』 풍으로 물질적인 것을 추구하는 데도, 『모비 딕』 풍으로 복수심을 추구하는 데도 있지 않다고 경고한다. 프랭크 바움도 자신의 인물들을 마음과 뇌, 용기와 집을 찾아 나서게 함으로써, 그리고 그 여정에서 우정을 발견하게 하면서 비슷한 말을 한다. 이런 것들이야말로 우리 삶을 진정으로 달라지게 하고, 나아지게 하고, 행복하게 한다. 한데 이런 것들을 찾는 데도 나름의 난점이 있다.

긍정 오류와 부정 오류, 목표 수정, 부정확한 수색 범위, 자원 부족, 우연의 변덕, 세계의 거대한 규모 등 수많은 이유로 발견에는 어려움이 따른다. 그중에서 가장 골치 아픈 건 때로 우리는 우리가 정확히 무엇을 찾고 있는 것인지 전혀 모른다는 점이다. 부족함이라고는 모르는 친구에게 완벽한 결혼 선물을 찾아야 할 수도 있고, 언젠가 결혼할 상대를 낙점하려고 데이트 대상을 물색할 때도 있다. 뇌에 플라크가 생기는 걸 막아주는 약을 찾아 헤매는 중일지도 모른다. 이럴 때 우리는 자신도 전혀 정체를 모르는 걸 찾고 있으며, 어떤 경우 이 세상에도 완전히 알려지지 않은 것을 찾아야 할 때도 있다. 그렇다면, 어떻게 찾을 수 있는 걸까?

테살리아의 정치인 메논이 대략 2500년 전 소크라테스에게 바로 이 질문을 던졌다. 미덕에 관한 대화를 나누던 도중, 소크라테스가 미덕이 무엇인지 모른다고 고백하자 메논은 당혹해한다. 그가 소크라테스에게 던진 질문이다. "무엇인지 전혀 모르는 것을 어떻게 찾아야 합니까?" 그리고 "찾던 대상과 마주쳤다고 해도, 모르던 것인데 어떻게 알아본단 말입니까?" 두 질문은 메논의 역설로 알려지게 되었다. 찾는 대상을 모른다면 찾을 수 없고, 무엇을 찾고 있는지 안다면 찾을 필요가 없다. 그 결과, 탐색할 필요가 없거나 탐색이 불가능하므로, 우리는 무엇이든 찾을 생각조차 않는 게 좋다.

논리적인 주장으로 받아들이기에는 허무맹랑한 소리다. 역사적으로 우리는 대상, 관념, 장소, 사람 할 것 없이 처음에는 거의 아무런 이해도 없었으며 본 적 없는 것들을 성공적으로 찾아내왔다. 게다가 소크라테스가 지적하듯 탐색이 아무런 쓸모가 없다는 일축은 정체 상태와 무관심에 힘을 실어주는 주장이다. 그는 이렇게 말한다. "우리는 모르는 것을 탐구할 때 더 나은 사람이 될 것이며, 더 용감하고 덜 게으른 이가 될 거라고 전심전력으로 주장하겠네." 하지만 메논의 역설이 억지 주장처럼 들릴지라도, 그것이 제기하는 질문들은 여전히 중요하며, 아직 답해지지 않았다. 무엇인지 모르는 대상을 어떻게 찾을 것인가? 만약 찾아낸다면, 어떻게 알아볼 수 있을까?

이 문제를 아주 단순한 형태로 바꿔보자. 어떤 사람의 이름을 잊어버린 경우다. 한밤중에 혼자 있다고 가정하면, 자신의 기억을 더듬어보는 게 유일한 선택지다. 우리는 침대에 누운 채 그 이름이 떠오를 만한 방향을 찾아 여러 갈래로 혼란스러운 생각을 펼쳐나간다. 에드거였나? 에번인가? 에릭? 이언? 네이선? 아니, 잠깐만. 이던! 그래, 이던. 잊어버렸던 이름은 이던이었고, 그 이름이 머릿속에 떠오른 순간, 우리는 정확히 찾았다는 걸 깨닫는다.

이런 사고방식에서 첫 번째로 주목할 만한 지점은, 이게 우리가 할 수 있는 일이라는 점이다. 머릿속에서 이름 하나가 사라진 건 집 안에서 지갑을 잃어버린 것과 적어도 하나는 공통점이 있다. 어쨌거나 우리는 잃어버린 대상이 어디에 있을 법하고 어디에는 있을 법하지 않다는 걸 안다. 따라서 이에 근거해 머릿속을 수색해본다. 이 경우라면 '리처드'나 '로버트'와 같은 먼 동네는 무시하고 '이언'이나 '네이선' 같은 근처를 떠올려보는 식이다. 다시 말하자면 우리 머릿속 응당 이름이 있어야 할 곳에 대신 틈이 벌어져 있더라도, 그 틈은 비어 있지 않다. 여기에는 윌리엄 제임스가 언젠가 말했듯 "일종의 이름 유령"이 파고들어 있다. 우리는 이 유령을 닮은 정보 조각 덕분에, 아직 정답을 모르지만 틀린 답변을 솎아내면서 마음을 가다듬고 다시 찾기에 돌입한다. 아니, 네이선은 아니야. 시카고는 아니지. 아니, 강아지가 차에서 토했던 그 여행이 아니었어. 이런 식으로 메논이 제기한 문제에 대해 부분적으로나마 답변이 이루어지기 시작한다. 우리는 찾는 대상을 모르고 있을 때에도, 찾는 대상이 **아닌** 것을 알고 있으며, 이를 하나씩 제거하면서 조금씩 접근해간다.

이 능력은 기억에만 한정되어 있지 않다. 잃어버린 대상에 대한 기억을 되짚어 곰곰 생각에 잠긴 우리는 전혀 몰랐던 걸 향해서, 심지어는 아무도 몰랐던 것을 향해서 길을 내어주는 생각을 해내기도 한다. 그렇지 않다면 내연기관도, 일반 상대성이론도, 민주주의도, 『조반니의 방』도 없었을 것이다. 이 목록을 보면 모르는 대상을 찾아내는 능력이 특정 탐구 분야에만 한정되지도 않는다는 걸 알 수 있다. 윌리엄 제임스가 잃어버린 이름을 기억하려고 애를 쓸 때의 감정에 대해 깊이 숙고하는 사이에, 그의 남동생은 소설을 쓰려고 시도할 때의 기분에 대해 생각하고 있었다. 그러다 마침내 헨리 제임스Henri James는 작가들은 여느 사람들과 다를 바 없는 신비로운 방식으로 새로운 아이디어들을 향해 길을 만들어 간다고 결론을 내렸다. "작가의 발견이란 항해사나 화학자, 생물학자의 발견이 그러하듯 의식적인 인식과 크게 다르지 않다. 콜럼버스가 산살바도르섬에 우연히 도착했을 때처럼, 작가는 바로 그 방향으로 움직였기에 무언가 흥미로운 지점에 우연히 도달한다."

특정 방향으로 생각하다 새로운 아이디어를 떠올리는 능력은 인간 종을 결정짓는 특징 중 하나지만, 우리는 여전히 그 작동 방식을 여실히 알지 못한다. 시행착오보다는 정교한 어떤 수단을 통해 이루어진다는 것만 알 수 있을 뿐인데, 우리가 임의의 방향으로 가보는 게 아니라 올바른 방향을 인지하고 움직이기 때문이다. '데이비드'를 지우고 '네이선'을 곰곰 생각하는 동안, 우리는 정확한 답을 알게 되기 전부터 그것의 추상적 형태를 어느 정도 감지할 수 있고, 정답 맞추기 놀이를 하는 아이들처럼 답으로부터 가까워지고 있는지 멀어지고 있는지를 말할 수 있다. 게다가 우리는 찾고 있던 걸 발견했다는 사실을 그 즉시 절대적으로 안다. 흥미롭게도 우리에게 바로 이것이라고 알려주는 신호는 지적 능력뿐만 아니라 감정과도 관련이 있다. 물건을 찾아낼 때처럼, 답을 찾아내면 한없이 기뻐진다. 누구나 낮은 단계에서라도 유사한 경험을 해본 적이 있을 것이다. 잊어버린 이름이나 사건이 마음속에서 너무나 만족스럽게, 재채기가 나올 때처럼 의지와는 거의 관계없이 되살아날 때. 그리고 누구나 적어도 한두 번 유레카(그리스어로 "찾았다!"라는 뜻이다.)를 외친 경험이 있을 것이다. 우리 정신의 들판에서 갑작스럽고도 황홀하게 모습을 드러내는 이런 발견은 마치 초원에 떨어진 운석 같다.

우리가 발견하는 모든 대상이 그러하듯, 새로운 사고에도 이처럼 서서히 도달할 수도, 갑자기 도달할 수도 있다. 상당수의 깨달음이 셀 수 없는 시간을 사색하며 보낸 끝에 나타나지만, 때로 기나긴 사고 과정보다 **선행할** 때도 있다. 병마용 같은 아이디어들의 경우, 가끔은 이미 발견했던 걸 찾아봐야 할 필요도 있다. 언젠가 카를 프리드리히 가우스는 까다로운 수학의 난제를 풀어냈는데, 해법을 증명한 것은 시간이 훨씬 더 흐른 뒤였다. 그는 이 경험에 대해 이렇게 말했다. "오래전부터 답을 알고 있었다. 하지만 어떻게 답에 도달할 수 있었는지 모르겠다." 바버라 매클린톡Barbara McClintock에서 알베르트 아인슈타인Albert Einstein에 이르기까지 수많은 과학자와 수학자 들이 찾아 헤매던 답을 돌연 통찰해냈음에도 증명에 이르기까지는 몇 주, 몇 달, 때로는 몇 년이 걸렸다는 비슷한 보고를 해왔다.

메논이 당혹했던 건 이런 유형의 경험이었다. 전에는 한 번도 생각하지 못했던 걸 생각했는데, 어떻게 그게 사실이라는 걸 알 수 있을까? 소크라테스의 답변은 다음과 같다. 우리는 새로운 걸 생각해내는 게 아니라는 것이다. 소크라테스는 우리가 깨달음을 얻는 것처럼 보이지만, 실은 우리가 이번 생이 아니라 전생에 이미 알고 있던 걸 그저 다시 발견하는 것이라 믿었다. 그는 이렇게 썼다. "영혼은 불멸하므로 이미 여러 번 태어난 적이 있고 여기 이곳과 지하세계의 모든 것들을 이미 보았다. 영혼이 배우지 않은 건 없고, 그러므로 전에 알았던 것들을 회상할 수 있는 것이 당연하다." 소크라테스에게 새로운 생각이나 발견은 사실 기억의 행위에 불과하다.

이는 메논의 역설을 가장 환기적인 언어로 설명하는 아름다운 생각이다. 이미 모든 걸 본 적 있으므로 그 일부가 가끔 우리

앞에 장엄한 데자뷔처럼 돌아온다. 마음속 틈에서, 모든 창조물의 유령이. 하지만 이런 관점은 영혼이 불멸하며 기억을 보존하는 능력을 갖췄다는 소크라테스의 믿음을 공유할 때만 호소력이 있다. 게다가 정신이 새로운 관념들을 생성할 수 없다는 모욕에 신경 쓰지 않아야 한다. 또 무언가를 찾는 일에 대한 실제적인 지침으로 삼기에 이 사랑스러운 이야기는 쓸모가 없다. 소크라테스의 주장은 우리가 외견상 새롭게 보이는 무언가를 어떻게 발견할 수 있었는지 사후적으로 설명할 수 있지만, 사전적으로 어떻게 그럴 수 있는지는 말해주지 못한다.

그럼에도 소크라테스 편을 들자면, 오늘날까지 이 능력을 향상하는 데 도움을 주기는 고사하고, 제대로 설명해낸 주장도 없다. 심히 유감스러운 일이다. 우리가 찾는 모든 것들, 가장 찾기 힘든 대상들은 가장 중요한 것이기에 그렇다. 우리는 어둠 속에서 잊은 이름뿐만 아니라 삶에서 가장 기본적인 것, 삶을 충족시키는 것들을 찾고자 한다. "그렇다면 내가 어찌 주 하느님을 찾는단 말인가?" 다른 종교의 독실한 신자였으나 기독교로 개종했기에 어디서 신을 찾아야 하는가 하는 문제로 곤혹에 빠진 아우구스티누스는 『고백록』에서 이렇게 질문한다. 그가 옳은 신을 언제 찾았는지 어떻게 알 수 있을까. 우리는 많은 중차대한 사안과 관련해 이 문제를 같이 고민해볼 수 있을 것이다. 우리는 어떻게 부름을 찾는가? 어떻게 의미를 찾는가? 어떻게 친구를, 공동체를, 가정을 찾는가? 어떻게 사랑할 사람을 찾는가? 삶에서 사라진 요소들을 수색하러 집 밖으로 나가봐야 하나? 아니면 운명이나 기회, 설계 따위가 마침내 스스로 모습을 드러낼 때까지 기다리고만 있어야 할까?

빌리는 운석을 발견하기 한참 전부터 낯선 세상에 난데없이 내던져진다는 것이 어떠한지 잘 알고 있었다. 태어나자마자 생물학적 부모에게서 버림을 받은 그는 동화에 등장하는 아이처럼 자식이 없고 가난하지만 어여쁜 부부에게 입양되어 자랐다. 우리가 흔히 말하는 업둥이였다. 빌리를 입양한 부모(이후로 그에게는 영원히 친부모님이었다.)는 동네 통조림공장에서 일하고 있었는데, 농장을 사려고 커피 깡통에다 돈을 모으고 있었다. 그런데 그들이 살던 판자촌에 화재가 일어나는 바람에 깡통과 그 안에 든 것이 죄다 불에 타버렸고, 그들은 다시 시작했다. 몇 년쯤 지나 집을 살 만한 자금을 확보했을 무렵 그들은 자신들이 도움의 손길을 내밀 수 있고 사망한 후에 재산도 물려줄 만한 이가 있으면 좋겠다고 생각하게 되었다. 이런 연유로 빌리는 그들과 가족이 되었다.

당시 미국에는 현대가 싹트고 있었다. 라디오에 엘비스 프레슬리가 나타났고, 텔레비전이 거실을 점령했으며, 포드사의 신형 선더버드 수천 대가 곧 길 위에 등장할 예정이었다. 하지만 빌리는 아버지와 마찬가지로 마차를 몰고 시내로 향했고, 그가 부모와 함께 살던 집에는 옥내 화장실이 없었다. 그는 딱히 부족함을 느끼지 못했다. 도처에 결핍과 빈곤이 널려 있었다. 미국의 다른 지역에서 무슨 일이 벌어지고 있건, 그는 직업을 물어보면 "토끼 사냥꾼"이라 대답하는 사람들과 소년들은 추수기면 농장 일을 도우러 한 달씩 학교를 결석하는 곳에서 성장했다.

빌리 역시 그런 소년들에 속했는데, 학업에 지장이 생기더라도 별로 신경을 쓰지 않았다. 수업에 딱히 흥미를 느끼지 못하는 보통 학생이었던 그는 아무려나 교실보다는 들판에서 더욱 행복했다. 그런 그에게는 보기 드문 자질이 있었다. 문제를 빠르게 파악하고 인내심을 발휘해 해결하는 자질이었다. 그는 부모가 가르쳐주는 전부를 민첩하게 배웠다. 그의 아버지는 공정하고, 쉬이 만족할 줄 모르고, 과묵하고, 누구보다도 근면 성실한 사람이었다. 월리스 스테그너Wallace Stegner가 "거친 촌부"라 표현했던, 투박하고, 속내를 잘 털어놓지 않고, 실리를 따지는 유형이었다. 어머니는 너그러운 편으로 늦은 나이에 얻은 유순한 아들을 애지중지했다. 정직하고, 감사할 줄 알고, 살갑고, 고된 노동을 두려워하지 않는 사람으로 자란 빌리는 스물다섯이 되던 해 두 사람을 땅에 묻었다.

그 무렵, 빌리는 아버지가 그랬던 것처럼 제작하지 못하거나 수리할 수 없는 게 없다시피 했다. 하지만 그는 아버지처럼 일찌감치부터 농사를 짓고 싶었다. 그는 농장 일을 잘해나갔지만, 그의 세대에는 1제곱킬로미터에 못 미치는 토지에서는 사실상 살아남기 어려웠고, 장비 비용만 수만 달러에 육박했다. 빌리도 자신이 감당할 수 있는 규모가 아니라는 걸 잘 알고 있었다. 그는 부모 소유의 농장 주택을 매각했고 동네 A&P 슈퍼마켓에서 처음에는 계산원으로, 그다음에는 유제품 코너 직원으로 일했다. 삽시간에 세월이 흘렀다. 그러던 어느 날, 그가 가게에서 일하고 있는데 젊은 여자가 장을 보러 들어왔다. 그는 주변 사람들에게 그녀에 대해 물었고, 빵 배달원이 그녀를 안다고 대답했다. 그 동네에 사는 샌디라는 소녀로 일곱 형제 중 하나인데 어머니는 젊어서 남편을 잃었다고 했다. 빌리는 빵 배달원에게 결혼식에서 신랑 들러리를 시켜줄 테니 그녀의 전화번호를 달라고 했다. 빌리와 샌디의 첫 데이트가 끝나갈 무렵, 그녀는 빌리가 이 우주에서 받은 또 다른 선물이었다는 사실이 드러났다. 여섯 달 후에 그들은 샌디가 어려서 다녔던 작은 교회에서 결혼식을 올렸다.

빌리는 부모를 닮아 짠돌이였다. 그는 벌이가 적더라도, 혹은 없더라도 꾸준히 저축했다. 그리고 어디에 살건, 어떤 일을 하건 늘 가족과 살던 집을 그리워했다. 그는 결혼 후 다시 그 집을 매입했는데, 옛날의 농가 주택은 흰개미들이 장악하고 있었다. 그는 눈물을 흘리며 집을 허물 수밖에 없다고 결론을 내렸다. 그리고 폭풍이 한바탕 휩쓸고 지나간 어느 겨울날 아침, 그와 아내는 맨땅에 누워 하얀 눈의 천사가 그들과 장차 태어날 아이들을 위해 통나무 오두막을 지을 자리를 표시하는 것을 지켜보았다. 오래 지나지 않아 그들은 착공했다. 주말이고 휴일이고 가리지 않고 아침 출근 전이나 저녁 퇴근 후 3년 동안의 고생길이 이어졌다. 토대를 파낸 어마어마한 흙을 수천 번 손수레로 나르고, 통나무 수백 개

하나하나 홈을 파고 자리를 만들고, 틈을 모르타르로 메우고, 지붕널을 고정하고, 방을 구획하고, 굴뚝을 올리고, 집 전체의 온도를 유지할 수 있도록 장작 난로 두 개를 만들 수 있게 바닥 돌을 고정했다. 친구들, 가족들이 토대를 세우고 지붕보 올리는 일을 도왔지만 작업 대부분은 두 사람이 손수 마쳤다.

공사가 끝나고 열 지어 늘어선 나무들이 경계를 짓고 그 나무들 사이로 계절에 따라 개울이 흐르는 널따란 공터에 오두막이 자리를 잡았다. 그 안에는 거실과 주방, 욕실, 1층 침실 두 칸, 꼭대기 다락방에 침실 한 칸이 있었고, 집 뒤쪽에는 장작 보관실이 딸려 있었다. 문밖으로 5만 평 토지가 펼쳐져 있었다. 그의 아버지의 땅이었고, 어머니의 우유 창고가 있었으며, 그가 말과 수레로 시내까지 작물을 실어 나르던 잔디가 펼쳐진 땅이었다. 마침내 살던 집으로 돌아온 그에게는 무언가가 있었다. 우리가 찾은 것, 우리가 행운이라고 여기는 것. 그는 주방 장작 난로 선반에, 25년 전 그가 발견한 위치에서 몇백 미터 떨어진 곳에 운석을 내려놓았다.

우리는 사랑을 어떻게 발견할까? 많은 이들과 다를 바 없이, 나는 싱글일 때 이 질문을 난처하게 여겼다. 사랑이란 어쨌거나 잃어버린 무엇이 아닌 것이다. 걸음을 되짚거나, 주변을 샅샅이 훑는다고 하더라도 사랑의 정확한 위치를 찾을 수 있는 건 아니다. 게다가 이런 방법으로 문제를 해결할 수 있는 것도 아니다. 우리는 오랫동안 사랑에 대해 생각하거나 그 생생한 세부를 상상해볼 수도 있지만, 자신의 마음속에서 사랑을 찾을 수는 없다. 사랑은 사라진 사람과 비슷하다. 사실 사랑이란 말 그대로 사라진 사람이나 마찬가지다. 한데 우리가 수색해야 할 범위는 본질적으로 무한하다. 그 사람을 만나려면 동네 카페에서 기다려야 할 수도 있고, 별로 참석하고 싶지 않은 휴일 모임에 가야 할 수도 있고, 세 개 주를 건너뛰어야 할 수도 있으며, 그 사람이 세네갈에 있는 병원의 직원일 수도 있고, 춥고 비가 오는 날 집에서 사십 블록 떨어진 곳에 있을 수도 있다. 설상가상으로 대부분 한 번도 본 적 없는 사람이다.

메논이 처한 곤경이 이런 유형일 것이다. 만난 적도 없고, 아는 바도 전혀 없는 사람을 어떻게 찾을 수 있을까? 직면하기 전의 사랑이란 우리가 한 번도 품은 적 없는 관념을 닮았다. 우리는 그것을 향해 더듬더듬 나아가볼 수 있지만, 궁극적으로 나타날지 아닐지는 수수께끼다. 이는 사랑이 주는 많은 즐거움 중 하나다. 사랑은 그것이 현현하는 시간과 장소에서, 무엇보다도 그 사랑이 구현되어 나타난 사람으로 인한 놀라움을 우리에게 안겨준다. 하지만 사랑을 갈구하는 사람들 입장에서는 심각한 문제다. 사랑은 우리가 살아가면서 찾고자 하는 가장 근사한 것 중 하나지만, 그걸 찾아가는 확실한 방법이란 없기 때문이다.

그러니 시도조차 하지 말아야 한다고 생각하는 이들도 있다. 이들은 철학적이거나 실용적인 이유에서, 아니면 전략적인 이유에서 능동적으로 배우자를 찾는 게 무의미하다고 본다. 비참해 보일뿐더러, 사랑은 찾아다닌다고 해서 발견할 수 있는 것이 아니라 각자의 방식대로 행복하고 충만하며 분주한 삶을 한껏 살아갈 때 절로 나타나기 마련이라는 것이다. 한편 어떤 사람들은 다른 목표와 마찬가지로 사랑을 찾으려면 노력이 필요하고 헌신은 보답받는다고 믿는다. 우리는 "애써야 하고", "만사에 긍정적으로 답해야 하고", 불행한 데이트(말하자면 허위목표)를 충분히 많이 한다면 대수 법칙에 따라 지고한 사랑을 찾게 될 거라는 얘기다.

나는 인생의 대부분을 사랑이 기본적으로 운석처럼, 난데없이 불쑥 눈앞에 나타나는 것으로 여겨지는 환경에서, 우리가 사랑을 찾아낸다면 그건 순전히 운이 따라서인 것으로 생각하는 분위기에서 살아왔다. 내가 이런 모델을 믿는다고 해서 다른 유형을 배제하겠다는 건 아니다. 그렇지만 내가 이 모델을 믿는 데는 이유가 있다. 그중 하나는 이것이 사랑에 관한 근본적인 진실을 반영하기 때문이다. 바로 통제할 수 없다는 것. 살면서 저 사람이 아니라 이 사람을 사랑하게 된 이유보다 설명하기 어려운 것도 많지 않다. 그리고 단순히 의지의 힘만 가지고는 바꾸기 어려운 것도 많지 않다. 또 다른 이유는, 이 모델에 따르면 우리는 사랑을 추구하는 방향으로만 인생을 조직할 필요가 없다. 따라서 일이든 친구든 여행이든 자원봉사든, 내가 시간을 보내기로 결정한 대상이 무엇이건 그것을 위해 인생을 조직하지 **않을 이유가 없다**는 것이다. 이는 삶을 드넓고, 자율적이며, 충족적인 것으로 바라보는 관점, 내가 항상 감사히 여기는 관점이기도 하다. 특히 역사적으로 여성들에게 허락되지 않아왔기에 더더욱 그렇다.

무엇보다도, 나는 결국 순수한 우연에서 사랑하는 이를 찾아냈다. 삼십 대에 진입한 후 싱글로 지내던 나는 문득 집에 처박혀 책을 읽거나 혼자 오랫동안 오솔길을 달리는 것, 조용히 일에 파묻혀 지내기처럼 단기적인 행복을 안겨준 일들이 배우자나 아이들, 사랑하는 사람들로 북적거리는 집처럼 내가 장기적으로 원하는 것들로 이끌어줄 수 없으리라는 데 생각이 미쳤다. 정신이 번쩍 드는 자각이었다. 그 무렵 내가 소중히 여겼던 고독은 진작 외로움으로 어둡게 물들고, 나만의 가족을 꾸리지 못했다는 슬픔을 물리칠 때가 잦아졌다. 난생처음으로 나는 사랑하는 이를 찾을 수 없을지도 모른다는 순전한 두려움에 사로잡혔다.

그래서 평생 지녀온 습관을 버리면서 대의를 위해 친구와 가족 들을 소집하고 온라인 데이트의 가능성을 타진해보며 능동적으로 연애 상대를 물색하기 시작했다. 친구들은 내 요청에 공감하며 진지하게 받아들였지만, 아무도 쓸모가 없었다. 그중 한 친구가 결국 현명하게도 내 친구들은 배우자를 찾는 데 하등 도움이 안 될 거라고 말해줬다. 그럴 만한 사람을 알고 있다면 벌써 나한테 소개해줬을 거라는 말이었다. 내 사랑은 더 멀찍이 떨어진 무리 속에 궤도를 빠져나오기만 하면 될 소행성처럼 도사리고 있었다. 친구는 새로운 친구들, 친구들의 친구들, 동료들, 편한 지인들의 도움을 받으라고 조언했다. 그럴듯한 충고였지만 내게는 따를 마음이 없었다. 한편 아주 짧게 온라인 데이트를 시도해본 결과는 우습게도 사랑과는 거리가 한참 멀었다. 웃기고, 쓸데없고, 어색하기만 했던 온라인 데이트는 옷 방에서 청바지를 반쯤 입다가 너무 크거나 너무 작다는 걸 깨닫는 경험과 비슷했다. 마침내 포기하고 슬픔을 참으며 문제를 무시하는 예전 습관을 되찾기까지는 오래 걸리지 않았다.

하지만 내가 통계적으로 유의미한 사례는 아닐 것이다. 나는 주변에서 다종다양한 방법으로 사랑하는 이를 발견한 사람들을 보아왔다. 사랑을 찾아 나섬으로써, 혹은 영 딴 데서 찾다가도, 혹은 전혀 찾아보지 않는데도 불구하고. 한 친구는 이별을 받아들이기 위해 소개팅에 오십 번 나갔고, 또 다른 친구는 가족과 가까운 동네로 이사해서 일과 가족에 집중하면서 버텨냈다. 두 사람 모두 지금은 행복한 결혼생활을 하고 있다. 내가 아는 사람들 중에는 연인을 찾아주려는 시도를 강철처럼 단호하게 불허하는 이들도 있고, 반려가 될 후보를 찾아 온갖 인맥을 동원해 저인망 수사에 나서는 이들도 있다. 내가 짧은 시간 시도했던 것처럼, 온라인에서 수많은 걸 찾아보는 현대인이라면 그렇듯, 이 목적하에 급증한 수많은 업체를 거쳐 온라인으로 사랑하는 이를 찾는 사람들도 알고 있다.

이런 업체들이 어떻게 커플을 탄생시키는지는 그 자체로 수수께끼다. 그들이 사용하는 알고리즘이 비밀에 부쳐져 있기 때문이다. 여하간 이들은 사랑하는 이를 찾으려면 무엇이 중요한지를 그런대로 명문화했다. 잠재적인 연인을 만나려면 우리는 어떻게든 탐색 범위를 좁혀야 한다. 방대한 가능성의 풀에 지리학이나 생리학을 좋아하는지, 텔레비전 취향은 어떤지, 아니면 어떤 반려동물을 좋아하는지 등의 제한을 걸어야 한다는 것이다. 그러나 온라인 데이트를 시도해본 사람이라면 대부분 알 텐데, 아무리 구체적이고 많은 제한을 걸어놓아도 여전히 끔찍한 상대를 길러내지는 못한다. 하지만 더 심각한 문제는 그 반대다. 우리가 설정한 바로 그 제한들이 완벽한 상대를 제거할지도 모른다는 것이다. 사랑과 관련해 우리는 우리 자신이 진짜로 원하는 게 뭔지 잘 모르기 때문이다. 혹은 바라는 이상형의 조건이 너무 많고, 그중 무언가가 잘못되었을 수도 있다.

심각한 문제다. 잘못 생각하고 있는 대상을 인지하기란 놀라울 정도로 어렵기 때문이다. 우리는 일상적인 경험을 통해 이를 잘 알고 있다. 책장에 꽂아둔 책을 찾고 있는데 오렌지색 표지라고 생각했지만 실제로는 파란색이어서 찾지 못한 경험처럼 말이다. 마찬가지로, 미래의 배우자를 알아보지 못하는 이들도 왕왕 있다. 책이나 영화, 혹은 삶에서 사랑에 빠지는 일을 묘사해온 가장 유명한 수사 중 하나는 바로 '눈앞에 있었는데 몰라봤다'는 것이다. 상대방을 기나긴 세월 알고 있었으면서도 그 존재를 거의 인지하지 못했거나, 그저 좋은 친구였거나, 때로는 가장 친한 친구였지만 그 이상으로 발전할 가능성을 꿈에도 생각해보지 않았을 수도 있다. 장차 짝이 될 사람에게 열정이 생겼지만 잘못된 방향으로 표출하는 경우도 있다. 『오만과 편견』에서 엘리자베스 베넷이 처음에는 다아시 씨를 경멸했던 것처럼 말이다.

말하자면 연애 상대를 찾아 나서는 모험은 메논의 첫 번째 질문과 더불어 두 번째 질문을 불러낸다. 상대를 어떻게 찾을까 하는 문제뿐 아니라, 찾았을 때 내가 찾던 그 사람인지를 어떻게 아느냐 하는 문제도 있다. 만약 두 사람이 서로를 이미 안다면 특별히 신비롭게 보이지는 않는다. 시간이 흐르면서 둘은 서로를 더 잘 알게 되고, 서로에게 속한다고 느낀다. 이럴 때 사랑은 노출된 필름 사진처럼 모습을 드러낸다. 하지만 다른 경우, 더 이상한 경우라면 사랑은 섬광처럼 출현한다. 사랑에 관한 온갖 불가사의(그 기원, 목적, 사랑의 주체인 우리 스스로도 딱히 할 말이 없는 이상하고 독재적인 선별 과정) 중에서 아마도 이 점이 가장 곤혹스러울 것이다. 때로 우리는 찾았다, 하고 즉시 알아차리는 것 같다. 찾던 것과 하나도 닮지 않은 걸 알게 되었을 때조차도. 우리가 그간 찾고 있었다는 걸 전혀 알지 못했을 때조차도.

우리는 메인 스트리트에서 만났다. C는 400킬로미터를 운전해 왔는데, 나를 만나려던 건 아니었다. 그녀는 메릴랜드에 있는 집에서 출발해 버몬트에서 일주일을 보내고 뉴욕 북부에서 열린 결혼식에 참석한 후였는데, 마침 내가 사는 동네가 쉬었다 가기에 맞춤한 위치에 있었다. 몇 달 전 공통의 친구가 딱히 의도가 없는 이메일을 보내 우리를 서로에게 소개하며 상대가 마음에 들 거라고 한 적이 있었다. 우리는 정중한 이메일을 주고받았다. 그러다 그해 늦봄에 그녀가 자동차 여행을 계획 중인데 마침 내가 사는 곳 근처를 지나간다는 걸 알게 되었다. 그녀는 점심 식사를 하자고 했다. 나는 동네 카페 한 곳을 알려주었다. 약속 시간이 다 되어 나는 걸어서 시내로 나갔고, 카페 문 안쪽으로 고개를 들이밀고 그녀가 왔는지 확인한 후, 다시 밖에서 기다렸다.

5월 중순이었던 그날은 새벽녘에는 쌀쌀했지만 빠르게 화사해지고 있었다. 앞의 길은 허드슨강을 향해 접어들었고, 뒤쪽으로는 애팔래치아산맥 동쪽으로 돌출한 봉우리 나뭇잎들이 봄날의 연한 녹색으로 물들어가고 있었다. 그날 아침에 나는 그곳으로 조깅을 다녀왔다. 개천이 흐르는 옆길을 따라 올라가면 돌투성이 정상에 도달하는데, 서쪽으로는 강 너머로 캣츠킬이 보이고, 남쪽으로 쭉 가면 맨해튼이 나오는 경로였다. 나는 십여 년 전에 뉴욕에서 이곳으로 이사해 쭉 살아왔는데, 어린 시절보다 오랜 세월을 이처럼 산을 배경으로 두른 동네에 살고 있었다는 걸 깨닫고 새삼 놀라웠다. 나는 달리는 동안 내 집에 만족하기는 하지만 한편으로는 본질적으로 다소 임의적이라는 생각을 하고 있었다. 메인스트리트에 서 있다가 내 쪽으로 다가오는 C를 올려다보기 전까지 무슨 생각에 빠져 있었는지는 기억나지 않는다.

그리고 오랜 시간이 지난 지금, 그날의 그녀와 내 모습을 불러내자니 이상하다는 기분이 든다. 플라톤의 『향연』에서, 아리스토파네스는 한 쌍의 연인을 신에 의해 두 개의 반쪽으로 나뉜 하나의 전체로, 잃어버린 상대를 찾기 전까지 완전함을 느낄 수 없는 존재로 본다. 하지만 C와 나는 서로 만나기 전부터 완벽한 전체였다. 이제야 드는 생각이지만 사실 그 순간을 생각할 때면 그녀의 완전함이 곧장 떠오른다. 내게로 걸어오는 그녀는 더할 나위 없이 눈에 띄게 특별했다. 그리고 당시의 나는 여전히 그녀에 대해 전혀 모르고 있었다. 그녀는 호리호리하고 하얀 피부를 지녔고, 검은 머리카락이 어깨 뒤로 흘러내리고 있었는데, 자동차로 여행하는 사람치고는 희한하게도 옥스퍼드 셔츠에 재킷 차림이었다. 이게 방금 막 (비록 그때는 몰랐지만) 나의 새로운 인생이 된 무언가에 대해 내가 얻을 수 있는 정보의 최대치였다. 돌이켜보면 점심을 같이 먹을 상대가 그녀라는 걸 바로 어떻게 알아봤는지 도통 알 수 없을 정도로 그녀는 그 순간 내게 완전한 타인이었다. 역사를 10억분의 1도 회전시키면 그녀는 그 모습 그대로 영원히 남아 있으리라. 하여간 나는 우리가 만나기 직전 시공간의 마지막 짧은 한 칸을 닫으며 내 쪽으로 걸어 올라오는 그녀를 바라보았다.

바로 알아봤다는 말이 정확하다고는 할 수 없다. 그날 처음으로 같이 한 점심 식사에서 내가 사로잡혔던 주된 감정은 극도의 경계심이었다. 그녀는 진중하고 비범할 정도로 지적인 사람이어서 나는 가파른 지형을 기어오르는 사람처럼 한껏 집중하고 있었다. 봉우리는 높고도 다양했으며, 시야는 방대하고, 사랑스럽고, 놀라웠다. 그녀는 어쩐지 솔직담백한 동시에 내성적인 인상을 주었고, 그래서 그녀가 처음으로 순전한 기쁨으로 웃음을 터뜨리고 말았을 때, 곧장 그녀를 다시 웃게 하고 싶었다. 나는 그녀가 말하는 모습을, 지휘자처럼 우리 사이의 공기를 움직이는 그녀의 기다란 손가락들을 바라보았다. 나는 날이 더워져 재킷을 벗고 소매를 걷는 그녀의 편안하면서도 예의 바른 움직임을 바라보았다. 우리는 카페의 사람이 없는 야외 파티오에 앉아 두 시간 반 동안 얘기했는데, 실제로는 그 절반 정도의 시간만 흘러간 것 같았다. 아니면 시간의 주인이 우리를 흘긋 보고는 잠시 규율에서 벗어나도록 허락한 것마냥, 몇 주 후 우리가 공항 출발구역 앞 멈춤 금지구역에서 기나긴 작별을 할 수 있도록 웃으며 내버려둔 친절한 보안요원처럼, 뭔가 서둘러 흘러가는 것들에서 느슨해진 기분이었다.

우리가 마침내 필요하지도 않은 커피를 다 마시고 카페 안쪽 카운터에 식기를 반납한 다음, 나는 스스로도 이해할 수 없는 충동에 굴복해 그녀에게 다시 길을 떠나기 전에 내 집을 한번 보지 않겠느냐고 초대했다. 우리는 함께 산책했다. 나는 그녀에게 나의 조그만 차고 집carriage house(본디 1층은 차고 혹은 마구간, 2층은 생활공간으로 사용되던 건축물로 현재는 개보수를 통해 소규모 가족 등을 위한 가옥으로 활용된다.—옮긴이)과 앞쪽 정원에 자란 키가 우리 발목에도 못 미치는 토마토며 후추, 이제 막 지표면을 조그만 잠망경처럼 빠져나와 잎을 펼치던 콩 화분들을 보여주었다. 그런 후, 나는 그녀를 왜 데려왔으며 이제부터 뭘 어쩌면 좋을지 모르는 채로 불쑥 조심해서 돌아가라고 말했다. 우리는 다소 어색하게 작별을 고했다. 그리고 집 안으로 들어간 나는 시간이 많이 늦었다는 걸 깨닫고 놀랐다.

그날 저녁, 그녀는 이런 이메일을 보냈다. "전 한심하게도 이런 일에 서투르고 그쪽은 세 개 주 너머에 살고 있지만 다음에 우리가 어디든 같은 도시 가까이 있다면 제가 저녁 식사를 대접하고 싶습니다." 두 가지 사건이 확신할 수 없을 정도로 빠르게 일어났고, 내 두뇌는 그녀가 쓴 문장의 끝에 도달하기도 전에 인생을 바꾸는 재정비에 돌입했다. 처음에는 한 이미지가 갑자기 다른 이미지로 수렴할 때의 시각적 환영처럼 우리가 함께 보낸 그날 오후가 저절로 통째로 배열을 바꾸었다. 그 메일을 받기 전까지 내 머릿속에는 C가 여자와 사귀었다는 사실이 스친 적이 없었는데, 아마도 내가 그녀에게 강렬하게 끌리던 느낌의 본질을 정확히 몰라서였을 것이다. 일주일 뒤, 우리는 C가 친구 결혼식에 참석했다 돌아오는 길에 첫 번째 데이트를 했다. 우리는 저녁을 먹고 둘 다 형편없다고 생각한 영화를 본 후에 밤 산책을 나갔다. 그날 어떤 길을 걸었는지가, 우리가 가까워졌다 멀어졌다 천천히 걷던 것이, 내 마음속에서 갑자기 가장 중요한 자리를 점하게 된 우리 사이의 변화무쌍한 공간이 아직도 또렷하게 기억이 난다. 그날 밤은 온화했고 구름이 없었다. 늘 그렇듯 초승달이 먼 거리에서 굴뚝과 우듬지 사이로 사라지고 나타나면서 우리를 동반했다. 간혹 그녀의 웃음소리가 횃대에 앉아 있다가 깜짝 놀란 찌르레기들처럼 공기 중으로 높이 퍼져나갔다. 우리가 집 안에 들어와 소파에 자리를 잡았을 때, 나는 그녀를 쓰다듬고 싶다는, 거기 그대로 앉아 그녀가 하는 말을 듣고만 있고 싶다는 강렬한 깨달음에 사로잡혔다. 그 후 우리가 시간이 한참 늦은 한밤중에야 비로소 키스하게 된 건 순전히 내 탓이었다.

할 수야 있지만 그 순간을 묘사할 생각은 없다. 다만 그 사건은 평생 몇 안 되는 이들만이 드물게 누리는 순간들 중 하나로, 세세한 부분 하나하나 불멸로 남는 종류라는 말은 하고 싶다. 그 후 우리는 다시 밖으로 나갔다. 달이 진 뒤였다. 별들과 고요함이 하늘에 가득했다. 우리를 에워싼 우주가 팽창하고 있었다. 무언가로부터도 아니었고, 무언가로도 아니었으며, 그저 그 자체로, 공간의 척도를 변화시키며 존재의 경계를 확장하고 있었다. 강과 약, 중력과 전자기, 알려진 힘과 미지의 힘이 전부 이 우주에 제 힘을 가하고 있었다. 우리가 그 힘을 느낄 수 있었다면, 알 리가 없지만 느낄 수 있었더라면 그 힘은 마치 우리가 지닌 힘인 것처럼, 프톨레마이오스의 가장 작은 천체처럼 우리의 내부에서 회전하고 있었으리라. 마침내 나는 그녀를 다시 집 안으로 이끌었다. 그로부터 한동안 그녀가 아닌 모든 것, 우리가 있던 집, 우리가 속하지 않은 나머지 세계, 시간의 흐름, 과거와 미래는 내 의식 속에서 소멸해 있었다.

다음 날 아침, 우리는 수줍은 채 크고 작은 행복과 기쁨에 겨워 잠에서 깨어났다. 우리는 서로에 대해 아는 바가 없다시피 했다. 그녀는 어둠 속에서 보이지 않았던 내 어깨의 타투를 보고 깜짝 놀랐다. 나는 그녀의 진중한 갈색 눈동자가 눈부신 햇빛을 받으면 녹색으로 변하는 걸 보고 깜짝 놀랐다. 그녀가 녹갈색이라고 말해주었지만 나는 '**마법이다.**'라고 생각했고, 그때부터 그녀를 마법의 눈을 지닌 사람으로 생각하게 되었다. 우리는 집에서 커피를 끓이기보다 시내로 나가 마시기로 하고 같이 집을 나섰다. 그리고 집 앞 낮은 언덕을 올라가는 길에 나는 그녀의 손을 잡았다. 전날 밤 서로를 만지던 손과는 전율이 일 정도로 다르게 다가오는, 더 순수하지만 훨씬 결정적인 손이었다. 밤새 나는 아침 식사를 하러 가면서 상대의 손을 잡고 싶어 하는 사람이 되어 있었다.

그녀는 정오에 출발했다. 한데 내 책장에서 시집 한 권을 슬쩍 꺼내 내 눈길이 반드시 닿을 만한 곳에 보란 듯이 고른 페이지를 펼쳐놓고 간 거였다. 얼마 후 나는 시집을 보게 되었고, 그러자 갓 불을 붙인 촛불처럼 내 안에서 무언가가 불길처럼 솟아올랐다. 그때까지 모르고 있었다 하더라도, 그 순간 나는 알게 되었던 것이다.

단테 알리기에리가 아홉 살이었을 때(그가 어린이답게 시간의 단위를 촘촘하게 헤아려 실은 열 살에 가까운 나이였다고 적고 있긴 하지만), 고향 피렌체에서 또래 소녀가 그의 눈에 들어왔다. 그는 그녀의 이름이 축복의 수여자라는 뜻을 지닌 베아트리체라는 걸 알게 되었다. 한참 지난 후에 그는 『신생』에서 뚜렷하게 기술적인 용어들을 동원해 그녀를 본 순간 일어났던 일을 이렇게 묘사했다. "모든 신경들이 위치한 두개골의 드높은 곳에 거하는 생생한 정신이 경이로움으로 가득 차서 내 두 눈에 이런 말을 전달한다. '이제 그대의 축복이 나타났다.'"

서구 문학사에 기록된 여러 위대한 열정적 사건 중에서도 베아트리체를 향한 단테의 열정은 가장 기이한 축에 속한다. 짝사랑이었고, 결국 이루어지지 않았으며, 접점이 없다시피 했다. 이는 일견 가망 없는 끌림의 전형으로 여겨질 뿐, 지속적인 사랑의 모델로는 보이지 않는다. 그들은 처음 만나고 9년이 지나 재회했는데, 이때 단테로서는 무한히 기쁘게도 베아트리체가 그에게 인사를 건넸다. 그 후로도 그들은 거리에서 때때로 서로를 스쳐 지나갔지만 한 번도 말을 나누지는 않았다. 그러다 베아트리체가 스물다섯 살의 나이에 돌연 사망하고 말았다.

첫눈에 사랑에 빠질 수 있다는 가능성을 진지하게 고려하지 않는다면 이는 로맨스로 뒷받침되지 않은 비극이다. 물론 단테는 진지하게 고려했다. 그는 베아트리체를 완벽한 여인으로 칭하며 자신이 정신적으로 성취한 진보를 그녀의 공으로 돌리며 자신의 전 생애와 과거, 현재, 그리고 미래는 물론이고 수십 편의 시까지 헌정했다. 그녀가 동네에서 평판이 좋다는 걸 제외하면 그녀에 대해 아는 바가 전무하다시피 했다. 그는 그녀의 마음이 어떻게 변모했는지, 무엇에 심취했는지, 무엇을 꿈꾸는지, 내면의 지형학이나 온도가 어떠한지 조금도 알지 못했다. 요약하자면 그의 "생생한 정신vital spirit"의 즉각적인 반응을 제외하면, 그녀에 대한 사랑이 촉발될 수 있는 게 없었다는 말이다.

사랑하는 이를 이런 식으로 발견할 수 있다는 생각이 터무니

없다고 치부하기는 쉽다. 첫눈에 사랑에 빠진다는 생각은 이를 폄하하는 많은 사람들에게 바보 같다고 여겨지며, 더 나쁘게는 위험하다고 여겨진다. 어느 쪽이건 할리우드 각본가들과 얼치기 소설가들, 그리고 필사적인 연애 지상주의자들 때문에 현대까지 이어진, 얄팍하고 시효가 다한 허구로 순전히 허황된 것에 불과하다는 것이다. 이런 논객들에 따르면 우리가 심오한 정서적 경험으로 여기는 감정은 그저 물리적 아름다움에 대한 얄팍한 반응에 불과하다. 누군가를 만나는 첫 찰나에 우리가 달리 무엇에 주목한단 말인가? 마찬가지로 바로 이 사람이다, 라는 느낌도 얼토당토않다는 것이다. 이들은 꾸준히 그 결과를 추적해보면 급격히 사랑에 빠지는 커플들 이야기가 딱히 감동적이지 않을 거라고 논한다. 열정적인 확신에 빠져 서둘러 시작된 관계들은 대부분 처음 그랬던 것처럼 빠르게 흐지부지될 뿐이다. 그렇지 않더라도 수년, 혹은 수십 년이 지나면 급격한 사랑에 빠졌던 이들도 점차 빠져나오리라는 것이다. 우리는 『신생』에서 묻고자 하는 평행우주적 질문(단테와 베아트리체가 함께했다면 행복했을까?)의 답을 알지 못한다.

이런 회의적인 관점은 꾸준히 이어져온 '동화적인 사랑'이라는 개념을 교정하는 데 쓸모가 있다. 동화적인 사랑은 온갖 사람들을 우리의 잠재적인 연인 후보에서 몰아낼 뿐 아니라, 진지하고 지속적이며 성숙한 관계에 요구되는 대부분의 요소를 배제한다. 학자이자 활동가 벨 훅스bell hooks는 『올 어바웃 러브』에서 이렇게 쓴다. "날마다 사랑은 수수께끼이며 알 수 없는 것이라 말하는 메시지들이 쏟아진다. 영화에서는 서로 대화조차 하지 않는, 자신의 몸이나 성욕, 호오에 대해 한마디도 나누지 않고 함께 잠자리에 드는 사람들을 사랑에 빠진 인물로 재현한다. 매스미디어는 이런 메시지들을 전하며 [상대방이나 자신에 대한] 지식이 사랑에 김을 뺀다고 말한다." 하지만 훅스는 현실에서 상대방이나 자신에 대해 힘들게 얻은 심오하고 내밀한 지식은 "사랑의 본질적인 요소"라 논한다.

나는 이 말에 전적으로 동의한다. 허나 사랑이 수수께끼라는 점은 **사실이다**. 사랑과 관련된 무수한 신비 중 하나는, 단테가 그러했듯, 우리가 사랑이라는 축복을 받았음을 때로 매우 빨리 알아차린다는 점이다. "첫눈에 반하다."라는 표현은 과장일 수 있지만, 표현 자체를 두고 옥신각신하는 게 핵심은 아니다. 처음 봤을 때, 처음으로 어울렸을 때, 처음 말을 섞었을 때, 처음 데이트를 했을 때처럼 서로에게 노출된 찰나가 정확히 얼마나 지속되었는지와 관계없이, 우리는 때로 믿을 수 없을 정도로 빠르게 사랑하는 이를 찾았다는 걸 깨닫는다. 어려서 운석을 발견했던 빌리는 성인이 된 후 식료품점에서 그녀를 본 순간 미래의 아내를 만났다는 걸 알았다. 내 어머니는 아버지와의 두 번째 데이트에서 결혼하자고 했다. 많은 사람들과 마찬가지로 이들에게 사랑하는 이는 머릿속에 어떤 아이디어가 떠오를 때처럼 또렷하게 돌연 모습을 드러냈다. **유레카**. 이 사람이다. 바로 이 사람이다.

그런데 이런 일이 벌어지는 와중에 우리는 무엇을 깨닫는 걸까? 논자들이 뭐라고 하건, 그저 물리적인 아름다움만은 아닐 것이다. 아무 느낌도 없이 낯선 이의 외모를 칭찬하는 건 얼마든지 가능한데, 이는 그 사람의 전반적인 면모들에 끌리지 않더라도 외모에는 당연히 즉시 끌릴 수 있다는 얘기다. 한편 전자의 경우, 상대가 겉으로 드러내는 특징 이상의 무엇에 반응한다는 얘기다. '이상의 무엇'이 보통 이상으로 강력한 끌림에 불과하다고 말할 수도 있겠지만, 이는 지금 제기하고 있는 문제를 해결하기보다는 다시 소환하는 쪽이다. 매력적인 사람들이 수없이 많은데 하필 이 사람에게서 그토록 눈을 떼지 못할 때, 우리는 무엇을 감각하는 걸까? 역시 이해할 수 없게도, 우리는 어떻게 그럴 수 있는 걸까? 우리는 우리 자신의 어떤 불가사의한 부분을 통해서 그토록 빠르게 이 사람이 내 운명이라고 결론 짓기 충분한 정보를 습득하는 걸까?

이 문제를 해결하려는 시도가 오랫동안 이어져왔다. 플라톤은 앎에 관한 전반적인 접근 방식과 마찬가지로 기억을 통해 사랑하는 이를 식별할 수 있다고 믿었다. 플라톤에게 첫눈에 반하는 사랑 따위는 존재하지 않았다. 우리는 아주 오래전, 현생이 시작되기도 전 언젠가 본 적이 있기에 상대를 알아보는 것이다. (커플들 중에는 이런 식으로 아주 일찍부터 영원토록 서로를 알고 있었다는 기분을 통해 연결감을 경험하는 이들도 있다.) 이 논리가 야기하는 다른 문제들은 일단 제쳐두자. 플라톤의 말에는 실제로 급격히 사랑에 빠지는 이유를 그럴듯한 메커니즘으로 설명하는 장점이 있다. 낯선 이와 눈빛을 교환하면 딱 그만큼을 알게 될 뿐이지만, 회상은 아무리 희미하거나 찰나적이라도 즉시 강력한 감정들을 불러낼 수 있다는 걸 우리는 경험을 통해 안다.

하지만 플라톤의 동시대인 상당수가 첫눈에 사랑에 빠지는 이유에 대해 다른 해석을 내놓았다. 그리스 신화나 로마 신화에서 열정이란 종종 큐피드나 에로스의 화살이 순간적으로 빠르게 공기 중으로 전달하는 사랑처럼 외부에서 주어지는 것으로 묘사되었다. 유일신교가 서구를 지배하면서 이런 신들과 그 무기들 대신 묘약으로 무장한 마법사들과 이간자들이 등장했다. 이 묘약들은 '첫눈에 반하는 사랑'이라는 개념과 잘 어울리게도 바로 '눈'에 작용하기도 한다. 『한여름밤의 꿈』에서 오베론과 퍽이 드미트리우스와 티타니아, 그리고 라이샌더에게 그러했듯이. 여러 세기에 걸쳐 보카치오에서 예이츠에 이르는 위대한 사상가들과 작가들이 열정은 이런 방식으로, 예이츠가 썼듯 "사랑은 눈을 통해 전해진다."는데 의견을 모았다. 그러나 단테는 동의하지 않았다. 그에 따르면 눈은 가장 마지막에 알게 된다. 눈은 "생생한 정신"이 일깨워줄 때에야 인지한다는 것이다.

이런 수많은 설명 중, 언젠가 필멸하는 우리의 친밀감을 고양하는 동시에 조롱하는 신화적 해석이 가장 많은 생각을 불러일으킨다. 사랑은 때로 자신만의 기적처럼 느껴지고, 때로는 신의 소문자 행위처럼 여겨진다. 은유적 풍부함이라는 맥락에서, 나는 우리가 화살이 원래 지닌 금빛을 되찾으려고, 얼마나 뾰족했는지 살펴보려고 눈에 익은 변색된 부분을 문질러 없애야 할지라도, 이런 접근이 가장 좋다고 할 수 있을지는 모르겠다. 하지만 첫눈에 반하는 사랑을 근대화한 이는 단테였다. 그는 이를 설명하면서 전생이 아닌 현생에 주목하며, 신이 아니라 우리의 뇌, 신체, 그리고 정신으로 들어간다. 하나같이 우리가 스스로를 이해하기 위해 자주 들여다보는 부분이다. 이 다양한 부분들이 한데 모여 주어진 정보를 처리하는 일종의 기관을 구성하는데, 단테에 따르면 그 결과는 뒤늦게서야 의식적으로 자각될 수 있을 뿐이다.

물론 단테가 말하는 기관은 인간 정신으로, 자신과 세계를 이해하려는 놀라운 장치다. 아직도 우리는 단테보다 아는 것이 많지 않지만, 우리가 아는 바에 따르면, 사랑하는 이를 찾았음을 그토록 빨리 알아차린다는 사실에 딱히 놀랄 필요는 없다. 인간이 지닌 인지능력의 특징 중 하나는 제한된 정보에서 종종 믿을 수 없는 속도로 광범위한 결론을 끌어내는 능력이다. 그래서 우리는 돌연한 빛의 움직임과 결합된 날카로운 소리에 반응하여 떨어지는 나뭇가지를 피할 수 있는 것이다. 또 우리는 낯선 얼굴로 가득한 방에서 열두 명의 타인이 보여주는 표정으로부터 뭔가 아주 잘못되었다는 걸 안다. 그렇다면 우리가 새로운 사람을 만났을 때 상대의 눈빛을 보고 대화하고 점심을 함께 들면서 우리가 안전하다고, 좋은 소식이 있을 거라고, 그 어느 때보다도 좋은 소식일 거라고 빠르게 추론하지 않을 이유가 없다.

이런 설명에도 만족하지 못한 반대론자라면 여전히 우리가 타인에게서 그토록 많은 걸 느낄 수 있는 능력에 의혹을 품으리라. 하지만 그건 인간의 능력을 얕잡아 보는 것이고, 이미 모순이 있는 의혹이다. 어쨌거나 급격히 사랑에 빠지는 일이 늘 수상쩍게 여겨지지는 않는다. 아이가 태어나는 순간 압도적인 사랑을 느끼는 부모에 의문을 제기하는 이는 없다. 갓 태어난 아기를 사랑하는 것과 다 큰 어른을 사랑하게 되는 것이 비슷한 경험이라고 말할 생각은 아니다. 다만 서로를 깊이 이해하는 것만이 상대와 강력한 연결감을 느끼는 유일한 근거가 아니라고 말하고 싶다. 그리고 한순간에 알게 된 정보라고 해서 전부 의혹의 대상이 되지도 않는다. 예감과 본능을 찬양하는 데에 무수히 많은 말이 쓰였다. 그런 직관은 설령 종종 우리가 길을 잃게 할지라도, 때로는 누구보다 보수적인 인식론자조차 인정할 정도로, 한낱 우연으로 치부하기에는 극적으로 옳다. 어떻게 가능한지 아직 설명되진 않았지만, 우리는 여러 종류의 지식을 가끔은 거의 즉시 습득한다.

이 지식이 사랑에 대한 지식일 때, 우리의 인생은 놀랍도록 빠르게, 놀랍도록 구석구석 변화한다. 배우자를 찾고 있지만 끝내 찾을 수 없을지도 모른다는 절망에 빠진 이들에게 내가 말하려는 바가 이 점이다. 사랑하는 이를 발견하지 못한 상태와 발견한 상태는 어마어마하게 다르지만, 그래도 우리는 하루 만에 전자에서 후자로 건너갈 수 있다. 단테는 베아트리체를 만난 순간 그러했다. 주로 이탈리아어로 글을 썼던 그가 무게를 더하려고 라틴어로 완벽히 간결하게 묘사한 바에 따르면, incipit vita nova. 새로운 삶이 시작된다. 그는 사랑에 빠진 순간을 이렇게 표현했다.

나는 두 번째 데이트에 앞서 조바심이 났다. C가 내게 전보다 덜 관심 있어 할 거라는 생각이 들었다. 첫 데이트에서 느꼈던 희열(더 많이 행복할 거라는 기대로 증폭된 짜릿한 기분)이 우리가 다시 만나면 온데간데없이 사라질지도 모른다고도 생각했다. 당시 나는 친구들 사이에서 연애에 관한 한 귀를 꽉 닫은 고집쟁이로 정평이 나 있었다. 많은 데이트를 했지만 대개 짧게 끝났다. 대학 이후로는 누구와도 진지한 관계를 맺은 적이 없었다. 이십 대에는, 특히 뉴욕으로 이사한 후로는 별다른 문제가 아니었다. 하지만 내가 삼십 대 중반에 접어들고 주위 사람들이 점점 더 많이 배우자를 찾아 정착하자 사랑하는 이를 좀처럼 찾지 못하는 것이 문제로 보이기 시작했다. 단 며칠 만에 관계를 지속할 수 없는 온갖 이유를 찾아내려는 내 경향을 살펴본 한 친구는 내 마음이 적신호를 감지하는 데 최적화되어 있다고 말했다. 또 다른 친구는 농담으로 내가 백마 탄 왕자의 여자 버전이 갑자기 나타나기만을 마냥 기다린다고 했다.

두 가지 혐의 중에서 후자가 진실에 가까운 쪽이었다. 데이트하는 상대가 부적격인 이유를 언제든 찾아낼 수 있다는 건 사실이었지만, 그게 진짜 이유인 적은 없었다. 어느 경우건 진짜 이유는 **아니야**라는 생각이 드는 것 때문이 아니라 **이 사람이야**라는 확신을 받은 적이 없기 때문이었다. 딱 한 번 내면에서 들려오는 강력한 찬성 없이 관계를 이어가려는 노력을 해봤는데, 부분적으로는 내가 연애할 때 까다롭게 구는 이유가 사랑에 내재한 취약함을 피하려고 하기 때문이라는 논리를 진지하게 받아들이려는 노력 중이어서였고, 한편으로는 처음부터 모습을 드러내기보다는 시간을 두고 점차 솟아오르는 확신의 감정이 있으리라 생각되어서였고, 또 한편으로는 그 관계가 예컨대 서류상으로는 잘될 것 같아서였다. 하지만 잘되지 않았다. 언젠가 잘될지도 모르는 척하는 수고를 하기에는 나도 불편했고 상대에게도 너무나 부당했다. 관계가 깨지고 나는 다시는 이런 실수를 하지 않겠다고 다짐했다. 후에 C를 만났을 때는 저절로 **이 사람이다**라는 느낌에 사로잡혔고, 나는 내가 옳았다는 데, 기다리는 게 옳았다는 데서 강렬한 안도를 느꼈다. 하지만 희망은 그 안에 몰래 숨은 두려움 없이는 존재할 수 없고, 두 번째 데이트를 앞두고 있던 나는 이런 감정들의 기반이 너무나 취약하여 그녀를 다시 만나면 휘발되고 말까 봐 두려웠다.

그러던 어느 날, 화창한 금요일 오후에 그녀가 한 다발의 꽃을 들고 문 앞에 모습을 드러냈다. 그로부터 시간이 흘러 언젠가 그녀는 문학평론가 필립 피셔Philip Fisher가 경이로운 감정을 다룬, 우리가 무지개, 위대한 예술작품, 현미경 아래 놓인 물 한 방울처럼 눈을 뗄 수 없는 광경에 어떻게 반응하는지를 설명한 한 권의 책을 내게 주게 될 것이었다. 이 책에서 피셔는 새로운 대상을 갑자기 이해하게 되는 순간("그것을 받아들이는 순간")에 사람들은 대개 미소를 짓는다고 말한다. C가 내 집을 다시 찾아온 그날 나는 미소를 짓고 또 지었다. 그날 그 어떤 행복도 그녀를 발견했다는 사실에는 미치지 못할 거라고 생각했다. 나는 꽃다발을 받아 테이블에 올려놓고는 좀 전까지 꽃을 안고 있던 그녀의 두 팔에 안겨 들었다. 그때 내게 빗발친 감정들 중에 거의 상반되는 두 가지가 있었다. 이 세상 그 무엇도 이보다 자연스럽게 느껴지지는 않으리라는 것. 이 세상 그 무엇도 이보다 놀랍지는 않으리라는 것.

열정이나 숭배, 불안이나 지고의 행복처럼 강력한 후보들은 제쳐두자. 사랑에 빠질 때를 특징 짓는 감정은 놀라움amazement이다. 무엇보다도 이는 내게 닥쳐오는 일로 인해 크나큰 충격을 받는 경험이다. “네가 진짜라니 믿을 수가 없어.” 연인들은 진심을 다해 상대가 그리핀이나 천사라도 되는 것처럼 말한다. 다른 맥락에서라면 우리는 예측 불가능한 세상과 갑자기 마주할 때 냉철하고 심란해진다. 소중히 여겼던 것들이 갑자기 사라져버릴 수 있다는 충격을 안겨주는 상실처럼. 하지만 사랑에 빠진다는 건 이러한 마주침의 빛나는 이면이고, 삶이 우리에게 놀라움을 안겨줄 때 느낄 수 있는 깊은 기쁨의 한 예다.

놀라움은 이전까지 보이지 않던 것을 드러내고, 우리에게 무언가를 가르쳐주며, 많은 경우 우리가 아는 것이 턱없이 적다는 걸 알려준다. C와 두 번째 데이트를 하는 동안 나는 존 키츠John Keats가 쓴 시구 한 쌍을 곱씹고 있었다. “그때 나는 하늘의 관찰자처럼 느꼈다 / 새로운 행성 하나가 자신의 시야에 들어왔을 때.” C를 만났을 때, 우주에 대한 나의 이해는 절로 재구성되었다. 나는 거의 즉시 삶에서 가장 중요한 요소 하나를 이제 알게 되었음을 깨달았다. 그건 삶을 함께 나누고픈 사람이었다. 그리고 동시에 그 사람에 대해 아는 바가 거의 하나도 없다는 사실도 깨달았다. 이러한 무지는 다른 종류의 무지와는 다르게 잘 보이지 않지도, 수동적이도 않다. 이러한 무지는 명백하고 다급하며, 스스로 소멸할 길을 능동적으로 찾는다. 사랑에 빠진다는 건 정보를 갈망하는 상태가 된다는 것이다. 단테처럼 자신의 감정을 상대가 모른다면 먼 거리에서 온갖 세세한 정보들을 어렵사리 구해야 한다. 운이 좋다면 사랑하는 이의 몸과 마음, 정신, 습관, 집을 포함한 전부에 대해 포괄적이고 사적인 탐구를 할 수 있을 것이다. 그 철저함과 탐욕 면에서, 상대를 알고 싶은 갈급함은 전형적으로 지식에 대한 갈망이다. 일반적으로 사랑에 대한 갈망은, 그것이 육체적이건 감정적이건 지적이건 실존적이건, 언제나 '더 많이' 요구한다.

이런 이유에서 C와의 두 번째 데이트가 열아흐레나 이어졌다는 생각이 든다. 당연히 처음부터 그렇게 많은 시간을 함께 보내기로 계획했던 건 아니었다. 하지만 그달에 뉴욕에서 연달아 미팅을 해야 했던 그녀가 북부로 왔고, 나는 맨해튼까지 기차로 훌쩍 오갈 수 있는 곳에 살고 있었다. 허드슨밸리에 늦봄이 찾아왔다. 길가에 늘어선 체리나무와 야생능금나무가 분홍색과 흰색 꽃을 흐드러지게 피웠고, 메인 스트리트의 상점들은 출입문에 쐐기를 박아 활짝 열어두었다. 파머스마켓 철이었고, 딸기 축제 철이었다. 야외 음악회가 시작하려는 참이었다. 더 머물러요, 내가 말했다. 그녀는 그렇게 했다.

Incipit vita nova. 이어진 나날 동안 우리는 서로가 마냥 새로운 것만큼이나 이 세상도 새롭기만 한 이들처럼 또렷하고 생생하고 기민한 삶으로 나란히 입장했다. 초반에 어느 날에는 공원을 걷다가 개울을 따라 허드슨강까지 갔다. 오후의 햇살이 강의 푸른 물결을 금색과 은색으로 채우고 있었다. 봐, C는 우리가 강을 따라 남쪽으로 걷는 동안 몇 분마다 한 번씩 말했다. 그때마다 바위를 향해 쏜살같이 헤엄치는 블루피시의 그림자가, 진흙에 반쯤 파묻힌 두꺼비가, 강둑에 꼼짝하지 않고 선 왜가리가 보였다. 그녀가 말하길 어렸을 때 토착 문명에 관심이 있던 그녀를 아버지가 들판이며 바닷가로 데려가 함께 몇 시간씩이나 돌아다니면서 도기 조각이나 도낏자루, 막자사발과 화살촉을 알아보는 법을 배울 수 있도록 해주었다고 했다. 열 살에는 부모님이 집 뒤쪽에 간이로 마련해준 고고학 발굴현장에서 여름 한 철을 보냈다고 했다. 열두 살에는 해변에서 모래사장을 살피다 감사하게도 누군가 잃어버린 결혼반지를 발견했다고도 했다. 그녀는 이처럼 초년 시절의 훈련으로 예리한 집중력을 갖게 된 것일 수도 있고, 타고나길 세상만사에 관심이 많은 사람일 수도 있다. 아무튼 나는 그녀가 못 보는 게 없다는 걸 이내 알게 되었다. 그녀는 걸어가면서도 잔디밭에서 네잎클로버를, 나뭇잎에서 기도하는 자세로 선 사마귀를, 나뭇가지 안쪽 둥지에 옹기종기 모인 새알들을 포착할 수 있다. 좋아하는 운전을 할 때도 강둑의 거북이들과 나뭇가지에 앉은 매들, 먼 들판을 우아하게 총총 가로지르는 여우를 도로에서 눈 한 번 떼지 않고 포착하고는 한다.

C와 함께하는 삶은 비범하게 상세하고, 비범하게 특별할 거라고 나는 처음부터 생각했다. 나는 그녀와 함께 이런 세계에 있는 것이, 그녀처럼 세상을 바라보고 그녀가 보는 걸 보는 것이 좋았다. 어느 날 '스톰 킹'이라는 아름다운 이름을 지녔으며 역시 똑같이 아름다운 야외 조각 공원이 있는 산 주변을 산책하며 구름 한 점 없는 하늘 아래 약간 살갗을 태우고 있을 때였다. C가 말했다. 나보코프가 베라 슬로님과의 52년에 걸친 결혼생활을 묘사할 때 즐겨 썼던 표현이 '구름 한 점 없다.'라는 말이었다고. 어느 날에는 동네 현대미술관에 갔는데 거기서는 드높은 석재 거석과 구겨진 차들, 그리고 깨진 유리 조각 더미로 이루어진 전시가 열리고 있었다. 나는 농담조로 공포에 근거한 예술작품들의 박물관이라 묘사했다. 무슨 말인지 알겠어, 내 옆에 서서 루이즈 부르주아Louise Bourgeois의 2.74미터 높이 거미를 올려다보던 C가 말했다. 그러더니 민속예술가 제임스 햄프턴James Hampton의 「세 번째 천국의 왕좌Throne of the Third Heaven」에 대해 말해주었다. "두려워하지 말지어다."라고 명하는 작품이라고 했다. 그러다 우리는 집으로 돌아와 소파에 늘어져 「이중 배상」을 보며 피자 한 판을 집고양이처럼 게으르고 만족스럽게 통째로 먹어치웠다. 그다음 주에는 함께 허드슨밸리 뒷길을 거닐며 개울을 건너기도 하고, 오래된 농가에 찬사를 보내기도 하고, 언젠가 같이 살 꿈속의 집이 어떤 종류인지

이야기했다. 그러다 차로 돌아왔을 때 그녀가 몸을 돌리고 기지개를 켜더니 나를 향해 미소지었다. 그녀는 유연하고 햇빛을 머금고 있었으며, 두 뺨에는 여름철 주근깨가 계절 처음으로 생겨나 있었다. 나는 이제껏 쓰인 시 중에서 가장 달콤하고도 추잡한 시구를 우리에게 준 시인 파블로 네루다Pablo Neruda를 떠올렸다. "나는 원하네 / 봄이 벚나무에게 하는 짓을 / 당신과 함께." 나도 C와 그러고 싶었고, 당연히 그렇게 했다. 내가 그녀와 함께 하고 싶은 일들은 무한했다.

가엾은 단테. 그는 사랑하는 이를 찾아냈지만 사랑이란 이처럼 지속적인 발견이라는 걸 결코 알지 못했다. 처음 발견하는 순간의 전율은 사랑이 시작된 초기에는 바다 밑바닥에서 반짝이는 금화 한 닢이 스페인 갈레온선의 수많은 다양한 보물들로 이어지듯이 연신 거듭된다. C와 함께한 초반의 나날들이 그러했다. 날마다 새로운 발견으로 가득했는데, 어떤 건 심오하고 의도적으로 보여주듯 도착했고, 어떤 건 일상을 같이하면서 가까운 거리에서 얻을 수 있는 평범한 종류였다. 길게 이어진 두 번째 데이트를 하는 동안, 나는 C가 블랙커피를 하루 종일 마신다는 걸 알게 되었다. 그녀는 전화 통화를 싫어했지만 손으로 쓴 편지를 때마다 열두 통씩 우편함에 넣었다. 그녀는 두 자매와 가까운 사이였지만 놀라울 정도로 서로 닮은 구석이 없으며, 언니와는 두 살, 동생과는 여섯 살 차이였다. 그녀는 다섯 시간 푹 자고 일어났다. 그녀는 단 음식을 전혀 좋아하지 않지만, 소금과는 코끼리나 버펄로, 산양 따위의 거대한 야생동물들이 소금에 대한 필요를 충족시키기 위해 강을 건너고 산을 넘는 것과 같은 관계였다. C로서는 내가 여행을 좋아하지만 멀미를 잘 한다는 것과 달도 뜨지 않은 중세 마을처럼 어두운 방에서 자는 걸 좋아한다는 것, 오전 열 시 이전에는 음악을 견딜 수 없다는 것, 날씨가 아무리 나쁘더라도, 얼마나 피곤하더라도, 곧 외출해야 하더라도 "달리기를 하러 가야 할까?"라는 질문에는 언제나 "그래."라는 대답이 즉시 나온다는 걸 알게 되었다.

애도와 마찬가지로 사랑 역시 유동적인 속성을 지닌다. 사랑은 어디로든 흐르며, 어떤 형태의 용기도 채울 수 있고, 흠뻑 스며들지 않는 것이 없다. 두 번째 데이트를 하는 동안, 한낱 일상적인 활동에서도 사랑이 넘쳐흘렀다. 나는 C와 식재료를 사러 가는 게 좋았고, 같이 설거지하는 게 좋았고, 내가 일상의 업무를 처리하는 동안 그녀가 곁에 있다는 것이 좋았다. C는 나처럼 작가다. 길게 이어진 두 번째 데이트 동안 그녀는 보통 식탁에서 책과 자료들에 파묻혀 작업했다. 그러는 동안 나는 가까이 놓인 스탠딩 데스크(그녀는 이 물건을 보고 웃음을 터뜨리더니 곧장 외발자전거 같다고 평했다.)에서 글을 썼다. 기분 전환이 필요한 날이면 나는 남쪽으로 몇 동네를 내려가면 나오는 좋아하는 공공도서관에 그녀를 데려갔다. 우리는 녹색 갓을 씌운 램프와 유화로 그려진 거대한 초상화들, 발치에서 울프하운드가 잠들어 있으면 딱일 것 같은 안락의자가 있는 작은 서재에 앉아 있고는 했다. 그곳에 이미 누군가 있으면 우리는 대신 환기가 잘되고 널찍한 목재 테이블이 있는 아트리움의 소유권을 주장했다. 밖에서는 토끼와 개똥지빠귀 들이 하루에 사십 끼니를 잔디밭에서 해결하고 있었다. 그러다 나는 나른해진 채로 오후의 햇살이 비친 그녀의 각지고 진중한 사색에 잠긴 얼굴을 바라보았다. 마침내 나는 그녀에게 끝내려고 애쓰던 원고의 초고를 처음으로 보여주었고, 그녀는 내게 막 쓰기 시작한 책의 시작 부분을 보여주었다.

우리는 글을 쓰지 않을 때면 종종 일 때문에, 때로는 그저 즐거움을 위해, 따로 또 같이 책을 읽고는 했다. 어느 날인가 그녀는 내 책장에서 제임스 갤빈James Galvin의 『초원*The Meadow*』을 꺼내 소파로 가져가 앉은 자리에서 다 읽었는데, 정확히 말하자면 앉아 있었다고는 할 수 없다. 그녀는 비 오는 일요일을 맞이한 책벌레 아이처럼 소파에 엎드려 뒤로 발꿈치를 차대면서 너무 몰입한 나머지 내가 가끔 일하다 말고 자기를 바라보곤 한다는 걸 알아차리지도 못했다.

이제 내 새로운 삶이 이러했다. 믿기 힘들 정도였다. 이토록 환상적인 일이 일어났다는 사실에 나는 날마다, 시시각각 놀라웠다. 기나긴 두 번째 데이트가 이어지는 동안, 새벽 세 시에 주방에서 팬케이크를 굽고 있는 나를 사로잡았던 감정의 특별히 정확한 형태는 영원히 나를 떠나지 않을 것이다. 그때 나는 C가 요정처럼 가냘픈 몸집을 지녔지만 열여섯 살 소년의 신진대사 능력을 갖고 있다는 걸 알게 된 참이었는데, 그런 그녀가 배고파 죽겠다고 외치고는 침실에서 아래층으로 내려와 있었다. 이제 그녀는 스툴에 걸터앉아 무릎에 접시를 올려놓고 여덟 장째, 혹은 아홉 장째 팬케이크를 침착하게 집어삼키고 있었다. 카운터 위에는 잼 병이 열려 있었다. 희미한 밀가루 냄새와 버터 냄새가 가득했다. 창문에 이 풍경 전체가 어둠 속에서 금빛으로 일렁이며 비쳐 있었다. 내 행복이 너무나 커다래서 완전한 제삼자가 거기 우리 옆에 서 있는 것 같았다.

그때까지 나는 드물게 운 좋은 삶을 살아왔다. 안전했고, 풍족했으며, 건강에도 문제가 없었고, 탁월한 교육을 받았고, 부러움을 사는 직업을 가졌고, 사랑을 듬뿍 받았던 어린 시절로 인해 스스로 평안을 구할 수 있고 세상에 대해 어려움을 느끼지 않을 수 있었다. 내가 겪은 고통(너무 일찍부터 애도하게 된 것, 누구도 피할 수 없는 일상의 슬픔과 두려움)은 어느 기준으로 봐도 소박했고, 이에 비해 내가 누린 기쁨은 어마어마했다. 그래서 C를 만났을 때 이런 감정이 너무 빠르게, 너무 많이 늘어난다는 걸 깨닫고 놀랐다. 키츠가 "하늘 관찰자"라 부른 천문학자 윌리엄 허셜William Herschel은 천왕성을 발견하여 태양계의 알려진 경계를 거의 하룻밤 만에 약 15억 킬로미터로 확장했다. 내가 C를 만났을 때의 행복도 그처럼 확장되었다.

새벽이 내리기 전부터 팬케이크를 먹고 난 아침, 나는 빈 침대에서 일어났다. 아래층으로 내려가자 집의 커다란 정면 창을 통해 파티오에 놓인 피크닉 테이블에 앉아 한참 전부터 작업하고 있던 C가 보였다. 그녀는 청바지에 소매를 걷은 격자무늬 셔츠 차림이었다. 그녀 옆에는 커피 한 잔이, 앞에는 리갈패드가 놓여 있었다. 그녀는 내게 등을 돌리고 앉아 있었고, 나는 아주 오랫동안 선 채로 창밖 그녀의 모습을 바라보았다. 전날 밤 주방에서 그녀와 함께한 세상은 마법에 걸린 것 같았고, 그 빛나는 한밤중의 즐거움은 거의 현실이 아닌 것 같았다. 하지만 그날 아침 내가 눈을 뗄 수 없었던 건 그 장면의 생생한 평범함이었다. 그녀가 바로 여기서, 내 집에서 일상을 이어가려고, 내 삶에서 자신의 삶을 이어가려고 하고 있었다. 다음 날 그녀가 일이 있어 맨해튼에 갔을 때, 나는 언니에게 전화해서 결혼할 여자를 만났다고 말했다.

시인 앤 카슨Anne Carson은 언젠가 연애담romantic love은 기본적으로 사랑하는 이와 사랑받는 이, 그리고 그들 사이에 존재하는 차이들에 관한 이야기라고 말했다. 맞는 말이다. 한데 특히 연인들 당사자가 말하는 연애담이라면 사랑하는 이와 사랑받는 이, 그리고 그들 사이에 존재하는 **닮은 구석들**에 관한 이야기이기도 하다. 우리가 사랑할 때 서로 간에는 대조적인 면과 유사한 면들이 있을 수밖에 없고, 문화적으로 그중 무엇이 더 중요한지를 두고 오랫동안 논쟁이 이어져왔다. 세간에 따르면 우리는 서로 다른 것에 매력을 느낀다고도 하고, 그 반대라고도 한다. 소개를 주선하는 사람은 종종 이렇게 말한다. "일단 그 사람 좀 꼭 만나 봐. 공통점이 많을 거야."

나와 C 사이에는 어떤 공통점이 있을까? 이를 목록으로 만들어보니 이상한 점이 있다. 어떤 것이 우리의 행복에 지대한 공헌을 하고 있으며 어떤 것이 상대적으로 하찮은지 구분하기가 어렵다는 것이다. 처음으로 그녀의 차에 탔을 때, 시동이 걸리자 미란다 램버트의 노래가 라디오를 뚫고 터질 듯 크게 울려 퍼졌다. 그녀가 지역 컨트리음악 방송을 켜둔 채 볼륨을 11단계까지 올려놓고 내렸기 때문이었다. 그녀는 당황했지만 나는 마냥 행복하기만 했다. 다소 비합리적인 행복이었다. 내가 컨트리음악을 좋아하는 것도 맞고, 이런 취향을 공유하는 친구들은 몇 명 되지 않는 것도 맞다.(내 친구들 대부분이 컨트리음악을 폄하한다.) 하지만 그녀도 같은 걸 좋아한다는 사실을 알아낸 것이 어째서 그렇게까지 감동적이었는지, 혹은 그렇게까지 전망이 밝게 느껴졌는지는 잘 모르겠다. 큰 틀에서 보자면, 중요하지 않은 게 있을까?

그렇다, 사실 우리 사이에는 수많은 공통점이 있다. 중고품 가게를 좋아하고, 평생 입을 정도로 많은 플란넬 셔츠를 갖고 있고, 베이비콘이라 불리는 가짜 야채에 질색한다. 이런 것들이 사소하다는 것도 사실이다. 이런 것들은 사랑이나 헌신, 아이 양육, 가족, 윤리, 정치, 그리고 자아를 구성하는 본질이나 우주의 기원에 대해 지닌 우리의 믿음과 아무 관계가 없다. 하지만 삶의 많은 부분이 이처럼 사소한 척도에 좌우되는 바, 우리가 공유하는 심오한 시야나 가치보다 덜 중요하다고 누가 말할 수 있을까? 많은 커플이 결혼식장에서 던전스앤드래곤스 게임이나 베이컨, 코스튬플레이, 빔 벤더스 영화처럼 두 사람이 공통으로 좋아하는 것들을 기린다. 지속적인 반려 관계에 비하면 덜 중요해 보이는 것들인데도 말이다. 이런 요소가 서로에게 끌리도록 도움을 주었을 뿐만 아니라 그들에게 충만한 의미가 있기 때문일 것이다. 외견상 특히 사소하게 보이는 것들조차 일종의 십볼렛shibboleth(특정 집단이 외부인을 구별해내기 위해 사용하는 문구. 이 단어를 어떻게 발음하느냐로 외지인 여부를 알 수 있었다고 한다.—옮긴이)이고, 서로에 대한 정당성의 증거이며, 자신에게 안성맞춤인 사랑을 찾는 일이 놀랄 만큼 어렵다는 사실의 표명이다. 내 경험으로는 아마도 이런 까닭에 일견 얄팍한 것에서 공통점을 찾아내는 즐거움 없이 행복해하는 커플을 찾아보기 어려운 것 같다.

하지만 우리와 우리의 배우자가 피상적으로도 심오한 면으로도 비슷한 것처럼 보일지라도 두 사람은 **그렇게까지** 똑 닮지는 않았다. "차이는 더 다르게 하지만, 닮음은 더 닮게 하지 않는다." 몽테뉴는 이렇게 썼다. "자연은 다르지 않은 것을 분리하지 않으려고 각고의 노력을 기울여왔다." 어떻게 보면 C와 나는 서로 극단적으로 다르다. 그중 몇 가지 다른 점들은 시간이 지나면서 발견되었지만, 몇 가지는 처음부터 알 수 있는 것이었다. 처음 점심식사를 하던 날, 나는 그녀의 연대기를 그토록 집중하며 따라가는 이유를 아직 스스로 모르는 채로, 내가 그날의 모든 것에 보였던 열정적인 관심으로 우리 사이에 또렷하게 존재하는 많은 차이점을 알아차렸다. 나이, 배경, 지리학, 종교 같은 것들.

처음에는 그중 마지막 항목이 가장 놀라웠다. 나는 어머니 쪽으로나 아버지 쪽으로나 유대 혈통이다. 여하간 오래된 우스갯소리처럼 유대인 느낌으로 산다. 어린 시절 부모님은 대축제일에 나와 언니를 시나고그에 데려갔고, 유월절을 주관했고, 여드레간의 하누카(봉헌절)를 기쁘게 보냈고, 한 해 동안 이어지는 며칠 되지 않는 어린이 친화적인 명절들(푸림, 수콧, 심차트 토라, 투 브샤밧)을 기념하는 우리를 지켜보았다. 나는 토요학교에 7년간 다녔는데(실제로는 일요일에 수업이 이루어졌는데 아마도 필드하키나 미식축구 연습과 경쟁을 피하려고 했던 것 같다. 우리가 다녔던 사원은 너무나 교외 풍이어서 실제로 '교외사원'이라고 불렸다.), 때가 되자 나는 토라를 공부했고 바트 미츠바(여자아이가 열두 번째 생일에 치르는 성인식—옮긴이)를 치렀다.

이런 경험들이 길러준 충만한 믿음으로 삶을 살아갈 아이들도 있을 것이다. 하지만 우리 회당은 대단히 큰 규모는 아니었고 거기서 나는 가장 탁월한 학생이 아니었다. 나는 유대 역사를 피상적으로만 이해한 채로, 신학 자체에 대해서는 딱히 아는 바 없이, 신념이라 불리는 것에는 전적으로 무지한 상태에서 표면상의 종교 교육을 이수했다. 그런 과정에서 내 안에서 유일하게 발전한 것은 매우 오래되고 매우 유약한 무언가에 연결되었다는 감각, 그리고 이러한 감각을 구성하는 전통에 대한 애정이었다. 나는 지금도 유대교 명절이면 내 조상들의 이름으로, 우리가 저마다 이 세상의 어둠을 떨쳐낼 의무가 있다는 관념을 존중하는 뜻에서 초를 밝히고, 특별한 경우에 사용되는 기도문으로 신의 자비를 찬양하는 셰헤체이 아누를 들으면 기쁘게 감동하며, 속죄일에 울려 퍼지는 콜 니드레를 들으면 한결같이 그 장엄함에 경도된다. 그리고 히브리 경전의 한 토막이나 히브리 노래의 애절한 아름다움 앞에서는 단번에 어린 시절에 느꼈던 한없이 커져가는 경이로움이 되살아난다. 옛 뿔피리 소리는 울리고 난 뒤에도 오랫동안 성전 안에서 맴도는데, 그 소리는 내 안에도 머물러 있다.

하지만 나의 허술한 독실함은 여기까지다. 나는 선과 정의, 고통과 악, 우주의 기원과 종말, 자아의 본질, 타인을 대하는 법, 찰나에 불과한 우리네 인생을 살아가는 최선의 길과 같은 문제에는 늘 열정적인 관심을 표출하지만, 이에 대한 종교적인 답변에는 한 번도 만족하지 못했고 위안을 얻은 적도 없다. 체질적으로, 혹은 그간의 교육으로 인해, 아니면 두 이유 모두에서 나는 종교적 권위에 대해 뼛속까지 회의적인 사람으로, 이 우주의 무수히 많은 불가해한 수수께끼들이 한없이 궁금하지만, 그중에 전능한 창조자가 있다는 믿음은 없다.

C는 믿는다. 그녀는 아주 어렸을 때부터 시인 제러드 맨리 홉킨스Gerard Manley Hopkins가 말하듯 "이 세계는 신의 장엄함으로 충만하다."라는 느낌을 받았고, 만물에 신성이 깃들어 있다고 믿었다. 그녀는 루터교회를 다니며 성장했고, 대학을 졸업한 다음에는 신학을 공부했으며, 한동안 성직자가 될까 고민했다. 결과적으로 글쓰기를 선택했지만, 진작부터 한동안 병원 목사와 교구 목사로

봉직한 바 있었다. 우리가 만났을 때도 지역 목사가 아프거나 출타한 경우에 가끔 일요일 아침 예배에서 설교자로 나섰고, 요청이 들어오면 결혼식이나 장례식 예배를 주관하기도 했다.

이는 우리가 만난 초기에조차 무시할 만한 차이점이 아니었다. 내 종교적 배경이나 반종교적 태도는 너무 뚜렷했고, 처음으로 토요일 밤을 함께 보내고서 C는 다음 날 아침 교회에 출석했다. 그녀의 신앙 자체가 아니라 그토록 독실한 사람에게 내가 홀딱 반해버린 사건에 대한 나의 첫 반응은, 그리고 꾸준히 이어진 반응은 신의 저주를 받았다고 생각하는 거였다. 한번은 누가 봐도 비상한 두뇌를 지닌 편집자가 내가 국제 우주정거장에 대해 한바탕 웅변을 늘어놓자 자신은 성층권 위에 존재하는 그 무엇에 대해서도 딱히 관심이 없다고 고백한 적이 있다. 비유적으로 말하자면 나는 C를 만나기 전까지 이런 관점을 지닌 사람들과 연애했다. 세속적인 일에 대해서는 사사건건 열광하지만 내가 가장 관심이 있는 우주적이고 실존적인 문제들에 대해서는 대부분 관심이 없는 사람들 말이다. 지난 연애의 모험들은 대개 그런 이유 때문에 끝났지만, 이 문제를 태어나면서부터 평생 예수 그리스도와 꾸준히 관계를 맺어온 누군가를 사랑하게 되는 것으로 해결할 거라고는 상상도 못 했다.

재미있는 일이긴 하지만, 그럼에도 나는 그녀의 기독교와 나의 유대교라는 차이와 더불어 그녀의 믿음과 나의 무신론적 태도까지 겹쳐진 이중적 차이가 문제가 되지 않으리라 생각할 정도로 순진하지는 않았다. 첫째로 현실적인 문제들이 있었다. 내 집에 크리스마스트리를 둔다는 생각을 해본 적 없을뿐더러 장차 아이가 생기면 최소한 조금이라도 유대인의 의식을 지니기를 바랐고, 그 애가 나보다는 나은 유대교 교육을 받았으면 했다. (나와 C의 아이들은 물론 토요학교와 일요학교 모두 다닐 것이다.) 그리고 감정과 관련된 잠재적 문제들도 있었다. 나는 아직도 가끔 C와 일요일마다 같이 교회에 가서 함께 머리를 숙이고 기도하며 나누는 믿음의 보호막 아래 서 있을 수 있는 이에게서 그녀가 얻을 수 있을 행복을 내가 안겨줄 수 없다는 생각에 잠기고는 한다.

하지만 C 자신은 그런 행복을 상상해본 적도 없고, 그런 행복을 누리지 못한다고 해서 슬프지도 않다는 확신을 주었고, 그녀에게서 내가 다른 사람이 되기를 갈망한다는 느낌을 받은 적도 없다. 나는 그녀의 감동적이고 계몽적인 신념들을 그녀에게서 떼어낼 수 없다는 걸 알고, 가능하더라도 그러고 싶지 않다. 여전히 그녀의 신념들에 나는 깜짝 놀랄 때가 있는데, 가끔은 그게 눈에 드러난다. C가 나의 유대인 정체성과 무신론자 정체성을 진지하게 받아들이며 둘 다 정신적으로 설득력이 있다고 생각하는 것과 달리 나는 기독교에 대해 언제나 너그러운 태도를 보였다고 할 수 없다. 한번은 그녀가 교회에서 십자가를 지는 사람(십자가를 성전 안팎으로 나르는 임무를 맡는다.)인 동시에 복사(제단에 촛불을 밝히는 임무를 맡는다.)로 봉사했다고 말하자 나는 시건방지게도 후자는 정말이지 루시퍼와 다를 바가 없다고 대꾸했다.

그러자 그녀는 내가 자기를 놀리거나 신성모독적인 발언을 하거나 그녀의 믿음에 대해 어이없다는 반응을 보일 때마다 늘 그랬듯 웃음을 터뜨렸다. 내가 기억하는 한 우리의 서로 다른 우주론 탓에 심각한 마찰이나 불안한 상황이 생긴 적은 없다. 부분적으로는 상대방이 자기를 따르게 하거나 참여하라고 요구하기에는 각자 관점이 너무 단단해서겠지만, 주된 이유는 각자의 믿음이 서로 다르다 하더라도 실제로는 딱히 양립 불가능하지 않아서다. 내가 이전의 관계들에서 어렵게 얻은 교훈은, 같은 문제를 고민하지 않는 상대방에게 아무리 가까이 다가가더라도 한계가 있으며, 그건 상대방 탓이 아니라 상대의 정신이 나와는 다른 자오선을 향하고 있기 때문이라는 점이다. 반대로 C를 사랑하게 되면서 배우게 된 근사한 교훈은 우리가 같은 문제를 고민하는 사람들이라면, 같은 답변에 도달하지 않아도 상관없다는 점이다. C와 내가 도달한 답은 다르지만 우리의 정신은 자연스레 같은 문제(기원과 종말, 그리고 그 사이를 의미 있게 살아가는 방법)에 이끌린다. C는 나무에 올라앉은 매나 갈대밭의 왜가리처럼 일상적으로 끝없이 변주하는 이 문제들을 하나하나 가리킨다. 그리고 내게는 수수께끼들이 펼쳐진 광대한 들판에서 그녀의 옆에 존재하는 것보다 더 중요한 게 없을 것 같다.

내가 C와 사랑에 빠졌을 때, 당연하게도 우리 누구도 아버지가 사실 날이 고작 1년 반밖에 남지 않았다는 걸 알지 못했다. 물론 아버지가 우리와 더불어 5년, 10년, 아니 20년쯤 더 같이 계셨으면 좋았겠지만, 그래도 아버지가 C를 만날 수 있을 정도로는 사셨다는 사실에 날마다 감사한 마음이 든다. 기나긴 두 번째 데이트가 이어지던 어느 날, 나는 부모님에게 그녀에 대해 말했다. 얼마 지나지 않아 부모님 댁이 있는 오하이오로 주말 동안 짧게 다녀오는 일정을 계획하던 중에 그녀가 같이 간다면 너무나 좋겠다는 생각이 들었다. 그런 제안을 하기에는 좀 이른 편이었고, 나의 지난 행적에 비추어보면 놀라울 정도로 이르다고 할 만했다. 하지만 아버지의 건강 상태가 심각하게 나빴고, 나는 진작부터 C를 자못 진지하게 생각하고 있었다. 부모님에게 C를 만나볼 의향을 묻자 두 분이 열정적으로 화답했고, C에게 물었더니 영광이라는 대답이 돌아왔다. 그래서 일주일 뒤에 우리 두 사람은 난데없이 도로 갓길에 서서 견인차를 기다리게 된 거였다.

난데없는 도로 갓길은 바로 펜실베이니아 중부였다. 금요일 오후에 허드슨밸리를 떠난 우리는 고속도로 320킬로미터를 달려가며 이야기를 나누었고, 이윽고 어둠이 차 안으로 스며들어 인근에서 하룻밤을 보낼 장소를 찾았다. 다음 날 아침에 일어나서 끼니를 때우고 20분을 갔는데 타이어에 펑크가 났다. 차에는 여분 타이어가 없었고, 나는 도로 위에서 무용지물이나 다름없었다. (실은 내 차도 아니었다. 복잡한 이유 때문에 나는 부모님이 소유한 차를 운전해 두 분에게 다시 가져가는 중이었다.) 미국자동차협회 회원권이 있는 C가 전화를 걸어 견인을 요청했다. 그러더니 앞자리에 있던 아이스커피를 꺼내고는 군데군데 민들레가 피어난 풀밭 그늘로 나를 데려가 옆에 앉혔다. 우리는 기다렸다.

그 와중에 서쪽으로 480킬로미터 떨어진 곳에 위치한 부모님 댁 2층 복도에는 사진 액자 하나가 걸려 있었다. 꽤 오래전에 어머니가 구해온 그 액자는 유치원생부터 열두 살에 이르기까지 해마다 학창 시절의 사진을 넣을 수 있게 디자인된 것으로, 다시 말하자면 10여 년에 달하는 어색한 단계들을 거치는 사람들을 욕보이기 위한 물건이었다. 나는 한 번도 어머니께 액자를 내리자는 말을 꺼낼 용기를 내지 못했는데, 벽에서 고작 몇 뼘을 차지할 뿐인 그 액자는 C와 내가 다시 차를 타고 달리기 시작한 그날 아침 내 머릿속 3할을 차지하는 물건이 되었다. 모든 아이들이 귀엽기만 한 초등학생 시절에도 나는 심미적인 관점에서 재앙에 가까운 아이였고 그 상태에서 악화일로를 걸었을 뿐이었다. 아동 비만과 치아 교정장치에 더해 손을 쓸 도리가 없었던 곱슬머리와 더불어 패션 센스는 찾아볼 수 없었던 데다 굳이 갖고 싶지도 않았다. 그래서 나는 의도야 좋지만 구식 스타일의 소유자였던 어머니께 이 사안을 위임했다. 그 결과 날마다 중년 부인을 축소한 듯한 차림새로 학교에 다니게 되었다.

어른이 되어서는 내 사회성 없는 어린 시절이 여러모로 고맙기도 하고 또 재미있기도 했는데, C가 그 사진들을 본다고 생각하자 진짜로 부끄러워져서 놀랍게도 얼굴까지 붉어졌다. 민망한 과거가 없는 사람은 없으며, 정말로 가까워진 사이에서는 언제고 그런 걸 공유하게 된다는 걸 머리로는 안다. 하지만 그녀와 나는 아직 정말로 가까워졌다고는 할 수 없는 사이여서, 나는 펜실베이니아 턴파이크를 지나는 도중에 집에 도착하자마자 거기 남아 있는 어린 시절의 굴욕적 증거로부터 잠시 피해 있을 수 있을지 짧게 고민했다.

하지만 당연히 불가능한 일이었다. 사진만 문제가 아니었다. 그리고 다른 것들은 C가 부모님과 담소를 나누는 동안 손쉽게 해치울 수 있는 것들도 아니었다. 복도 끝 침실은 여전히 어린 시절의 물건들(캐비닛을 섣불리 열었다가는 브레이어 말 장난감들, 빌리 조엘 음반들, 그리고 행진부대 용품들이 머리 위로 쏟아지기 십상이었다.)로 가득했고, 네 식구 살기에도 큰데 부모님 두 분만 산다고 생각하면 비상식적으로 거대한 집 자체도 문제였고, 가장 피할 수 없었던 건 그 집이 넓고 호사스러운 잔디밭이 딸린 튜더 맨션들로 이루어진 마을에 위치해 있다는 점이었다. 내가 성장한 클리블랜드 교외 지역은 아이가 크기에 맞춤한 곳이었지만 한편 생각해보면 그만큼 떠날 수밖에 없는 곳이기도 했다. 고향에 대한 나의 감정들을 가장 정확하게 표현하는 단어는 '복잡하다mixed'는 것이다. 어떤 면에서는 나 자신의 근본을 이루고 있기에 고향 마을이 없는 나를 상상할 수 없지만, 나와는 닮은 점이 많지 않은 그곳에서 평생 살아간다는 생각은 하기 힘들다.

그날 아침 C와 차를 타고 달려가는 내내 그녀의 눈에 내 고향이 어떻게 비칠지 줄곧 생각하고 있었다. 말하자면 우리 사이에는 다른 차이가 하나 더 존재했는데, 종교적 차이처럼 분명한데도 그곳으로 향하기 전까지는 딱히 고민해본 적이 없다는 걸 깨달았던 것이다. C는 내 고향과 약 650킬로미터 떨어져 있으며 델마버 반도에 속한 메릴랜드 동부 해안가 작은 마을에서 성장했다. 서쪽으로는 체서피크만, 동쪽으로는 대서양에 둘러싸인 그곳은 내가 성장한 지역과는 문화가 매우 달랐다. 1952년에 베이브리지가 완공되기 전까지 장차 그녀가 태어날 그곳에서 본토로 가려면 몇 시간이나 걸렸고, 그 결과 해당 지역은 섬처럼 천천히, 독특하게, 상대적으로 고립된 채 개발되었다. 그 후 수십 년간 이 지역은 북동부회랑(보스턴, 뉴욕, 워싱턴 D.C.에 이르는 인구 밀집 지대—옮긴이)과 물리적으로 가깝다는 점을 고려하면 문화적으로 상당히 다른 면모를 보이며 초기 특징을 대부분 간직해왔다.

문화적 차이의 일부는 정치지리학에 기인한다. 메릴랜드 북쪽 경계선은 메이슨-딕슨 선(메릴랜드와 펜실베이니아주의 경계선이자 남부와 북부의 경계선으로 노예제도의 경계선—옮긴이)과 같은 선상에 놓여 있고, 이스턴쇼어의 삶에는 베데스다나 볼티모어와는 달리 남부 색채가 뚜렷하게 남아 있다. 미국인들에게 위대한 애국자 프레더릭 더글러스와 해리엇 터브먼을 안겨준 곳이 바로 쇼어였고, 그들을 노예로 삼은 사람들을 낳은 곳도 쇼어였다. 정당들을 화합시키고 해당 지역에 남아 있는 그릇된 점을 바로잡고자 했던 재건 운동이 실패로 돌아가자, 미국 대부분 지역에서 그러했듯 쇼어에서도 부당한 인종 차별이 지속되었고, 사실상의 분리 정책이 펴져나갔으며, 연방기는 힘을 잃었다. 하지만 쇼어에는 다른, 그리고 선한 남부의 영향력도 남아 있었다. 바로 환대하는 본능과 8월 오후의 보폭으로 인생을 살아가는 속도, 선천적으로 과묵한 이와 타고난 이야기꾼이 거의 동등한 비율로 구성된 인구, 누구누구네 할아버지가 룰라 이모가 태어나기 직전에 그쪽 외종조부와 같이 호그 반 로드에 있는 정비소에서 일했다더라, 하는 식으로 자주 입에 올려지는 오밀조밀하게 보존된 공통의 계보학이다. 쇼어 남쪽과 또 일부 지역에는 피츠버그시가 캐롤라이나 사람들에게 자음들을 몽땅 팔아버렸나 싶은 억양으로 이런 이야기를 하는 사람들이 남아 있다. C는 가족과 함께 있을 때 이 억양으로 말하고, 그럴 때마다 나는 그녀에게 키스하고 싶어진다.

이스턴쇼어 사람들은 전통적으로 대부분 토지나 수자원을 통해 삶을 꾸려왔지만, 베이브리지가 건설되면서 부유한 은퇴자들과 물가에 별장을 두고 싶은 통근자들이 몰려들었다. 하지만 작은 규모의 도심지 몇 군데와 특별히 부유한 몇몇 동네를 제외하면 이 지역은 대부분 시골 사람들과 노동자 계급 사람들이 차지하고 있다. 내가 청소년기에 만난 친구들의 부모님은 의사이거나 심리학자, 변호사, 경영학과 교수, 아니면 석유 공학자였다. C 주변의 어른들은 트럭 기사, 건설노동자, 농부, 나루지기, 용접공, 그리고 웨이트리스였다. 그녀의 부모를 포함해서 해당 지역 주민의 95퍼센트가 대학에 진학하지 않았다. 그녀의 어머니는 우체국 집배원으로 일했는데, 시간이 남으면 은행 청소나 상점 재고 정리, 쓰레기 나르기, 고철 모으기, 조경 일, 별장 경비 업무 등, 가족을 부양하려고 동시에 서너 가지 일자리를 유지했던 남편을 도왔다.

C가 태어나고 자란 마을town은, 엄밀히 말하면 마을이라 할 수 없다. 그저 인구조사 지정구역으로, 조사에 따르면 그녀의 가족을 포함해 167가구로 구성된 곳이다. 쇼어가 지닌 이중적인 정체성과 어울리게도 농장에서 자란 그녀는 자동차를 운전하기도 전에 트랙터를 몰 수 있었는데, 게를 잡고 삼촌들과 가족 지인들에게 낚시에 데려가달라고 애걸하는 어린 시절을 보냈다. 어린 그녀는 고철을 분류하고 장작을 쌓는 부모님 곁에서, 두 분이 은행을 청소할 때면 쓰레기통을 비우고 진공청소기로 카펫을 밀면서 일하며 시간을 보냈다. 혼자 시간을 보낼 때면 저녁반 4-H(head, hands, heart, health를 모토로 삼는 미국 농촌 청년 교육 기관—옮긴이)에 출석했고, 여름에는 성경학교에 다녔다. 그러다 뉴욕이 집에서 고작 네 시간 거리라는 걸 깨닫고 크게 놀라기도 했다. 간단히 말하자면 C는 사실상 남부 노동자계층이 사는 작은 마을 출신이고, 나는 농부들과 자동차공장 노동자들이 아닌 석유왕과 철도왕의 고향, 부유한 미드웨스트 출신이다. 펜실베이니아 한가운데서 갑자기 타이어가 터지는 일이 벌어졌을 때, 내 마음속에는 이처럼 선명한 대조선이 그어졌다.

사랑에 빠진다는 건 세상의 평범한 질서가 잠시 멎는 휴지기와 비슷하다. 사랑에 빠진 일벌레는 다섯 시에 업무를 마치고, 사랑에 빠진 아침형 인간들은 정오까지 침대에서 꼼지락거리고, 사랑에 빠진 냉소주의자들은 초롱초롱한 시선으로 세상을 바라보며 아름답다고 말한다. 하지만 그날 고속도로에서 맞이한 아침에는 뭔가 다른 구석이 있었는데, 말하자면 휴지기의 휴지기 같았다. 우리가 처음 점심을 같이한 때의 조각에서 작은 틈이 벌어졌고, 시간이 슬그머니 시선을 돌린 동안 우리가 그 틈으로 빠져든 것 같았다. 이 세상에서 그저 나란히 앉아 하염없이 기다리는 것 외에는 아무런 할 일이 없었다. 우리는 멋진 장소에 있지 않았다. 딱히 기억나는 건 없지만, 아마도 갓길에는 쓰레기들이 뒹굴고 가까운 도로를 달리는 트랙터-트레일러가 간헐적으로 뜨거운 돌풍을 일으키고 대기 중에는 매연 냄새가 떠돌고 있었을 것이다. 아무튼 중요한 건, 그렇게 앉아서 얘기하는 동안 앞으로 그녀에게 폭로될 사실이 덜 중요하게 여겨지기 시작했으며, 그 곁에 있을 수만 있다면 나에게, 또 우리에게 무슨 일이 벌어지더라도 더 나은 삶을 살게 해줄 사람을 발견했다는 확신이 깊어졌다는 점이다.

관계라는 측면에서 보면 우리는 아직 서로가 너무나 새로웠고, 또 너무나 어렸다. 우리는 서로에 대해 배울 것들이 많았고, 해결하고 결정해야 할 것들도 너무나 많았다. 한데 고속도로 옆에 앉아 있는 동안 시간은 오로지 현재인 것만 같았다. 과거는 오래 전에 사라졌고, 미래는 비현실적이었으며, 현재는 완벽하게 충만했다. 견인차 기사가 전화 통화에서 얼추 90분쯤 걸린다고 했었지만 두 시간이 지나갔다. 우리의 아이스커피는 다 녹아버렸다. 그늘이 사라졌다. 눈부신 한낮의 빛을 받아 우리의 청바지는 기분 좋은 온기를 더했고 민들레꽃들은 아이들이 그린 햇님처럼 동그랗고 밝은 노란색의 방사선을 펼쳤다. 우리가 그렇게 나란히 앉아 영원히 있더라도 아무런 문제가 없어 보였다. 그러게, C는 견인차가 도착할 낌새가 보이지 않는 와중에 앞으로 펼쳐진 도로를 바라보며 농담을 던졌다. 네 말이 맞을지도 몰라. 다시는 집에 갈 수 없는 거야.

나는 크게 웃었다. 그렇지! 서쪽으로 달리는 동안 C가 내 출신에 대해 무슨 생각을 할지 잔뜩 걱정하던 나는 대체 무슨 생각이었을까? 과거의 자아와 합치되는 사람들은 많지 않고, 떠나온 집을 편하게 여기는 사람들도 그리 많지 않다. 우리가 옛 자아를 사랑하더라도, 때로는 갈구하더라도, 주방도구 서랍에서 담긴 고릿적 주황색 주걱 하나까지 옛 자아의 모든 걸 속속들이 알고 있더라도, 우리는 필연적으로 옛 자아보다 커지고 만다. 이 세상은 너무나 커서, 출신지가 어디건 결국 비교적으로 지방 사람이 된다. 고향을 등지자마자 전에 알던 것과는 전적으로 다른 사람들과 장소들을 만나게 된다는 말이 아니다. 과거의 삶 또한 다르게 보이기 시작한다는 말이다. 이런 의미에서 내가 어려서 살았던 집에 대해 느꼈던 자의식은 정말이지 (가끔 그렇듯) 타의식other-consciousness에 가까웠다. 내게는 친숙하기만 한 공간이 한 번도 와본 적 없는 이의 눈에는 어떻게 비칠까 하는 의식 말이다.

하지만 그 순간, 나는 자신의 삶과 완벽하게 들어맞지 않는 기분을 나보다 훨씬 잘 아는 C를 두고 그런 걱정을 한다는 게 바보 같다는 걸 깨달았다. 그녀는 어려서부터 비상하고 진지하며 갈구하는 정신의 소유자였는데, 한편으로는 이런 까닭에, 또 한편으로는 스스로도 오랫동안 명명할 수 없었던 이유들로 인해 항상 다른 사람들과 슬며시 거리를 두고 있었다. 그녀가 독서를 좋아한다는 걸 일찌감치 알게 되자, 어머니는 우편물을 배달하며 만난 고객들에게서 헌책을 받아다 집으로 가져왔고, 아버지는 그녀와 문학적 취향을 공유하지는 않았지만 당신이 아는 최고의 방식으로 지원에 나섰다. 여동생과 같이 쓰는 침실에 그녀를 위한 책장을 만들어준 것이다. 자신이 사색에 잠기기도 좋아한다는 걸 알게 된 그녀는 주변 환경과 관계없이 생각에 잠길 수 있는 자질도 발전시켰다. 가끔 그녀의 침묵 때문에 옆에 있는 사람들이 불안해하기도 하는 습관이었다. 학교에서 그녀는 꿋꿋하게 학업에 집중하는 태도 때문에 다른 유형의 꼬마들(일단 나 같은) 사이에서 너드라는 평판을 얻었을 것이다. 대신 그녀에게는 항상 얼마간의 거리를 유지하는 사람 특유의 넘볼 수 없는 쿨함이 있었다.

그녀는 열일곱 살의 나이에 교과서 비용이나 귀경 비용, 카페테리아가 아닌 카페에서 학우를 만나는 것까지는 지원해주지 않았던 장학금을 받아 하버드 대학교에 입학했다. 그녀는 기숙사 화장실을 청소하는 일자리를 구했고, 첫 학기에 다 합쳐서 23달러를 지출했다. 그녀는 여러 면에서 주변의 문화와 어울리지 못했지만, 중요한 측면에서 대단히 조화를 이루기도 했다. 태어나 처음으로 학문을 위해 제공되는 것들이 그녀의 배우고자 하는 욕구와 일치하는 장소에 있게 된 거였다. 그녀는 영문학을 공부했고, 문예지를 운영했고, 대학원생과 교수 들, 그리고 메모리얼 교회 주임목사와 어울렸다. 그녀가 도서관에서 책을 읽거나 사색에 잠겨 저녁 시간을 보내는 동안, 동료들은 그녀가 자기들보다 근사한 파티에 간 모양이라고 추측하기도 했다. 그녀는 졸업 후 로즈 장학금을 받아 옥스퍼드로 향했고, 급여로 받은 여분의 돈을 유럽 전역과 중동 지역을 여행하는 데 썼다. 마침내 집을 떠나고 10년 후, 우리가 만나기 2년 전, 그리고 자신이 떠나온 곳으로부터 문화적으로는 헤아릴 수 없는 광년光年이 지난 끝에 그녀는 이스턴쇼어로 돌아왔다.

당시 그녀는 뿌리를 벗어나 모험에 나선 많은 이들처럼 대개 서로 교차점이 없는 두 개의 세상에서 살았다. 그녀를 구성하는 중요한 부분들은 그녀가 자라난 세상 사람들 대부분에게 보이지 않거나 설명되지 않았다. 다른 중요한 부분들은 그녀가 성인이 되어 만난 사람들에게는 이해되기 어렵거나 생경했다. 그녀는 보통 두 세상을 쉬이 다루었지만, 자신의 전부를 보여주기를 갈망하지 않는 사람은 없으며, 사랑에 빠졌을 때는 더더욱 그렇다. 너무나 갈망한 나머지, 내 전부를 보여주면 더는 사랑받지 못할까 봐 두려워하기도 한다. 어려서 살던 집으로 가는 차 안에서 내가 걱정한 것도 그랬다. 도착하면 C는 내 안에서 어색한 어린 자아의 흔적을, 온갖 범속함과 편협함, 엘리트주의, 딱히 그릇된 건 아니었지만 교외 지역과 결부된 특혜들을 발견할지도 모른다고. 나중에야 나는 그녀가 같은 두려움의 거울상을 지니고 있었다는 걸 알게 되었다. 그녀의 이력이 비범하고, 정신은 박학다식하며, 그녀가 헤겔 철학의 정교한 지점들을 짚어 명확히 설명할 수 있고 메리앤 무어Marianne Moore를 인용할 수 있다는 건 중요치 않았다. 그녀는 내가 자신의 성장 배경을 보면, 자신을 고향 사람들 표현처럼 바람에 날려 온 한낱 풀씨처럼 볼까 봐 걱정하고 있었다. 요즘도 마음이 약해진 순간이면 그녀는 내 앞에서 혹은 이 세상에 시골뜨기인 자기 모습을 언제고 드러내고 말까 봐 걱정하고는 한다.

이유야 어떻건 말도 안 되는 걱정이다. 그녀는 명석하고 세계시민cosmopolitan의 자질(이 단어의 의미는 아름답게도 우주cosmos에 뿌리를 내리고 있는데, 그녀는 우주시민이기도 하다.)을 갖추었으며, 나는 그녀의 지역적 배경을 사랑하기 때문이다. 그리고 그녀가 누구보다도 잘 알고 있듯이, 그 두려움이 연원한 시골 사람들과 노동자 계층에 대한 편견은 실제 현실을 제대로 다루지 못하기 때문이다. 그러나 동시에 나는 누구보다도 깊이 이해할 수 있다. 출신과 상관없이, 가족에 대한 자부심과 관계없이, 사랑하는 이와 다른 점이 많건 적건 아무려나, 속속들이 밝혀지는 상황에서 단 한 순간이나마 자신이 자신이기에 부끄러움을 느끼지 않기란 어렵다.

결국 연인들의 삶은 필연적으로 대부분 겹쳐진다. 연인들은 시간이 지날수록 친구, 가족, 집, 아침 일과, 좋아하는 식당, 짜증나는 이웃, 배관이 얼고 고양이들이 냉장고 위에서 자려고 하는 겨울철, 첫 크리스마스, 마흔다섯 번째 맞이하는 유월절, 넌더리 나는 의료 서비스, 펜실베이니아에서 타이어에 펑크가 나는 사건 등을 공유하게 된다. 하지만 공통의 배경이 이처럼 꾸준히 넓어지더라도 차이들을 횡단하며 사랑하는 관계를 이어가려면 꾸준히 노력해야 한다. 서로가 얼마나 비슷하건, 혹은 비슷해졌건 언제나 그럴 것이다. 사랑은 종종 비유를 통해 쓰인다. "내 사랑은 붉은, 붉은 장미를 닮았다."처럼. 하지만 사랑의 핵심, 누군가와 사랑에 빠지는 이유는 그 사람이 세상 무엇과도 닮지 않았기 때문이다. 거기엔 우리 자신도 포함된다. 우리의 연인과 우리는 다른 존재다.

이런 사실을 한 번에 받아들이는 사람은 없다. 우리는 사랑하는 이의 생각과 기분, 기준, 반응, 필요, 두려움, 그리고 욕망이 항상 나와 일치할 수 없다는 걸 기억해야 한다. 하지만 닮음을 소중히 여기며 시작되는 행복한 관계는 대체로 다름을 소중하게 여기는 경로로 이어진다. 나는 C의 무엇을 가장 사랑하는지 분명히 밝힐 수 있었던 적이 없다. 그녀의 너무 많은 부분을 너무 많이 사랑한다. 하지만 그녀에게서 나와 많이 다른 부분들을 발견할 때마다 종종 감사함과 위안을 받을 정도로 감동한다고 말할 수 있는데, 이는 거짓된 위로도 편리한 과장도 아니다. 그 다른 부분들을 통해서 비로소 그녀를 선명하게 볼 수 있으며, 그 다른 부분들이 나의 세계를 이토록 크게 성장시켜주었기 때문이다. 그리고 감히 말하건대, 자신과 닮지 않은 나의 면모들을 사랑하는 그녀의 능력은 부모님을 빼면 그 누구로부터도 받아본 적 없는 근사한 선물이다.

서로 다르면서도 평안한 관계를 맺는 것과 관련해 우리가 가장 좋아하는 표현은, 마침 우리 둘이 공통으로 가진 것 중에서 찾아냈다. 어느 날 밤, 지금은 기억나지 않지만 우리 사이의 어떤 갈림길을 두고 내가 초조해하자 그녀는 아끼는 책장으로 가서 시집 한 권을 꺼냈다. 그녀는 나도 예전부터 좋아했던 한 구절의 시를 펼쳤다. 로버트 프로스트Robert Frost가 신혼부부 사이에 오가는 대화 형식을 취해 쓴 「서쪽으로 흐르는 개울West-Running Brook」이라는 제목의 시였다. 부부가 서쪽으로 흐르는 개울을 따라 걷고 있는데, 한 사람이 이 동네 물줄기는 죄다 동쪽 바다를 향해 흐르는데 이상하지 않느냐고 말한다. 자연스레 이 개울도 동쪽으로 가야 할 거라는 말이었다. 한데,

개울은 반대로 흐를 수 있다고
분명 믿고 있는 거야
내가 당신과 그런 것처럼
그리고 당신도 나와 그렇듯이

반대로 흐를 수 있다. 나와 C는 표현하지 않았지만 처음부터 그랬다. 그날 밤 우리는 앞으로도 함께 그러나 자신만의 방식으로 이 세상을 헤쳐나가겠다고 서로에게 약속했다. 지키기 어려운 약속이라고 생각한 적은 없다. 어쩌다 방황하게 되더라도 나는 문제

없이 저 개울처럼 결국 한 방향으로 향하게 될 테니까. "북쪽이 어느 쪽이지? / 저쪽이 북쪽이야." 이 시는 이렇게 시작한다. 한데 그날 밤, 계속해서 시를 읽어 나가는 사랑스럽고 그늘진 동시에 눈부신 C의 목소리를 듣고 있던 나는 이런 생각을 했다. 그날 이후로 쭉 이렇게 생각해왔다. **북쪽은 그대야.**

우리는 결국 오하이오에 도착했다. 남은 길을 차에서 어떻게 보냈는지는 잘 기억나지 않지만, 도착하던 때는 생생히 기억이 난다. 나를 잘 아는 부모님은 내가 만나는 사람을 데려간다는 것의 의미를 잘 알았고, 우리가 현관 앞으로 진입할 때 부모님은 내가 그러했듯 C를 열렬히 환영했다. ("우리는 덤불도 깎고, 새는 지붕도 수리했고, 차고 안에 페인트도 새로 칠했고, 이도 닦았고, 너희가 우리를 마음껏 안아도 좋게 단장했단다." 그날 아침 가는 중이라고 이메일을 보냈더니 아버지가 이런 답장을 보내왔다.) 복도에서 부산스럽게 서로를 소개하던 기억이 난다. 아버지는 특유의 넓은 아량을 베풀어 우리가 무엇을 먹고 마시고 싶은지 꼼꼼히 물었고, 어머니는 그저 우리가 반가워서 화사한 행복감을 드러냈다. 그러다 나와 C는 거실에 들어섰고, 나는 그녀 옆 소파에 앉아 그녀가 예의 아이잭 슐츠 취조를 받아넘기는 목소리를 듣고 있었다.

아버지를 처음 만난 사람들이 굉장히 위협적으로 느끼는 경우가 많다는 걸 나는 어른이 되고서도 한참 지난 후에야 알게 되었다. 아버지의 궤도에 진입한 사람이라면 누구든 즉시 온갖 방향으로 뻗치는 호기심과 한계가 없는 본능적인 환대의 대상이 되었는데, 양쪽 모두 세차게 몰아치는 농담과 질문, 속사포처럼 퍼부어지는 정보들, 그리고 억센 억양의 영어를 동반했다. 나는 이 중 무엇에도 당황한 적이 없다. 한 살이 되기 전부터 이미 아버지가 허세와 자애, 경애 그 자체라는 걸 알고 있어서였다. 하지만 친구들 중에는 넋이 나갈 정도로 겁에 질린 아이들도 있었다. 컨트리음악 속 아버지들은 현관 앞 포치에 앉아 총을 닦으며 딸의 구혼자를 맞는다. 내 아버지라면 상대를 집에 들이고 샌드위치와 위스키, 그리고 세 가지 맛 아이스크림을 내주며 온갖 말을 하면서 꼬치꼬치 질문할 것이다. 그리고 어떤 사람들은 총을 닦는 쪽보다 내 아버지를 곱절로 무서워한다.

C는 그런 사람이 아니라는 것이 드러났다. 첫 만남에서 부모님과 담소를 나누는 그녀의 목소리를 들으며 앉아 있던 때처럼 큰 기쁨, 그리고 내 삶에 이미 그녀가 있다는 자부심 같은 감정으로 충만했던 적은 살면서 별로 없다. (나중에 어머니가 말하길, 우리를 지켜보던 두 분도 비슷한 기쁨을 한껏 느꼈다고 한다.) 질문과 답변이 한창 오가는 와중에 유독 대화 한 토막이 돋보였는데, C가 불러낸 표현 때문이었다. 내가 어렸을 때는 주변 사람 중 아무도 연장자를 "선생님sir/ma'am"으로 부르지 않았다. 예의 바른 태도가 자녀들 몸에 배게 하려고 공들였던 어머니는 C의 표현을 매력적으로 여겼고, 아버지는 그녀의 부모님이 군인이었는지 물었다. 아뇨, 선생님. 그녀가 대답했다. 그저 그렇게 말해야 하는 지역과 그런 가족

출신일 뿐이라는 것이었다. 알겠단다, 하지만 말이야. 아버지가 말씀하셨다. 이제부터는 나를 그냥 아이잭으로 불러다오. 나는 C가 한순간이라도 주저하는 걸 본 적이 없었는데, 그때도 그녀는 주저하지 않았다. "알겠습니다, 아이잭 선생님."

아버지는 크게 웃었는데, 감탄 때문만이 아니라 일종의 인정에서 비롯된 웃음이었다는 생각이 든다. 처음부터 C는 아버지에게 호감을 샀고, 두 사람 사이에는 두 대륙과 40년의 세월이 있었지만, 아버지는 그녀에게서 뭔가 자신과 닮은 점을 보았던 것 같다. 해서 아버지는 늘 그렇듯 나보다 신속하게 나섰다. 나는 전날까지만 해도 두 사람 사이에 닮은 구석이라고는 하나도 없다고 생각했다. 누가 보더라도 둘은 서로 엄청나게 달랐다. 나이나 성별, 배경처럼 한눈에 들어오는 사실들은 물론이고, 아버지가 다른 사람들과 어울리기를 늘 좋아했던 반면 C는 집 밖에서 종종 내성적이었다. 하지만 두 사람 모두 한 줄기에서 시작해 순전한 지적 능력으로 완전히 다른 방향으로 나아갈 수 있는 이들이었고, 그 옆에 앉아 두 사람이 나누는 대화에 귀를 기울이며 그녀의 정신세계가 아버지의 그것과 상당히 닮아 있다는 걸 알게 된 나는 크게 감동했다.

C는 아버지와 마찬가지로 결핍된 어린 시절로 인해 지식과 이러한 형태의 관계를 맺게 되었다. 아니, 좀 더 정확하게 말하자면 그건 훗날 처음으로 신문을 집어 들었을 때, 도서관을 기웃거리다 그냥 앉아서 읽으면 된다는 걸 깨달았을 때 갑자기 얻게 된

풍요에서 기인하는지도 모르겠다. 어린 독학자들 중에는 자신의 학식이 정당성을 확보하는지 어떤지 만성적으로 초조해하는 사람도 있을 것이다. 하지만 C와 아버지 두 사람은 모두 스스로 생각하는 법, 그리고 스스로를 위해 생각을 이어나가는 법을 익혀왔다. 두 사람의 깊이 있고, 진지하고, 고유한 정신세계는 앵무새처럼 흉내만 내거나 구변만 좋은 이들의 그것과 비교할 수 없을 정도로 예리하다. 한편 두 사람의 기억력은 내가 만나본 사람들 중에서 가장 독보적인데, 일종의 부수적인 지적 능력으로 기능하는 이들의 기억은 산만한 주제들과 미묘하고 예상 밖인 연관성 사이에서 필요한 정보를 빠르고 풍족하게 제공한다.

이처럼 탁월한 재능에는 이면이 있다. 여느 때라면 완벽에 가까울 기억력에 잠시라도 작은 문제가 발생하면 두 사람 모두 미쳐버릴 지경에 이른다는 점이다. 이런 경우, 아버지는 안경을 이마 위로 올리고 한쪽 눈을 찡그리며 짜증 난다는 듯한 얼굴을 위로 향한 채 "아아아아아아아아아아아아흐" 라고 오랫동안 굴러가는 듯한 소리를 발음한다. 셈어Semitic 비슷하게 "어휴" 소리를 내는 것인데, 내 입천장으로는 따라 할 수도 없다. 그러고 나서는 자못 짜증이 난 말투로 이렇게 말한다. "제발, 아이잭." 나는 C가 이럴 때마다 "1분만 줘."라고 말한다는 걸 알게 되었다. (이 말의 뜻은 "조금이라도 아무 소리도 내지 말고 아무 말도 하지 마. '신경 쓰지 마.'라는 말도 하지 마."이다.) 그리고는 양손에 머리를 파묻는데, 앉아 있는 중이라면 사라진 대상이 두 무릎 사이 어딘가 보관되어 있는 것처럼 몸을 둥글게 만다. 두 사람이 이처럼 스스로를 질책하며 마침내 기억해내는 사실이란 10년 전 마지막으로 읽었던 상대적으로 덜 알려진 발자크 소설 속 한미한 인물의 이름 따위로, 나로서는 그런 책은 제목조차 제대로 기억하지 못할 것이다.

시간이 지나면서 나는 C에게서 아버지를 떠올리게 하는 다른 면모들도 찾아낼 수 있었는데, 그런 면들이 성격의 스펙트럼에서 눈부시고 매력적인 쪽에만 속한 건 아니다. 간간이 보이지만 강렬한 인상을 남기는 완고함, 대부분 고의는 아니지만 다른 사람을 겁주는 능력, 그리고 두 사람이 전반적으로 평정심을 유지하는 것과는 대조적으로 조금만 모욕을 당하는 것 같다는 생각이 들면 불붙은 듯한 자긍심으로 반발하는 성향. 하지만 C의 소파 옆자리에 앉아 있던 그날, 이런 발견들은 모두 미래의 일이었다. 아버지와 이야기를 나누는 그녀의 목소리를 듣고 있다가 두 사람이 특정한 부분에서 매우 닮았다는 걸 깨달았는데, 한편 조금도 놀랍지 않다는 생각도 들었다. 실은 C나 아버지, 아니면 나를 한 번도 만나보지 못한 이들조차도 놀라지 않을 것이다. 이는 우리가 사랑을 발견하는 방식에 대한 또 하나의 논리이기 때문이다. 우리가 사랑하는 사람을 마주쳤을 때 알아볼 수 있는 이유는, 플라톤의 주장처럼 전생에서가 아니라 유년기의 친숙함 때문이라는 것이다. 처음 돌봄을 제공한 이와 맺은 관계가 성년에 이르러 연애할 때의 선택을 좌우한다는 말이 사실이라면, 내가 C처럼 고집스럽고, 자수성가했으며, 독립적이고, 헌신적이고, 영민한 이에게 끌렸다는 건 대단히 놀랍지는 않다.

C와 아버지 사이의 또 다른 공통점 하나는, 그녀가 볼티모어 오리올스 경기를 봐야 한다며 나와의 데이트를 미뤘던 경험으로 알게 된 것인데, 두 사람 모두 스포츠 애호가라는 것이다. 그날 아침 소파에서 진행된 취조가 끝나자 우리 네 사람은 동네 식당으로 브런치를 먹으러 나갔다. 그런데 식당 입구로 향하는 도중에 그녀가 무미건조한 목소리로 말했다. "저기 르브론 제임스가 있네요." 옆 식당에서 불쑥 나오던 그 거대한 사람은 르브론 제임스가 틀림없었다. 때는 그가 마이애미 히트를 나와 로스엔젤레스 레이커스에 합류하기 전, 리그 최약체 클리블랜드 캐벌리어스를 NBA 우승팀으로 만들어내기까지 길고 아름다운 연승이 이어지던 시기였다. 클리블랜드의 모든 프로 스포츠팀이 반세기 동안 패배를 거듭해온 흐름이 끝난 거였다. 나는 C와 주말만 머무를 예정이었고 부모님께 그녀를 소개한다는 중대한 계획이 있었으니 관광객 코스를, 말하자면 로큰롤 명예의 전당이나 미술관을 돌아볼 계획은 없었다. 한데 그날 아침에 르브론 제임스를 목격한 일은 클리블랜드에서 겪을 수 있는 사건 중 가장 클리블랜드다운 것이었다. 파리에서 빵집으로 향하거나 산책하다 에펠탑을 보게 되는 것 같달까.

식당에서 아버지와 C는 스포츠에 관해 한담을 나누었다. 아버지는 그녀의 연고지가 클리블랜드 브라운스를 훔쳐 가서는 볼티모어 레이븐스로 그럴듯하게 다시 포장했다며 놀렸다. 그녀는 볼티모어 연고팀에 자신이 책임질 일이 뭐가 있겠냐며 응수했다. (볼티모어가 속한 메릴랜드의 나머지 지역을 이스턴쇼어 사람들은 "웨스턴쇼어"라고 부르는데, 정작 그 지역 사람들은 이런 표현을 쓰지 않는다.) 그리고는 1996년의 브라운스를 가져온 건 한낱 좀도둑질일 뿐, 강도 당했다고 여길 정도의 가치가 있는 팀이 아니었다고 짚었다. 대화가 한참 오가는 와중에 우리는 점심을 주문했고, 샌드위치와 코울슬로, 그리고 피클 접시를 나누었고, 케첩을 달라고 했고, 물과 커피를 리필했고, 그리고 C가 부모님에게 어떻게 만났는지 물었다.

당연히 나로서는 수없이 들었던 이야기였다. 어머니가 미시건 대학교에 다닐 때 같은 학교 학생과 데이트를 하기 시작했는데 얄궂게도 그는 바로 아버지가 디트로이트에 살던 시절부터 가장 친한 친구였던 리 라슨이었다. 리와 아버지는 꼬마였을 때 둘 중 한 사람에게 어떤 여자애가 진심으로 마음에 드는 일이 벌어지면 서로 소개해서 친구의 승인을 구한다는 엄숙한 협약을 맺었다. 리는 약속을 지키는 사람이었고, 어린 시절의 협약으로부터 10년이 지난 뒤 내 어머니에게 푹 빠졌던 그는 점심 식사를 주선했다. 알고 보니 아버지가 두 사람에 관해 어떻게 생각했을지는 별로 중요한 문제가 아니었다. 식사가 끝나갈 무렵 어머니는 한 테이블에 앉은 두 사람 중에서 지금 막 만난 쪽과 결혼하고 싶다는 걸 깨달았다.

어려서 나는 언제나 이 이야기를 좋아했다. 뭔가 스캔들 같은, 스릴 넘치는 느낌 때문만은 아니었다. (우습게 된 일이었지만 끝이 좋으면 다 좋다는 걸 보여주는 사례였다. 나는 그분을 '리 삼촌'이라고 부르면서 성장했고, 리 삼촌은 멋진 여성을 만나 결혼해 우리 집에서 30분 떨어진 동네로 이사했고, 아버지가 살아 계시는 동안 내내 가장 친한 친구였다.) 한데 부모님이 합동하여 끼어들기도 하고 과장하기도 하고 상대의 말을 수정하기도 하면서 이 얘기를 다시 전해주는 맞은편에 C와 앉아 있으려니 무척 다른 이야기처럼 들렸다. 나와 C가 막 사귀기 시작한 두 친구와 함께 브런치를 먹는 중이라면 이런 기분일까 싶었다. 갑자기 부모님이 지금 내가 C에 대해 갖는 감정을 언제나 느껴왔다는 생각에 사로잡힌 것이다. 두 분의 역사를 처음으로 본격적인 연애담으로 초점을 맞추어 보게 된 거였다.

분명히 밝히지만 나는 아버지와 어머니가 서로를 사랑하고 있다는 걸 잘 알고 있었다. 모를 수가 없었다. 두 분은 서로에게 비밀 없이 다정하게 대했고, 아버지의 경우 때때로 유쾌하게 짓궂기도 했다. 그토록 오랜 세월이 지났지만 두 분은 아직도 서로를 **진심으로** 사랑하며, 시간의 흐름에 거친 모서리들이 닳아 없어지고 그러면서 반짝이는 핵심이 드러나게 되는 운 좋은 커플들에 속한다는 것도 알고 있었다. 무엇보다도 아버지는 시간이 지날수록 사랑을 더 많이 표현했으며 어머니에게 느끼는 고마움을 숨기지 않았다. 내가 이해하는 바에 따르면 어머니는 아버지의 기반이자 위안, 오른손, 오직 신만이 아실 아버지의 좌뇌, 패션 조언가, 윤리위원회, 그리고 아버지가 만나본 여자들 중 가장 멋진 사람이었다. 그리고 아버지는 어머니의 햇빛이자 별빛, 가장 친한 친구, 평생 최고의 선택, 알렉산드리아 도서관, 가끔 불거지는 목 통증의 원인, 그리고 날마다 많이도 웃게 해주는 사람이었다는 것도 잘 알고 있었다. 하지만 C를 만나기 전에는 이런 지식들을 부모님 입장에서 생각해본 적이 없었다. 두 분의 관계가 그들 내부에서는 어떻게 생각되어왔는지 알 길이 없었던 것이다. C와 나란히 앉아 우리 맞은편에, 두 분이 처음 서로 맞은편에 앉았던 날로부터 48년이 지난 지금의 모습을 바라보면서, 나는 갑자기 부모님으로 인해 설명할 길 없이 행복해졌다.

그리고 나 때문에도 행복했다. 나는 대단히 운 좋은 사람이었다. 이번에는 부모님에게 감사하게도, 나는 어린 시절부터 사랑을 보아왔기에 발견하자마자 그것이 사랑임을 곧바로 알 수 있었다. 한 번도 생각해보지 않았지만 사랑이 어떤 모습인지 이미 알고 있었던 것이다. 사랑은 충실하고, 안정적이고, 다정하고, 재미있고, 너그럽고, 인내한다. 언니가 어른이 되고 나서 이 사실을 아름다운 표현으로 바꾸어 말해준 적이 있다. 언니는 이렇게 말했다. 부모님은 우리에게 개념들을 사랑하는 법도, 사랑에 대한 개념도 알려주셨어.

사랑에 대한 개념은 개념이고, 실천은 또 다른 문제다. 한번은 이런 일이 있었다. 하이킹이나 배낭여행 중에 곰과 마주칠 가능성이 있는지를 두고 미련하기 짝이 없는 싸움을 벌인 적이 있다. 사실 우리가 셰넌도어 국립공원에서 하이킹을 하는 중이었으며, 사실 그 직전 곰을 봤다는 걸 밝히는 게 도움이 될지 어떨지 모르겠다. 분명 입가가 허옇고 가수 본 조비처럼 텁수룩한 헤어스타일을 뽐내는 곰들이 등산로에서 고작 몇 미터 떨어진 숲속에서 한가로이 어슬렁거리고 있었다. 야생에서 그곳에 사는 동물을 목격한다는 건 물론 근사한 일이고, 곰들이 잘못해서 우리가 말다툼을 벌인 게 아니었다.

우리가 곰을 보자마자 싸운 건 아니다. 그 순간 우리는 이렇게 화창한 날 야외, 당연히 대형 동물들이 많이 사는 아름다운 숲에 와 있다니 참 운도 좋다는 기분을 만끽하고 있었다. 그러다 곰들이 나무 사이로 몸을 숨기고 난 다음, 우리는 한동안 곰을 주제로 토론했다. 곰이 약간 우스꽝스럽게 생겼다고, 우리에게 철저하게 관심이 없다고, 온통 평범한 것들뿐인데 울음소리는 한껏 장엄하다고. 그렇게 대화는 우리가 걷고 있던 등산로처럼 꼬리에 꼬리를 물고 이어졌다. 그러다 조금 뒤, 동물 목격담에 대해 다시 얘기하기 시작했는데, 나는 그간 곰이 출몰하는 지역으로 여러 번 배낭여행을 다니면서 부지런히 도시락을 싸서 들고 다니거나 나무 높이 매달아놓고는 했는데, 그럴 때도 못 보던 곰을 정작 오늘 한나절짜리 하이킹을 하러 나왔다가 가까이서 보다니 너무 재미있다고 별생각 없이 말을 뱉었다.

관계에는 싸움을 야기하는 특정한 말들이 있다. '넌 항상 ○○라고 해, △△라는 법이 절대 없지, 진정해, 어른답게 행동해, 이럴 시간 없어.' 이 중에는 "정작 오늘 한나절짜리 하이킹을 하러 나왔다가 곰을 가까이서 보게 되다니 너무 재밌지 뭐야."는 없다.

마찬가지로, 야생동물은 커플들이 자주 싸우게 되는 주제의 목록에 포함되어 있지 않다. 보통 이런 목록에는 돈, 성생활, 로맨스, 아이들, 사돈 식구들, 허드렛일 따위가 등장한다. 하지만 그건 애초에 이런 목록에 관해 오해가 있기 때문이다. 돈이며 허드렛일 따위가 집안 갈등을 불러오는 보편적인 원인이라는 점이 사실일지라도, 커플들의 말싸움을 불러일으키는 건 종종 밖에서는 보이지 않는 무언가다. 그날 아침 등산로에서 내 말이 어째서 강한 분노를 불러일으켰는지 처음에는 사실 나조차도 알 수 없었다. 내가 "한나절짜리 하이킹을 하러 나왔다가"라고 말하자 C는 입을 다물었고, 나는 관계에서 한쪽이 늘 그렇듯 곧장 뭔가 잘못되었다는 걸 알았다.

물론 싸우지 않는 커플은 없다. 운 좋게 서로의 안위에 헌신적인 배우자를 찾더라도. 누구도 항상 완벽하게 평정심을 유지할 수는 없는 노릇이고, 커플은 온통 다정함과 욕구, 그리고 만족감으로만 구성된 삶으로 부드럽게 안착할 수는 없다. 먼저 두 사람의 만남에 외부적 사안이건 내부적 사안이건 다툴 일이 생긴다. 다툼의 이유는 대부분 건강 문제나 경제적 위기, 이전 연애에서 생긴 나쁜 습관, 다른 문화권에서 살아온 상대방을 대할 때 치러야 하는 값, 과거의 정서적 트라우마 등 누구나 알아볼 수 있는 형태를 띠지만, 그 숫자와 다양성 면에서는 한계가 없다. 어떤 사람들에게 정서적 트라우마는 사랑이라는 개념 자체에 의혹을 품게 하기도 한다. 사랑을 주로 잠수를 타거나 잔인하게 나오는 쪽으로 경험했거나, 부모나 배우자나 타인이 사랑이랍시고 고통스러운 영향력을 행사하는 걸 겪어본 사람들에게 사랑하는 이를 발견하고 사랑을 지속하는 건 고사하고 사랑이 너그럽고 다정한 것이라는 믿음조차도 쉬이 생기지 않을 수 있다. 인간 종에 대한 유감스러운 사실은, 우리의 사랑하는 능력에 견줄 만한 건 오로지 이에 위해를 가하고 훼방을 놓는 능력뿐이라는 거다. 그리고 우리가 운명, 가족, 그리고 사회와 관련해 얼마나 운이 좋은지를 가늠하는 척도 하나는 얼마나 자유롭게 다른 사람과의 행복을 찾아갈 수 있었는지를 보는 것이다.

하지만 사랑하는 능력이 비교적 넉넉한 사람이더라도, 자신이나 상대방, 혹은 두 사람 모두 이내 사랑이 치르게 되는 세금을 무수히 마주하게 될 것이다. 이 점에서 나와 C는 운이 좋았다. 성장 배경은 많은 측면에서 다르지만, 우리는 둘 다 행복한 가정에서 자라나는 엄청난 행운을 누렸다. 우리는 그래서 사랑하는 관계를 애써 상상할 필요도 없었고, 그런 관계에 전념하는 데 어려움을 겪지도 않았다. 우리 삶은 다른 측면에서도 평탄했다. 우리는 돈을 중요하게 생각하는 정도도 비슷하고, 경제적 스트레스가 관계에 영향을 미치지 않을 정도로는 형편이 넉넉하다. 한편 직업이 같아서 일하는 방식은 매우 다르지만 서로 수월하게 도와줄 수 있고, 상대의 일정이나 버릇, 기벽에도 너그러울 수 있으며, 일 때문에 기분이 좋지 않을 때도 아량을 베풀 수 있다. 우리는 둘 다 요리와 청소를 즐기고(한번은 친구가, 우리 둘이 커플이 되는 바람에 다른 두 잠재적 커플의 깔끔한 침대 시트와 맛있는 저녁 식사라는 권리를 박탈했다고 농담했을 정도다.) 그래서 세탁이나 설거지를 두고 언성을 높이는 일이 생기려야 생길 수가 없다. 하지만 그렇다고 해서 곰에 대한 의견이 일치하지 않는다는 이유로 완벽하게 근사한 하이킹을 망치는 걸 막지는 못했다.

우리의 말다툼 대부분, 최소한 가장 기억에 남을 만한 말다툼들과 마찬가지로, 이 사건 역시 관계의 첫해에 발생했다. 우리는 그 시기에 끔찍하게 싸웠다. 우리가 유난할 정도로 끔찍하게 싸웠다는 말은 아니다.(그 순간에는 그렇게 느껴지기도 했지만.) 우리가 끔찍하게 자주 싸운다는 말도 아니다.(당연히 아니다.) 우리가 싸움을 끔찍하게 못한다는 말이다. 나중에 알게 되었지만, 처음 만났을 때 걱정했던 것과 달리 나이나 지리적 배경, 출신 계급, 종교 같은 명백한 차이점들은 내가 꽤 오랫동안 생각조차 하지 않았을 정도로 거의 아무 문제가 되지 않았다. 중요한 건 기질 차이였다. 무엇보다도 우리가 갈등이 생겼을 때 이를 다루는 전략이 극단적으로 달랐다.

C는 일반적으로 싸움이 벌어졌을 때 회피하는 유형이 아니다. 한번은 같이 뉴욕에 갔다가 전철을 탔는데 객차 안에서 어떤 남자가 한 여자와 말싸움을 벌이고 있었다. 옥신각신하며 입씨름을 벌이는 사소한 집안싸움 정도가 아니라 한껏 목청을 높여 욕설과 막말을 내뱉는 싸움이었다. 두 사람은 서로를 위협하며 대치했고, 까딱 잘못하면 폭력으로 번질 것처럼 보였다. 그녀는 필요하

다면 개입할 태세를 갖추고 본능적으로 남자에게 다가갔다. 내 본능은 그녀를 다음 칸으로 떠밀고 가서 잠재적인 위협으로부터 멀어지는 것이었다. 그녀의 반응은 나를 겁에 질리게 했고, 내 반응을 그녀는 무익하다고 여겼다. 이는 C가 대치를 두려워하지 않는다는 걸 보여준 사건이었다. 그녀는 결코 물리적인 충돌을 먼저 시작하는 사람은 아니다. 위험인물과 약자 사이에 충돌이 벌어질 때 나서는 사람들의 용기에 찬사를 보내기는 하지만. 한데 언어적 차원에서는, 그녀는 가공할 만한 인물이다. 격분하는 경향이 있다는 뜻은 아니다. 오히려 격분하지 **않는** 경향이 있고, 최소한 흔한 방식으로 분노를 표출하지는 않는다. 갈등이 생기면 그녀는 더 냉정해지고, 더 날카로운 집중력을 발휘하고, 더 엄밀한 논리를 내세운다. 설득이 필요할 때면 놀라운 설득력을 보여준다. 언젠가 처음 보는 사람과 말을 섞은 끝에 그들 집 앞에 내건 남부연합기를 내리도록 설득한 적도 있다. 나라면 분명 실패하고 말았을 친근한 이웃 외교다. 하지만 그녀를 과소평가하거나, 얕잡아보거나, 그녀에게 혐오감을 불러일으키는 자는 누구건 화를 면치 못할지어다. 그토록 화가 난 그녀를 본 적이 있는데, 그러자 뇌우가 칠 때 신호기가 부러지는 이미지가 떠올랐다.

하지만 흥미롭게도 우리 둘만 있을 때의 C는 전혀 이렇게 행동하지 않는다. 나와 갈등이 생기면 그녀는 본능적으로 자기 안으로 물러나 대응 방법을 고민하면서 자신이 입은 상처를 돌본다. 그러다 결국 자신의 분노나 상처, 두려움에서 벗어난다. 반대로 나는 같은 갈등에 직면하면 본능적으로 달려드는 쪽이다. 정면충돌이 무섭지 않아서가 아니라 뼛속까지 중재자 기질이 있기에, 우리 사이에 뭔가 잘못되었다는 기분을 견딜 수 없어서다. 그래서 초반에는 관계에서 뭔가 삐끗하기만 해도 우리는 우스꽝스럽게도 짝싹이처럼 굴었나. 그녀에게 가장 필요한 건 혼자만의 작은 공간과 짧은 시간이었는데, 그건 내가 이 세상에서 가장 주기 어려운 것이었다. 내게 가장 필요한 건 즉시 잘못된 점을 파악하고 고칠 준비에 돌입하는 것이었다. 우리는 둘 다 이런 곤경에 처했을 때 빠져나오는 재주가 없었다. 서로 필요한 바를 이해할 정도로 오랫동안 함께 해왔는데도, 상대방을 온전히 받아들이기를 원했는데도 그랬다. 나로서는 그녀가 눈앞에서 사라졌는데 호젓하게 앉아 있는 건 말벌 둥지 속에서 호젓하게 앉아 있기만 하는 꼴이나 다름없었다. 나는 한순간도 이를 감당할 수 없어서 어떻게든 해보려고 했고, 침묵을 지키며 물러난 그녀에 대해 생각했고, 자꾸만 벌에 쏘이고 있다는 기분이 들었다.

셰넌도어 밸리로 하이킹을 갔을 때 우리 관계는 이런 단계에 있었다. 내가 곰을 입에 올린 후 그녀는 침묵에 잠겼다. 그러다 내가 무슨 문제가 있냐고 묻자 그녀는 예상대로 "아무것도 아냐."라고 대답했다. 내 입을 막으려고 이런 대답을 하는 게 아니라는 걸 나중에 알게 되었지만, 그때는 그런 기분이었다. 그녀도 자신만의 공간에 갇히겠다는 뜻으로 그런 말을 한 것이 아니었다. 그저 자신의 말이 사실인지 스스로 확신하려는 시간을 조금 벌기 위해서였다. "난 괜찮아."라고 말할 때도 그녀는 괜찮지 않았다. 나는 이를 뻔한 거짓말(실제로 그렇긴 했다.)로 받아들였지만 그녀는 일종의 상대평가로서 말한 거였다. 자신을 괴롭히고 있는 건 우리 관계의 측면에서 보면 비합리적이거나 사소한 것일 뿐이라고 스스로 설득하려고 말이다. 더 큰 측면에서도 그랬다. C는 이따금 자기 자신의 감정이 중요하다는 걸 믿기 어려워하는데, 그럴 때 "괜찮아."라는 말은 자신의 문제를 축소하는 방법이기도 했다. 죽을 정도로 출혈이 심하거나 기아로 죽어가고 있는 정도는 아니라는 사실을 상기하려는 것이었다.

두 반응 모두 대단히 극기심이 강한 C의 성격의 연장선에 있다. 말벌 얘기를 해보자. 그녀는 정원 일을 하는 중이었고, 나는 집 안에서 점심 식사를 준비하고 있었다. 그런데 현관문이 열렸다 닫히는 소리가 들렸다. 나는 그녀가 화장실에 가려고 들어왔던 모양이라고 생각하며 하던 일을 계속했다. 하지만 몇 분이 지나도록 아무 소리가 없어서 주방에서 쾌활하게 별일 없냐고 외쳐 물었다. "거기 가만히 있어." 그녀가 차분하게 대답했다. 하지만 내가 그럴 리가 없었다. 그래서 나는 뜰에 서 있는 오래된 그루터기 나무 아래에 삽을 휘둘렀다가 우연히 말벌 둥지를 건드리는 바람에 화장실에서 셔츠를 흔들어 살아 있는 놈들을 떨어뜨리고 죽이고 있는 그녀의 모습을 발견하게 되었다. 그녀는 족히 스무 방은 쏘였는데, 달이 지는 소리만큼도 소란하지 않았다. 내가 확인하지 않았더라면 그녀는 쏘인 곳을 치료하고 옷을 갈아입은 뒤 나중에 내게 말

벌이 떼로 날아다니고 있으니 한동안 밖에 나가지 말라고만 했을 것이다. 이게 그녀의 방식이다. 그런 극기심을 지닌 사람답게 그녀는 난리법석 떠는 걸 싫어하므로. (나는 이런 면을 오늘에 와서는 발랄하게 무시한다. 사랑에 빠지는 커다란 즐거움 중 하나가 배우자를 두고 야단법석을 떠는 것이기 때문이기도 하고, 한편으로는 그녀의 입장이 상당히 편향되어 있기 때문이다. 그녀는 나를 두고 난리법석을 떠는 걸 좋아한다.)

로맨틱코미디를 보며 눈물을 흘리고, 내 기분에 대한 기분을 분석해보고, 여섯 살짜리 아이처럼 흉터와 멍을 보라며 으스대는 나는 자연스레 극기심이 부조리하다고 생각한다. 하지만 C가 신체적으로나 정서적으로 자신을 위무하는 데 재주가 있다는 건 사실이다. 그날 내가 등산로에 그녀를 20분 동안 홀로 평화롭게 놔두었더라면 그날의 싸움은 저 하늘의 조그만 솜털구름처럼 물러가 버렸을 것이다. 하지만 그럴 수 없었던 나는 그녀를 자극해 얘기를 계속하게 했다. 그래서 나는 그녀가 "한나절짜리 하이킹을 하러 나왔다가"라는 내 말을 경멸조로 들었고, 우리가 하는 활동이 내가 진짜로 하고 싶었던 것과는 거리가 멀다는 함의로 해석했음을 알게 되었다.

여기에는 맥락이 있다. 나는 C를 만나기 전까지 오랫동안 고독한 삶을 살면서 가능한 많은 시간을 야생에서 보냈다. 그녀는 내가 외딴곳에서, 특히 산과 서부에서 얼마나 깊이 평안을 얻는지 알고 있었다. 그런 그녀는 간혹 자신이 내가 필요로 하고 좋아하는 것을 앗아갈까 걱정했다. 나는 내가 그녀를 필요로 하고 사랑한다고, 우리가 함께 만들어가는 삶의 질감을 귀하게 여긴다고, 어쨌거나 우리는 제로섬 게임을 하는 게 아니라고 말해주어야 했다. 산은 그녀에게서 나를 앗아갈 수 없지만 나는 그녀를 산에 데려갈 수 있다고. 대신 나는 그녀가 내 게으른 감상을 그렇게 공격적이고 실제 내 의도와는 너무나도 다른 의미로 알아들었다는 사실에 상처받고 혼란스러워져서는, 방어적으로 굴면서 전혀 그런 뜻이 아니었다고, 그저 말 그대로의 의미뿐이라고, 딱히 오랫동안 하이킹을 하던 게 아니었는데 곰을 마주쳐서 정말로 놀라긴 했다고 말했다. 내가 이 말을 별다른 생각 없이 불쑥 내뱉었는데, 자꾸만 무용하게 반복하기만 했다는 점이 문제였다. 들고 간 음식을 무책임하게 방치하는 사람들이 넘치는 국립공원에서 곰들이 붐비는 등산로 가까이 나타나는 경향이 있다는 걸 알기 위해 셰넌도어의 흑곰 분포까지 알 필요는 딱히 없을 것이다. 처음부터 자기 감정을 설명하고 싶지 않았던 C는 대신 이런 논리적 허점을 이용해 곰에 대한 주장을 펼쳤다.

커플들은 이처럼 바보 같은 일로 싸움을 벌인다. 어렸을 때 여름방학을 맞이해 미시간주 북부에 빌린 조그만 오두막에서 지냈을 때, 부모님이 그 안에서 엄청난 싸움을 벌이는 동안 앞 계단에 언니와 함께 앉아 있던 기억이 있다. 그때도 중재자 기질이 다분했던 나는 겁에 질려 불안에 떨었지만 나보다 세 살 위이며 문제의 말다툼이 이혼으로 귀결되지 않으리라는 걸 알 만큼 냉철했던 언니는 그저 재미있어했다. "두 분이 뭘 두고 싸우는지 알아?"

언니가 나를 달래며 물었다. 나는 몰랐다. "아빠가 가게에서 참치 사 오는 걸 까먹어서 싸우시는 거야." 언니가 말했다. 그때는 얼마나 많은 사람들이 서로를 사랑하는데도 고작 참치캔 따위로 인해 피 터지게 싸울 수 있는지 몰랐다. 이제는 안다.

C와 내가 문제(꼭 말고 싸우는 방식에 대한 일반적인 문제)를 해결하기까지는 1년 이상이 걸렸는데, 해법은 내 생각과 달랐다. 처음에 나는 그녀가 기분이 좋지 않을 때 그녀의 사적 공간에 둘러친 벽을 너무 빨리, 또 너무 크게 두드리지 않으려고 노력했고, 그녀는 나를 자신이 물러난 동토대에 너무 오랫동안 남겨두지 않으려고 노력했다. 하지만 '중요한 타협안'은 국제 관계에서나 하는 말이고, 개인 간의 관계에는 거의 제대로 작동하지 않는다. 특히 차이가 크게 벌어졌다면 더욱 그렇다. 자신의 핵심을 구성하는 요소들을 버리거나 대체하는 것으로 상대와 오랫동안 행복한 삶을 함께 꾸려나갈 수는 없다. 최종적으로 변한 건 우리 안이 아닌 우리 사이의 무엇이었다. 이 변화는 우리가 특히 심하게 싸운 뒤 일어났는데(이 싸움이 하고많은 장소 중 터스컬루사Tuscaloosa에서 벌어지는 바람에, 돌이켜보니 이 지명이 구슬프고, 음울하게 웃기고, 지리적인 연패라는 컨트리음악 느낌을 우리 싸움에 더해준 것 같다.) 싸우는 동안 우리 둘 다 헤어질 수도 있겠다고 생각했다. 물론 헤어지지 않았지만, 그럴까 봐 너무 두려웠다. 후에 우리는 두려움과 같은 크기의, 그러나 한없이 눈부신 안도를 느꼈다. 우리는 절대로 헤어지지 않을 것이었다. 터스컬루사에서는. 그때는. 어디에서도. 영원히.

이런 깨달음은 우리 사이에 어떤 항구적인 변화를 일으키며 혼인 서약에 준하는 역할을 했다. 거의 항상 상대를 잃을지도 모른다는 두려움이 우리 싸움에 불을 지핀다는 걸 우리는 단번에 알게 되었다. 일상적인 오해와 의견 차이가 불필요한 위기까지 번지는 것이었다. 스스로 자기 자신을 달래고자 하는 그녀의 성향은 여기에 파국적 요소를 더했다. 그녀는 내게서 물러남으로써 자신을 괴롭히는 게 무엇이든 그걸 떠나보내려 했을 뿐 아니라, 내가 떠나도 괜찮을 거라고 스스로에게 증명하려 애쓰면서 나 없는 삶을 연습하려고 한 것이다. 반면 나는 그녀가 떠나도 괜찮을 거라는 환상이 조금도 없기에 문제를 해결하려고 돌진할 뿐, 그녀가 당장 떠나려는 게 아니라는 걸 침착하게 깨달을 능력이 없었다. 하지만 터스컬루사 사건 이후에 우리는 아무도 떠나지 않으리라는 것을 깨달았다. 이 깨달음은 추상적인 것도, 간헐적인 것도 아니었다. 우리 사이에 아무 문제가 없을 때만 이렇게 생각하는 것도 아니었다. 언제나 절대적으로 아는 것이었다. 그녀는 이별에 대비하는 태세를 버렸다. 나는 벌써 이별한 것처럼 반응하는 걸 그만두었다. 그러자마자 우리의 싸움에서 공포가 사라졌고, 그 자리에 뭔가 대단히 경박한 것이 끼어들었다.

이렇게 보면 사랑이란 수학자 가우스가 푼 문제와 비슷하다. 정답을 찾았다고 절대적으로 확신하는데, 세부사항을 해결하려면 아직도 긴 시간이 필요하다. 하지만 시간을 들이면 해답이 모습을 드러낼 것이고, 여느 해답들과 마찬가지로 우아하고 명명백백한 그 답은 이전의 혼란을 경계선 밖으로 멀리 물리칠 것이다. C와 나의 의견은 여전히 때때로 일치하지 않는데, 나는 언제나 그렇기를 바란다. 내 정신에 도전하는 그녀의 엄밀한 정신은 내가 그녀에게서 가장 소중하게 여기는 것이기도 하고, 그런 일이 없다면 내 삶이 얼마나 빈곤해질지 상상하기도 힘들다. (빅토리아 여왕은 사랑하던 남편 앨버트 공이 사망하고 이렇게 썼다. "이제 누구도 내게 맞서지 않는다. 내 삶의 소금이 사라졌다.") 가끔 의견이 달라 말다툼이 빚어질 때도 있지만, 요즘 우리는 더 실제적인 문제에 집중하고 보통은 잘 해결한다. 늘 재미있고 다정하지만은 않지만 적어도 침착하고 빠르게. 이제 그녀는 위로나 화해를 청하며 대체로 내게 다가오는 편이다. 그리고 나는 종종 뒤로 물러선다. 그녀와 떨어지려는 것이 아니라 상대를 바라보기에 더 좋은 자리로 가기 위함이다. **이게 당신이지**. 나는 생각한다. **당신 그대로인 모습**. 나는 그녀가 그녀이기에 그녀를 사랑한다.

처음으로 오하이오에 C를 데려간 뒤의 겨울, 우리는 내가 자랐던 집에서 이사 나오는 부모님을 도우러 다시 그곳으로 갔다. 이사를 결정하기까지는 오랜 시일이 걸렸다. 아버지의 건강이 악화하면서 어머니는 낙상할 위험을 줄이기 위해 계단이 없으며 둘이서 관리할 수 있을 정도로 크지 않은 집으로 옮겨야 한다고 주장했다. 아버지는 이론적으로는 이 계획에 반대하지 않았지만 실제로는 보는 집마다 거부권을 행사했다. 아버지는 살던 집이 좋고 편안하다고 했다. 하지만 우리 모두는 아버지가 자신이 노화하고 있다는 걸 명시적으로 인정하고 싶지 않아서 그런다는 걸 알았다. 어머니가 아버지에 맞서 승리하기까지는 5년이 걸렸다.

아버지 세대의 기준에 견주면(딱히 높다고는 할 수 없는 기준이다.) 아버지는 언제나 집안일을 상대적으로 많이 했다. 쓰레기 버리기나 잔디 깎기처럼 전통적으로 남성들이 도맡던 일에 더해, 아버지는 나와 언니가 직접 도시락을 싸기엔 너무 어렸을 때 당신이 준비해주었고, 우리가 잠자리에 드는 걸 보조했고, 몇 가지 요리를 할 줄 알았고, 설거지도 했고, 장보기를 좋아했고, 오십 대에 들어서는 온전히 혼자서 저녁 식사를 준비했다. 하지만 결혼생활 내내 집안일에서 가장 큰 몫을 담당했고 두 분 사이에서 기질과 관련된 부분들을 조절해온 건 어머니였다. 어머니는 아버지가 하지 않은 모든 음식을 요리했고, 다림질과 비질, 문질러 닦기, 진공청소기 돌리기, 식재료와 생활용품 준비는 물론이고 나와 언니에게 옷을 입혀주고 학교 준비물을 챙겨주고, 빨래를 하고, 베이비시터를 고용하고, 방과 후 활동을 고르고, 카풀과 픽업 약속을 챙기고, 우리를 병원과 치과에 데려가고, 우리가 아프면 직장에 휴가를 내고, 집을 유지하고 집답게 만드는 일상적인 일거리들을 전반적으로 도맡았다.

그러니 처음부터 이사할 집을 알아보는 건 어머니 일일 수밖에 없었다. 이사할 때마다 집을 고르고 정착하는 데 필요한 일을 한 이는 전부 어머니였다. 부모님이 결혼해서 처음 살았던 미시간의 아파트부터 언니가 태어났던 클리블랜드의 아파트, 둘째 아이를 위한 공간이 필요해서 찾았던 소박한 주택, 아버지의 커리어가 빛을 보기 시작하면서 사들인 커다란 주택까지. 그러니 아버지가 현실에, 혹은 그저 대단한 인내심을 보여주는 아내에게 마침내 순종할 때까지, 시장에 매물로 나온 집들을 하나하나 돌아본 건 일흔에 들어선 어머니였다. 그러다 어머니가 마지막으로 보여준 콘도를 본 아버지가 그럭저럭 살 만하다는 결정을 내렸다.

그리고 이사 당일이 되었다. 아버지는 조금이라도 신체적인 노동력을 발휘할 수 있는 단계를 훌쩍 지났기에, 어머니도 일을 전부 떠안을 수 없었으므로, 언니와 나, 그리고 C가 일손을 보태러 클리블랜드에 모였다. 그 무렵 C와 나는 서로에 대해 이미 잘 아는 상태였고, 내가 옛집 벽에 걸린 학창시절의 사진(어쨌거나 그녀는 사진 하나를 골라내더니 진심으로 귀엽다고 말해주었다.)을 포함해 그 집에 있는 물건들 중 무엇도 내 과거를 폭로할까 봐 전전긍긍하지 않게 될 정도로 자주 오하이오를 찾아갔다. 잘된 일이었다. 인터넷을 제외하면, 어려서 살던 집과 필요 없는 물건들을 한가득 모아놓는 부모님보다 수치심을 잔뜩 느끼게 해줄 원천은 없을지도 모른다. 어느 날 오후에 우리는 다락을 비우다 언니와 내가 어릴 때부터 쓴 거의 모든 글이 들어 있는 낡은 납작 트렁크를 찾았다. C는 우리가 웃는 걸 무시하면서 종이를 한 장씩 꺼냈다.(그러다 나는 그녀에게 속을 채운 낡은 인형을 던지기까지 했다.) 그러면서 형편없는 고등학교 시절 시와 중학교 때 썼던 노트, 그리고 5학년 때 성실하게 작성한 독서 감상문을 드라마틱하게 소리 내어 읽었다.

다음 날, 언니가 주방을 정리하다 냉장고 위에서 오래된 부엌마녀를 찾았을 때 우리는 더욱 크게 웃을 수밖에 없었다. 깃든 집에 행운을 가져다준다는 그 괴상한 노파는 빗자루에 명랑하게 걸터앉아 있었다. 살펴보니 1978년 언저리에 그 자리에 놓였다가 1984년경 잊힌 물건 같았다. 연도가 다를 수는 있지만, 부모님의 물건 중 상당수를 고려하면 대강 그러했다. 당시 언니와 나, 그리고 C는 30년쯤 걸릴 일을 사흘 동안 처리하기 시작한 참이었는데, 우리는 한데 모인 채 온갖 물건들이 연쇄적으로 나타날 때마다 더 즐거워하고, 더 경악하고, 더 압도되었다. 덥수룩한 빗자루에 올라탄 마녀는 말하자면 우리의 한계였다. 누구도 옆방에 계신 어머니의 기분을 상하게 하고 싶지 않았다. 언니는 입을 꾹 다물고 부엌마녀를 세차게 흔들었다. 그러면서 언니는 곤경과 성취감 사이 애매한 표정으로, 우리가 직면한 문제의 결정적인 예가 여기 있다고 담백하게 말했다. 30년 이상 대청소 한 번 없이 지속적으로 채워지기만 한 4층짜리 집을 어떻게 정리한단 말인가. 어머니가 신경 쓸 일이 없게 하려는 시도는 그저 그 순간을 우스꽝스럽게 만들었을 뿐이었다. 십 대처럼 주방 카운터에 앉아 있던 나는 배를 잡고 웃다가 바로 미끄러져 떨어지고 말았다.

그렇게 많이 웃을 수 있어서 좋았지만, 뜻밖이기도 했다. 노년의 부모가 평생을 산 집에서 이사 나오는 일을 돕는다는 건 말 그대로 모든 순간 하나하나가 상징적으로 여겨지는 체험이다. 수

많은 것들과 일순 작별해야 한다는 것, 부모님 뒤로 영원히 닫히는 문, 두 분이 이 세상에서 점유했던 공간의 소멸. 나는 진작부터 이런 일이 생기면 끔찍하게도 두 가지 방향으로 슬퍼하게 될 거라고, 과거만큼이나 미래를 상실했다는 느낌을 받으리라고 생각하고는 했다. 하지만 실제로는 가족과 함께 있다는 기쁨과 더불어 내가 터무니없는 행운아라고 느꼈을 뿐이었다. 아버지의 건강이 장기간 악화하는 와중에, 나는 일어난 일과 일어나지 않은 일에 그저 감사하는 마음을 갖는 법을 배웠다. 그리고 두 분이 우리 곁에서 웃는 얼굴로 그 집에서 이사 나올 수 있다는 사실에 안도했다. 우리가 그 집에서 보낸 시간들과 꺼낸 물건들이 슬픔으로 흠뻑 젖기 전에 말이다.

그 일을 처리하기까지는 몇 달이나 걸렸다. 우리는 오하이오 집을 자주 찾아야 했고, 집을 완전히 비워내고 부모님이 새집에 정착하기까지 굿윌 상점(기부된 중고품을 판매하는 대형 상점—옮긴이)을 수없이 다녀와야 했다. 아버지가 그토록 저항했음에도 불구하고, 당신께는 수월한 이사였다. 늘 그렇듯 이번에도 새집을 축소된 옛집처럼 바꾸는 놀라운 일을 해낸 어머니 덕분이었다. 이사한 집에서 맞이한 첫날 저녁 식사를 한 뒤에 아버지는 거실에서 가장 좋아하는 의자에 자리를 잡고는 바로 옆 친숙한 테이블에 스카치위스키 한 잔을 올려둔 채 무릎에 놓인 책을 읽었고, 나는 그 맞은편에 앉아서 아버지가 원래 집에 계신 것처럼 보인다는 사실에 감탄했다.

짐을 싸고 풀고 움직이는 과정이 진행되는 와중에 C와 나는 우리 집들의 숫자가 증가하는 것 때문에 골치였다. 우리가 처음 만나던 무렵에 나는 허드슨밸리에 조그만 차고 집을 빌려서 살고 있었고, 그녀는 이스턴쇼어의 셋집에 살고 있었다. 몇 달이 지나 그녀는 그 고장에 집을 샀다. 단언컨대 그녀가 나와 사귀는 데 흥미가 떨어졌다는 신호도 아니고, 메릴랜드를 떠날 생각이 조금도 없다는 뜻도 아니라고 나를 설득하는 우스꽝스러운 대화 끝에 벌어진 일이었다. 그 집은 내 부모님처럼 나이가 들어 관리가 힘들어진 그녀의 가족 친구가 소유한 것이었는데, 놓치기에는 너무 좋은 기회였던 데다 모기지도 충분히 감당할 만했다. 같은 시기에 그녀는 대부분 딥사우스를 배경으로 펼쳐지는 책을 쓰기 시작했는데, 이는 내가 상당한 시간을 앨라배마의 작은 동네에서 그녀와 같이 보내거나, 아니면 혼자서 보내게 된다는 뜻이었다. 나는 전자가 마음에 들었고, 그래서 우리는 조지아주 경계선에서 한 시간쯤 떨어진 호숫가에 가구가 딸린 더블와이드(두 채가 연결된 이동주택—옮긴이)를 빌렸다. 우리는 다이닝룸에 있던 박제 사슴에 니커잭이라는 이름을 붙였고(남북전쟁이 벌어지는 동안 남부를 이탈해 연합군 편으로 기울었던 지역을 기리며), 저녁 식사를 준비하거나 아침나절 베란다에 앉아 커피를 마시면서 호수에서 물러나는 안개를 바라보며 『선악의 정원』을 서로에게 소리 내어 읽어주었다. 그녀가 취재하러 나간 동안 나는 집에 머무르며 글을 쓰거나 호수를 에워싼 가파른 소나무 언덕을 오랫동안 달렸다. 쉬는 날이면 같이 차를 타고 모험을 찾아 떠났다.

당시 그 차는 사실상 또 하나의 집이라 할 만했다. 우리는 앨라배마에서 메릴랜드까지, 메릴랜드에서 뉴욕까지, 뉴욕에서 다시 남부를 향해 컨트리음악과 24시간 영업하는 비스킷조인트가 하염없이 이어지는 자동차 여행을 하고는 했다.(앞서 말했듯 C는 운전을 좋아한다.) 둘 중 한 사람의 집에 가야 하거나 한쪽이 일 때문에 여행할 필요가 없을 때면 우리는 시간을 내서 늘 가보고 싶었던 이런저런 곳으로 향하거나 멀리 사는 여러 친구들을 찾아갔다. 자동차 안을 그런대로 청결하게 유지하려고 노력했음에도 불구하고, 그 안의 물건들을 보면 이제 우리가 차 안에서 사는 게 아닌가 싶을 정도가 되어 있었다. 머리끈, 종이수건, 칫솔과 치약, 견과류 에너지바, 자외선차단제, 알러지 약, 소금통(C를 위한 것), 담요와 베개(나는 가끔 낮잠을 잤다.), 물병, 보온병, 노트북 충전기(한번은 이스턴쇼어와 사우스캐롤라이나주 개프니 사이 어딘가에서 기사 한 편을 완성한 적도 있다.), 책, 잡지, 수영복, 우비, 구급용품함, 국립공원 연간 이용권, 그리고 우리를 시골길에 2년간 구금한 원인인 원고의 마감일을 지켜야 했으므로 트렁크에서 늘 같은 자리를 차지하며 일종의 애착 담요 역할을 하게 된, 취재 내용으로 꽉 찬 파일 상자 세 개까지 있었다.

이런 생활이 미친 짓으로 판명될 때가 가끔 있었다. 앨라배마를 떠나왔는데 내 러닝화를 두고 왔다는 걸 깨닫거나, 뉴욕에서 찾던 책이 메릴랜드에 있다거나, 어느 지역에서 열리는 행사에 참석하려니 우리가 다른 곳으로 떠나야 하는 다음 날이라거나 하는 식의 날들이었다. 그럼에도 대개는 믿을 수 없을 정도로 재미있었다. 때로는 재미 이상이기도 했다. 내가 알기로 C와 나는 극도로 운이 좋은 사람들이었다. 둘 다 어디서나 일할 수 있었으므로 우리는 실제로 한 번도 장거리 연애를 한 적이 없다. 우리는 장거리 여행을 같이 하면서 연애했다. 그리고 그 모든 고속도로며 거리, 차에서 보낸 시간, 양옆으로 끝없이 펼쳐지며 흥미를 자극하는 시골 풍경 들은 우리를 다른 곳으로, 온갖 종류의 도로를 달려 계속해서 먼 곳으로 데려갔고, 우리는 어느 때보다도 가까워졌다. 이렇게 유목민처럼 근사한 삶이 15개월 이어진 끝에 또 다른 형태의 장거리 자동차 여행이 시작되었다. 아버지가 심방세동으로 입원하셔서 오하이오로 돌아가야 했던 것이다.

아버지가 돌아가시기 전까지 나와 C는 밤에 콘도 응접실 문간을 커튼으로 대충 가려놓고 접이식 소파에서 잠을 잤다. 아니, 자려고 애썼다고 말하는 편이 나을지도 모르겠다. 나는 대개 다가올 상실을 온전히 바라볼 수도 온전히 피할 수도 없어서 불면의 밤에 지친 채로 그냥 누워만 있었다. 아침에 일어나면 새집에서의 내 위치를 처음부터 다시 파악해야 했다. 부모님은 그 집에서 채 여섯 달도 살지 않았다. 그리고 날마다 아버지가 돌아올 기미가 줄어들고 있었다. 결정의 순간이 오자 어머니는 슬프지만 침착하고 단호하게, 아버지를 절대로 보내고 싶지 않지만, 그래야만 한다고 말했다. 아버지의 상태가 돌이킬 수 없게 되는 동안 줄곧 그랬지만, 그날 어머니가 보여준 강인함은 경이로웠다. 하지만 슬픔이 어디서건 발 디딜 곳을 찾아낼 거였다. 아버지를 호스피스 병동으로 모신 다음 날, 침실에서 너무나 황폐한 어머니 모습을 우연히 보게 되었다. 특별히 언짢은 일이라도 있는지 묻자 어머니는 욕실 쪽을 가리키더니 눈물을 흘리며 아버지가 화장실에 실치했던 장애인용 샤워기를 간신히 사용하게 된 참이라고 했다.

그로부터 일주일이 지나기도 전에 아버지가 돌아가셨다. 절차대로 처리하고, 장례식을 치렀다. 그 후 C는 우리 짐을 챙겨 복도에 내놓았다. 나는 어머니를 끌어안았다. 어머니 곁에서 떠나기가 너무 힘들었다. 나는 망연자실하고 탈진한 채로 어머니를 안은 채 문간에 서서 멍하니 어머니 어깨너머로 보이는 거실을 응시했다. 그러다 부모님이 이사한 콘도를 처음 보았을 때 했던 생각이 떠올랐다. 전 집을 구성하던 상당 부분이 없는데도 불구하고 콘도가 옛날 집과 거의 똑같게 보인다는 생각이었다.

삶의 다음 굴곡에 때때로 무엇이 도사리고 있는지는 믿기 어려울 정도다. C는 내가 트렁크에 있는 상자나 다름없다는 것처럼 묵묵히 나를 차에 밀어 넣었다. 그리고는 나를 메릴랜드로 실어갔다. 도착하자 자정이 지나 있었다. 거실 테이블에 우편물이 가슴 높이로 쌓여 있었다. 고양이들이 다리 사이를 열렬히 감았다. 나는 어마어마한 슬픔에 흠뻑 젖은 피로감에 짓눌린 채 비틀거리며 2층으로 올라가 잘 준비를 시작했다. 그러다 아래쪽을 봤는데, 맨발에 조그만 점들이 있었다. 허리를 숙여 가까이 들여다보면서 희미하고, 절망적이며, 믿고 싶지 않은 생각이 연쇄적으로 닥쳐왔다. 우리 집 고양이들은 외출하지 않는다. 고양이들이 속을 썩인 적도 없었다. 하지만 내가 부르는 소리에 C가 2층으로 올라왔을 때는, 바닥이며 베개, 담요, 내 발 할 것 없이 주변 전체가 벼룩으로 뒤덮였다는 사실이 분명해졌다.

우리는 한참 동안 서로를 바라보고만 있었다. 딱히 쓸모도 없을 것 같고 구미가 당기는 제안도 아니겠지만, 그때를 돌이켜보자면 제대로 된 연애를 하는 중인지 알고 싶은 사람이라면 여덟 시간의 운전과 새벽 한두 시라는 시각, 막 찾아온 슬픔, 그리고 벼룩이라는 조합을 시도해봐도 좋을 것 같다. C는 내 손을 잡고 넋나간 내 눈을 들여다보며 호텔 방을 잡자고 말했다. 나는 고개를 저었다. 내가 무엇보다도 원하는 단 한 가지는, 곧장 잠드는 것보다도 내 집에 있다는 기분이었다. 그래서 그녀는 마치 지금이 한낮이고 실용 곤충학에 관심이 생겼다는 듯 침착하게, 벼룩이 들끓을 때의 대처 요령을 구글에서 검색하기 시작했다. 그러는 동안 나는 쓸모없이 서 있기만 했다. 내 슬픔은 흉측한 물건처럼 불신의 어두운 해결책에 매달려 있었다. 달리 유일하게 찾아낼 수 있었던 감정은 한없는 감사였다. 내가 혼자 집에 들어와서 엉망진창이고, 어이없고, 손쓸 수 없는 상황에 직면하지 않았다는 감사.

그리고 잠시 후, 나는 태어나 처음으로 이 세상에 밤새 영업하는 창고형 할인점이 존재한다는 사실에 거의 비슷한 정도로 감사하게 되었다. 내 안의 신경줄이 끊어지기 직전이었다가 갑자기 커다란 웃음 쪽으로 향하게 된 건 상점 반려동물용품 코너 중간쯤에서였다. 그다음에는 평생 안고 갈 갈망을 느꼈다. 아버지에게 내가 겪은 일을 말하고 싶었던 것이다. 물론 어머니도 이 이야기를 듣고 우리를 걱정했겠지만, 내 아버지라면 과연. 나는 벼룩 샴푸를 든 C 옆에서 웃어대기 시작했다. 아버지라면 짐짓 빈틈없이 완벽한 태도를 꾸며내며 이렇게 말했으리라. "그 끔찍한 고양이들 좀 치우라고 늘 말했잖니." 또 벼룩에 관한 세상에서 가장 짧은 시를 일깨워주며("아담에게도 / 벼룩이 있었다.Adam / Had'em") 참 걸맞은 상황이라고 생각했을 것이다. 인생에서 제아무리 극단적인 경험을 하더라도, 기쁘거나 슬프거나, 천국에 있거나 막 추방되었거나, 우리는 세상이 베푸는 자비 앞에서는 한없이 낮은 피조물이라는 것 말이다. 이렇게 생각하자 기분이 조금 나아진 나는 집으로 돌아오는 차 안에서 이 모든 상황에도 불구하고 지난 일주일 동안 가장 인간적인 감정을 느꼈다. 우리는 돌아와서 두 시간 동안 바닥을 청소했고, 끔찍한 고양이는 화를 내면서도 목욕을 당했고, 낡은 침구는 세탁기로 들어갔고, 새 시트가 침대에 깔렸다. 우리는 침대에 들었다.

하나의 집 이상을 원하지 않는다고 다짐했던 건 그날 밤이었다. 어지럽고, 탈진한 데다 마음이 놓인 상황에서 C에게 이를 곧장 말하지 않으려면 노력이 필요했다. 아무튼 많은 사람들이 슬퍼하는 동안에는 중대한 삶의 변화를 꾀하지 말라고 하니까.(그 슬픔이 그런 변화를 요구하는 상황 때문에 발생한다는 사실은 잠시 제쳐두자.)

그래서 나는 원하는 바를 알고 있었음에도 기다렸다. 최악의 슬픔이 잦아들고 가을과 겨울의 어둠이 물러난 뒤, 우리는 허드슨밸리로 돌아가 다시 한번 이사 준비에 돌입했다. C와 내가 처음으로 점심 식사를 같이 하고 집에 와서 우리가 뭘 하는지 정확히 모르는 채로 막 정원에서 움트는 어린 나무들을 상찬하던 때로부터 2년이 지나 있었다.

그 집에서도 짐 싸기는 재미있었다. 더 수월했고 더 재미있었다. 이사 전날 밤, 꼭 필요한 물건들이 분해되고 담요에 싸이고 상자들에 넣어져 문간에 놓이면서 빠짐없이 옮겨질 준비가 끝났다. 우리는 인도 음식을 포장해 와서 C의 노트북으로 「레이더스」를 보면서 느슨한 결말에 도달할 때까지 깨어 있다가 바닥에 깔아둔 매트리스에서 잠들었다. 침대 프레임은 이미 해체되어 아래층 벽에 기대져 있었다. 다음 날 정오에 이사 트럭에 짐이 실렸다. 우리는 트럭 뒷문을 닫고 시내로 걸어가서 처음 만났던 카페에서 점심을 먹었다. 차 안에서 마실 커피 두 잔까지 사서 차고 집으로 향하는 낮은 언덕을 내려갔고 현관문 안쪽으로 고개를 들이밀었다. 나는 거기서 12년을 살았고, 그 집의 전부를 사랑했다. 하지만 텅 빈 집을 둘러보고 있는데 향수나 상실의 찌르는 듯한 고통이 느껴지지는 않았다. 시인 바쇼는 언젠가 아름다운 하이쿠 한 편을 남겼다. “매미 허물은 / 울다가 / 텅 비었을까.”

그리스로마 신화에 등장하는 에로스에게는 응답받는 사랑의 신인 안테로스라는 남동생이 있었다. 이야기는 이렇게 진행된다. 아기였던 에로스가 잔병치레가 잦고 몸이 약해서 아프로디테는 어느 티탄족의 조언에 따라 에로스와 어울릴 아기를 하나 더 잉태했다. 외아들이었던 에로스는 비실비실하고 자주 아팠지만 안테로스가 태어나자 두 소년은 모두 무럭무럭 자라났다. 후에 그들이 성년이 되었을 때, 에로스는 영원히 사랑에 빠질 때 발생하는 비참한 측면(사랑에 대한 갈망, 사랑의 부재, 좌절된 열정)을 관장하게 되었다. 그는 괴로움을 안겨주는 열정의 수단으로 화살과 불, 열기, 망치, 허리케인처럼 강압적이고 고통스러운 것들을 선택했으며, 가는 곳마다 장난을 치며 혼돈의 싹을 심었다. (헬레네가 파리스와 사랑에 빠지는 바람에 트로이 전쟁이 발발하는 데 에로스가 일조했다는 의견이 있다.) 이와는 달리 안테로스는 복수심이 연인들을 괴롭힐 때를 제외하면 충실하고 상냥했다. 형이 외롭지 않도록 잉태된 그는 같은 운명하에 늘 다른 이들을 보호했다.

당대에도 베일에 싸인 안테로스는 인류가 집단적으로 기억하는 고대 만신전에서 거의 자취를 감추어왔다. 그럴 만도 한 사라짐이다. 우리는 응답받는 사랑이라는 경험에 말 그대로건 비유적으로건 더는 생기를 불어넣지 않는다. 그러나 우리가 사랑하면서 얻을 수 있는 행복 전체가 이에 달려 있다. 에로스가 얻은 평판이 분명히 밝히는 것처럼 사랑을 경험하는 것만으로는 딱히 기쁨이 생겨나지 않기 때문이다. 그리스에서 현대에 이르기까지 수많은 기록자들은 누군가에 대한 갈망이 충족되지 않으면 파괴적인 힘으로 발현하기 마련이라고, 이는 사랑하는 이에 대해서나 다른 사람들에 대해서나 잠재적으로 위험하다고 믿었다.

응답받는 사랑은 이와 반대다. 응답받는 사랑은 매 순간은 아닐 수 있어도 지속적이고 너그러우며 신나고 충족적이다. 하지만 우리 문화에서 이는 안테로스가 그러하듯 상당히 간과되어왔고, 행복하면 좋지만 재미는 없다는 일반론에 희생당했다. 톨스토이는 저 유명한 『안나 카레니나』의 서문에서 무시하는 태도로 이렇게 천명한다. "행복한 가정은 비슷비슷하다. 불행한 가정은 저마다 다른 방식으로 불행하다." 소설의 탁월함과는 별개로 이 주장은 이상하기만 하다. 먼저 톨스토이의 주장은 내 경험과 합치되지 않는다. 나는 아홉 살에 우리 집이 친한 친구들의 집과 너무나 다르다는 걸 깨달았다. 친구네 부모님은 헌신적이고, 외향적이고, 정치와 생태에 관심이 많으며, 체질적으로 조용하고, 주로 속삭이듯 대화하는데, 우리 집은 너드 같고, 소란스럽고, 열변을 토하는 식으로, 열대 우림에 생겨난 조수 웅덩이처럼 다른 생태계를 보였다. 둘째, 논리에도 결함이 있다. 불행이 그 반대 항보다 어떤 이유에서, 어떤 식으로 풍부하고 다양하다는 말인가? 대체로 기쁨이 소거된 자리에 괴로움이 생겨난다. 따라서 한쪽이 다른 쪽보다 더 구체적이고 흥미롭기 어렵다. 그리고 일상적인 불행은 대체로 길고 지루하며 적막하다. 시몬 베유Simone Weil가 악에 대해 고통스러운 진실을 글로 쓴 적이 있다. 상상한 고통은 "로맨틱하고 다양"할 수도 있지만, 실제의 고통은 "우울하고, 단조롭고, 황량하며, 지루하다."

그럼에도 불구하고 행복에 주목하는 이는 상대적으로 적으며, 행복은 불행에 견줘 비판의 대상이 될 때가 많다. 동시대 사상가들은 간혹 현대인들이 일상에서 얄팍한 행복에 집착한다며 멸시하는데, 이런 근거로 행복을 멸시하는 건 비슷하지만 전혀 다른 현상(여흥이나 쾌락 같은 행복의 피상적인 형태나, 약물 남용이나 보복소비처럼 행복을 성취하려는 얕은 수단)으로 오인했기 때문이다. 이와는 대조적으로 아리스토텔레스는 행복을 "지상선supreme good"으로 간주하며 일시적인 희열이 아닌 전인적인 만개로, 배려나 덕과 불가분인 것으로 보았다.

행복을 논하는 사람은 드물어졌지만, 적어도 연애담에서는 행복이 여전히 중심 역할을 맡고 있다고 생각하는 사람도 있을 것이다. 하지만 그런 경우는 드물다. 문학에서 사랑을 바라보는 방식은 자주 암울하고, (톨스토이처럼) 기쁨보다는 고통을 강조하며, 난기류가 만족감보다 먼저 찾아오고, 로맨스보다 비극이 앞선다. 제인 오스틴이나 발자크, 동화, 로맨틱코미디, 로맨스 소설처럼 이 규칙에는 수많은 예외가 있지만, 사랑을 분홍빛으로 전망하는 시각조차, 사랑을 지속하는 것보다는 획득하는 것에 집중한다. "그 후로 오래오래 행복하게 살았습니다."는 결말이지 이야기가 아니다. 이 표현은 행복을 고정된 상태로 간주하며, 더는 할 말이 없는 것으로 본다. 이런 유형의 사랑은 찾아내면 이내 지루해진다. 더 나쁘게는, 실제로는 사랑이 아닐 수도 있다. 이는 고릿적부터 끈질기게 이어진 관념이다. 낭만적인 사랑이란 실제로는 한낱 욕망이며, 욕망은 늘 아직 갖지 못한 것을 갈망하는 것이라는. 그래서 대부분의 사랑 이야기는 우리가 마침내 사랑을 찾아낸 이후가 아니라 찾아다니는 이야기를 전한다. 소년은 소녀를 만나고, 소년이 소녀를 잃고, 소년은 소녀를 다시 만난다. 낙관적인 이야기에서도 사랑을 얻는 순간 종결이 찾아온다. 우리 대부분이 진짜 사랑이 시작된다고 믿는 바로 그 순간에.

다시 말해서 로맨스 작가들은 대개 사랑의 시작이나 끝에 매달리면서 그 중간을 무시한다. 많은 사람들이 행복에 별로 관심이 없기에 작가들은 중간을 최대한 짧게 만들 방법을 강구한다. 하지만 실제 연인들은 정확히 반대를 행한다. 중간을 가능한 한 길게 만들 방법을 강구하는 것이다. 이들은 중간이 영원히 지속되기를 바란다. 사랑에 빠져본 사람이라면 누구나 알겠지만, 이미 가진 것을 욕망하는 일이 완벽히 가능하다는 의미다. 나는 C가 내 바로 옆에 있지만 짜증 나 있거나 딴생각에 빠졌을 때, 그녀가 다른 도시에 가 있는데 나는 엉망진창인 하루를 보내고 있을 때 그녀를 갈망한다. 그녀는 내 품에서 잠들어 있는데 나는 실존적인 공포에서 헤어나지 못할 때, 그녀가 내 곁에 있기를 절망적으로 원하면서 그녀를 잃을지도 모른다는 걱정에서 빠져나오지 못할 때 그녀를 갈망한다. 응답받은 연인들은 욕망이 없어서가 아니라 욕망이 항구적으로 형태를 바꾸기에 고통받는다. 우리가 욕망하는 건 동시대 문화가 기본적으로 갈구하는 '새로운 것'이 아니다. 우리는 오로지 같은 것을 갈망한다. 로버트 프로스트는 이 감정을 정확히 포착해 「헌신Devotion」이라는 짧은 시를 썼다.

> 저 바다의 해안이 되는 것보다
> 크나큰 헌신을 헤아릴 수 없네
> 한 자리에서 굽은 곳을 지키며
> 한없는 반복을 세므로

나는 수없이 이 시를 떠올렸다. C와 내가 서로를 안고 침대에 누워 있을 때, 그녀의 몸이 나를 감싸고, 그녀의 긴 손가락이 내 손을 쥔 채 가슴 위에 놓여 있을 때, 아침에 일어났을 때 그녀의 마법 같은 두 눈이 내 졸린 얼굴을 향해 눈부신 아침 활기를 드러내며 미소를 지을 때. '나는 언제나 이 순간을 원해.' 그럴 때마다 나는 한없이 생각한다. '백 년이고 천 년이고 영원히.' 우리가 이미 가진 걸 원할 뿐이라는 건 응답받은 사랑의 본질이자, 모든 조건 중에서 가장 운 좋은 것이라고 할 수 있다.

그런데 C가 유년 시절을 보낸 집으로 처음 데려갔던 일에 대해 아직 말하지 않았다. 우리가 만난 다음 가을의 어느 날이었고, 오하이오로 가다가 타이어가 터진 사건 이후로 몇 달이 지난 뒤였다. 우리는 늦은 오후에 허드슨밸리에서 출발했는데, 목적지가 가까워질수록 길이 눈에 띄게 좁아졌다. 주 경계선을 넘을 무렵 밤이 내렸다. 귀뚜라미 울음소리가 너무 커서 차 안에서도 들릴 정도였다. 나는 차 안에서 몸을 앞으로 내밀어, 우주를 한가득 담은 상자가 저 위에서 기울어지는 바람에 내용물이 쏟아진 것처럼 별들로 가득한 하늘을 올려다보았다. 그 아래로 가끔 모습을 드러내는 나무들이 개울을 따라 난 구불구불한 길이나 들판을 두르는 방풍림을 표시하며 어둠을 더 어둡게 만들고 있었다. 그 외에 눈앞의 대지는 막힘없이 펼쳐져 있었다. 동쪽으로 100킬로미터쯤 더 나아가면 바다로 스며드는 거대한 해안지대 평야였다.

나중에 C의 집으로 이사하고 나서야 나는 양쪽으로 작물들이 빠르게 스쳐 지나가던 그 길들의 평평한 고랑이 일종의 스톱모션 사진 같다는 걸 깨달았다. 그리고 계절에 따라 콩이 자라던 자리는 수수가, 수수가 자라던 자리는 옥수수가 차지하며 대지가 빠르게 모습을 바꾼다는 걸 알게 되었다. 8월이면 옥수숫대가 높이 자라서 교차로에서는 가장자리를 둘러볼 수 없을 정도다. 사일로들이 이따금 먼 거리에서 모습을 드러낸다. 비포장도로가 포장도로를 만나는 교차로에는 자율시행 농장들이 내건 신선한 토마토와 홈메이드 잼, 고추와 복숭아 광고판들을 볼 수 있다. 어스름한 겨울 아침이면 추수를 끝낸 들판에 서리가 내려 발아래에서 뽀드득 소리가 나고, 지표면 바로 위에는 안개가 담요처럼 덮여 있는데, 그 아래서 무언가가 몰래 빠져나갈 것만 같다.

사람들은 이 지역을 메릴랜드 해안지대라고 부르는데, 실제로 그렇다. 모든 농토가 습지대에서 불과 몇 마디 떨어져 있을 뿐이다. 폭우가 쏟아지면 작물은 일시적으로 생겨난 호수에 잠겨 출렁거리고, 미국원앙새들은 제 모습이 비치는 수면에서 고요히 첨벙거리며 들판을 건넌다. 동쪽으로는 잿빛 대서양이 큰 소리를 내며 들썩거린다. 서쪽에서는 레이스처럼 섬세하게 짜인 해안선을 따라 반은 짜고 반은 단 물이 연신 찰랑거린다. 그 사이에 열두 개 이상의 강이 땅을 구획한다. 포코모크, 낸티코크, 마일스, 와이, 위코미코, 사사프라스, 촙탱크, 리틀 촙탱크, 트레드 에이번, 일일이 호명하기에도 너무 많다. 이들에게서 흘러나오는 지류들까지 합치면 강의 숫자는 1만여 개에 육박한다.

상실은 세계를 축소하지만, 발견은 풍성하게, 풍부하게, 재미있게 한다. 나는 C와 만나고 사랑에 빠져 있었고, 바람이 불어와 눈부시게 반짝이는 겨울철 밀은 내 눈에 세상에서 가장 아름다운 녹색으로 보였다. 나는 들판 한구석에서 필멸자들의 세상을 떠나 저들만의 마법 왕국으로 향하는 듯 날아오르는 수백 마리의 흰기러기들을 보았고, 이름조차 들어보지 못한 시골로 이사를 왔고, 바다의 힘으로 대지 위에서 장애물 없이 불어대는 바람에 기대어 오후 달리기를 했고, 산꼭대기에 올랐을 때처럼 순수한 상쾌함을 느꼈다. 나는 C의 부모님과 자매들을 비롯한 대가족들과 가까워졌고, 부활절 아침이면 그들과 같이 교회에 가고, 크리스마스면 그들의 트리 아래 선물을 놓는다. 나는 태어난 집과 마찬가지로 근사한 또 하나의 집을 발견했고, 그 전을 상상하기란 불가능하다.

사랑에 관해 수많은 글이 쓰였지만, 그중 내가 좋아하는 하나는 제임스 볼드윈James Baldwin의 구절이다. 그는 시카고에 있으면서 홍콩에 대해 아는 바가 전무하며 여행을 가고 싶다고 생각하지도 않는 사람을 상상해보자고 한다. 그는 이렇게 쓰고 있다. "때로 우연이라 불리는 격변이 일어나 홍콩에 사는 사람과 연관을 맺는다고 생각해보자. 그 즉시 홍콩은 한낱 지명이 아니라 삶의 중심이 된다." 글은 다음과 같이 이어진다.

> 홍콩에 사는 연인이 시카고로 올 수 없다면, 당신은 반드시 홍콩으로 가야만 한다. 그리고 아마도 홍콩에서 여생을 보내며 다시는 시카고에 돌아올 수 없을지도 모른다. 확신컨대 시공간이 당신을 사랑하는 이에게서 떼어놓지 않는다면 당신은 항로와 항공기들, 지진, 기아, 질병, 그리고 전쟁 따위에 지대한 관심을 갖게 되리라. 언제나 홍콩에 사는 연인을 위해 그곳의 현재 시각을 유념할 것이다. 그리고 사랑은 다른 선택지 없이 시공간과의 싸움에 돌입하라 할 것이고, 결국에는 승리할 것이다.

나는 한발 더 나아가서 사랑하는 이를 만나던 그 순간, 시공간과의 싸움에서 사실상 승리한 것이라고 말하고 싶다. C는 홍콩 출신이 아니고 나는 시카고 출신이 아니지만, 어쨌거나 우리는 시간 면에서나 거리 면에서나 멀찍이 태어났다. 우리가 어느 화창한 봄날 메인 스트리트에서 만날 수밖에 없었다는 것이, 둘 다 신비롭고 강력한 힘에 이끌려 서로에 대한 사랑에 거리낌 없이 빠져들 수 있었다는 것이 불가능하게 여겨질 정도다. 시인 비스와바 심보르스카Wisława Szymborska는 이렇게 썼다. "1인치도 세계의 절반도 멀지 않다. 찰나도 영겁도 빠르지 않다."

어떤 격변과 우연에서 우리는 이런 만남이라는 은혜를 입는 걸까? C처럼 신자거나 이 우주가 자비로운 주시자의 힘으로 질서를 유지한다고 믿는 사람이라면 이처럼 근사한 발견은 다음과 같이 간단한 말로 설명된다. 그들은 축복받았으며, 하늘이 내려준 선물이자 기적이라고. 이에 따르면 연인들은 서로에게 의미를 갖는다. 실은 말 그대로 서로를 위해 만들어진 것이나 다름없다. 그리고 이들의 만남은 **반드시** 이루어질 수밖에 없었다. 이런 맥락에서 가끔 상대와 만날 운명이었다고 말하는 커플들을 본다. 하지만 믿음이 없는 사람들, 심지어 독실한 믿음을 지닌 사람 중에서도 몇몇은 정반대 감정을 느껴본 적 있으리라는 생각이 든다. 삶에서 수없이 일어나는 사태들을 고려할 때, 좀처럼 있을 법하지 않은 일이 기어코 일어나게 된다는 기쁜 감사를. 나는 이렇게 느낀다. 사랑하는 이를 발견하는 일은 (심보르스카의 시 제목을 빌리자면) "경이"다. 우주적으로 볼 때, 그 사람을 발견할 수 없는 시공간이 너무나 광대해서다.

처음으로 C와 이스턴쇼어를 찾았을 때보다 강력한 감정을 느낀 적은 없었다. 그녀의 고향이 가까워질수록 우리의 만남이 점점 더 있을 수 없는 일처럼 여겨졌다. 십 대 때 볼티모어에 여행을 다녀온 걸 제외하면 한 번도 메릴랜드에 가본 적이 없던 나는 그곳이 반도의 일부라는 걸 늦게 알았을 뿐 거의 아는 게 없었다. C가 고향에 대해 처음 말해줬을 때, 나는 지도에서 그 지역을 힘들게 찾아냈다. 차로 달려가는 도중에도 우리 위치를 헤아리기는 쉬워지지 않았다. 고작 90분 거리에 워싱턴 D.C.가 있다는 걸 받아들이기가 어려웠던 것이다. 우리가 지나는 곳은 네브라스카마냥 미국 수도와 동떨어져 보였다.

이제 이스턴쇼어는 내 고향이나 다름없다. 이곳에서 지내며 C가 성장한 집에서 많은 시간을 보낸 끝에 그 집은 내 집이나 마찬가지가 되었다. C의 어머니는 현관 앞 포치에서 게 줍는 법을 가르쳐주었고, 아버지는 창고에서 마이터 톱 사용법을 알려주었다. 나는 침실에 새로 페인트칠하는 일을 도왔고, 좁은 공간을 정리하고 폭풍이 지나간 후 처진 나뭇가지 치우는 걸 도왔다. 주방에 앉아 완두콩 깍지를 깠고, 소파에 늘어져 텔레비전을 보았고, 가족 친구들이 마당에서 식사하러 놀러 올 때면 대에 붙은 옥수수와 감자 샐러드를 가져갔다. 어떤 날이면 그저 여분 열쇠를 챙기거나 비스킷 한 접시를 놔두러 들르기도 하고, 주말 대부분을 그곳에서 어울리며 느긋하게 보내기도 한다. 나는 근사한 차림으로도, 파자마 차림으로도 그 집을 찾아갔고, 좋은 소식을 전하려고도, 슬픔에 빠져 위안을 구하려고도 찾아갔다.

하지만 이스턴쇼어를 처음 찾아갔던 나는 이방인에 불과했고, 그녀의 가족에게도 낯설기만 했으며, 내가 지식을 갈구한다고 묘사한 사랑의 단계에 여전히 머물러 있었다. 몇 달간 나는 C가 성장한 집을 보고 싶다고 생각해왔는데, 이제 그녀가 나를 데리고 복도를 지나 문밖으로 나가고 있다. 고고학자들의 구덩이는 오래전 흙으로 메워졌지만, 그녀가 발굴한 모든 유물은 여전히 집 안에, 그녀가 침대 아래서 꺼낸 상식상 안에 깔끔하게 보관되어 있다. 그녀의 아버지가 만들어준 책장은 그녀가 어려서 쓰던 방에 그대로 남아 있다. C가 떠난 후에 여동생이 다시 꾸몄기에 딱히 볼 것이 많이 남아 있지는 않다. 나는 거실에서 그녀의 어릴 적 사진으로 가득한 선반 앞에 한동안 서 있었다. 그녀는 진지한 눈에 부랑아처럼 뼈만 앙상한 모습이기도 하고, 부활절 드레스를 입고 자매들과 교회 계단 앞에 앉아 있기도 하고, 거의 자기 키만 한 우럭을 갓 잡아 들고 부두에 서 있기도 하고, 무릎에 흙이 묻은 유소년리그 유니폼 차림이기도 하다.

영원히 그 사진들을 보고 있어도 좋을 것 같았다. 천 번은 더 볼 수 있을 것 같았다. 농장의 딸이자 로즈 장학금 장학생이며 독실한 기독교인이고 예리한 지성과 신념을 소유했으며 엘리엇을 암송하고 그리스어를 읽으며 목재 분할기를 다루고 주낙 줄을 설치할 줄 아는 나의 그녀를. 누군가 그녀를 만나기 전의 내게 종이와 펜, 그리고 천 년의 시간을 주면서 어느 날 사랑하게 될 사람을 묘사해보라고 하더라도, 나는 결코 그녀와 같은 사람을 꿈도 꾸지 못했으리라. "도대체 어디서 나타난 거야?" 그런 나날들을 보내던 와중에 나는 한없는 경이와 감사를 느끼며 C에게 묻곤 했다. 이 질문에 대해 가장 확실한 답변일지도 모를 그녀의 집 한가운데 서 있자니 이보다 심오하면서도 신비로운 질문은 없을 것 같았다. 어떻게 여기서 그녀는 지금의 모습이 되었을까? 어떻게 여기서 그녀는 나와 함께하게 되었을까?

누군가를 발견한다는 건 한없이 경이롭다. 우리 감각의 척도는 상실로 인해 우리가 엄청나게 작은 데 비해 이 세상이 압도적으로 크다는 걸 새삼 깨달으며 바뀔지도 모른다. 발견 역시 같은 역할을 한다. 유일한 차이는 우리가 발견에서 절망이 아닌 경이를 느낀다는 점이다. 끝없이 드넓은 이 우주에서, 삶이 무한히 변이하는 가운데, 이 지구에 존재하는 모든 사람과 경로들, 그리고 가능성들 중에서, 나는 여기 이 집, C의 곁에 있다. 그녀는 내게 보여줄 것이 있다며 내 손을 잡고 거실을 나와 주방으로 간다. 나는 장작 난로 선반에서 그것을 집어 자세히 들여다본다. 아직 내가 뭘 보고 있는지 잘 모른다. 운석이야, 그녀가 말한다. 그녀의 아버지가 소년 시절 들판에서 떨어지는 걸 보고 발견했던 바로 그 운석이라고.

3

그리고

C의 아버지가 태어나기 훨씬 전, 우리 중 누구도 태어나려면 한참 남았을 때, 그가 장차 살게 될 집에서 그다지 멀지 않은 위치에 또 다른 운석이 떨어졌다. 약 3500만 년 전, 에오세 후반기에 접어들던 시기로 미국 동부 연안Mid-Atlantic 지역이 실제로 대서양 한가운데mid-Atlantic였을 때였다. 북미 대륙의 동부 해안선이 이 지역이 현재 위치한 내륙 안쪽까지 들어와 있었고, 오늘의 뉴저지와 버지니아 일부는 델라웨어 전역과 메릴랜드 이스턴쇼어와 더불어 얕은 바닷속에 잠겨 있었다.

그로부터 2000만 년 전, 지구는 극도로 뜨거웠다. 이산화탄소와 메탄 층이 두텁게 쌓인 대기 아래 바닷물은 100도까지 끓어올랐고 캐나다 근처에는 악어들이 기어 다녔다. 야자수들은 북극의 비옥한 토양 위에 제 그림자를 드리웠다. 에오세 후기에 이르자 지구 온도가 누그러지기 시작했지만, 북미 지역에는 아직도 열대 우림이 애팔래치아부터 대서양까지 무성하게 펼쳐져 있었다. 오늘날의 우림처럼 당시 숲속에는 개구리며 두꺼비, 도롱뇽, 나비, 잠자리, 황금딱정벌레, 키 작은 발굽동물, 시신마始新馬, 몸집이 작은 맥(코가 뾰족하고 돼지처럼 생긴 동물—옮긴이)을 비롯한 선사시대 수십여 종의 생물들이 생명력을 발하고 있었다.

그 생명체들의 머리 위로 어떤 물체가 지나가면서 그들 대부분의 삶이 종지부를 찍었을 때, 그들이 어떻게 받아들였을지 누가 알까. 하여간 그들에게는 생각할 시간이 거의 없었다. 운석의 폭은 대략 3.2킬로미터에 달했고, 무게는 1억 톤에 육박했다. 북쪽에서 나타난 운석은 시간당 8000킬로미터의 속도로 북극권에서 버지니아에 이르는 거리를 3분 만에 주파해 오늘날 케이프찰스 인근 서쪽 대서양으로 돌진했다. 운석은 바다와 충돌하고도 속도가 별로 줄어들지 않았다. 운석이 떨어지면서 수백만 톤의 물이 증발했고, 이에 더해 수백만 톤의 물이 옮겨졌으며, 침전물과 돌로 이루어진 지층들이 들썩였고, 결국 운석은 해수면에서 8킬로미터 아래 지구 기반암과 거세게 충돌했다. 그 충격으로 운석이 스스로 소멸하면서 거대한 폭발이 일어나 깊이 1.6킬로미터에 크기는 로드아일랜드 두 배만 한 크레이터가 생겨났다. 재와 불붙은 돌덩어리들이 대략 1만 미터 공중으로 솟구치며 운석에서 생겨난 유리질 조각들이 북미 대륙과 대서양 위 1000만 제곱킬로미터 이상을 뒤덮었다. 그러는 동안 대양이 휩쓸고 지나간 자리에서 거대한 파도가 족히 300미터 이상을 요새처럼 솟아올랐고, 제 무게를 견디지 못하며 붕괴해 해안가를 향해 몰려들었다. 그 결과로 발생한 쓰나미가 버지니아 땅 160킬로미터를 가로지르며 내륙 안쪽으로 밀려들었고, 그러고도 남은 에너지가 블루리지산맥의 화강암지대를 높이 쌓으면서 마침내 소멸했다.

시간이 흘렀다. 한낮에 황혼이 내리고, 황혼이 밤으로 저물고, 밤이 새벽으로 걷혔다. 불길이 절로 잦아들었다. 쓰러진 채 썩어가는 나무 기둥 사이에 양치식물과 작은 수목들이 뿌리를 내렸다. 지구는 평상시처럼 태양 주변 궤도를 돌았다. 한 해가 지나갔다. 한 세기가 지나갔다. 해저에서 끓어오른 용암이 새로운 대륙의 덩어리를 만들어 수면 위로 느릿느릿 밀어 올렸다. 화산들이 폭발하면서 하곡과 호수 밑바닥에 화산재가 층층이 쌓였다. 천 년이 지나갔다. 우림이 사라진 자리에 떡갈나무와 너도밤나무, 소나무가 빽빽이 들어섰다. 검 모양 송곳니를 지닌 호랑이들과 다이어울프가 큰늘보와 어린 매머드 따위를 사냥하며 숲속을 어슬렁거렸다. 또 한 해가 흘러갔다. 백만 번 동안. 북아메리카 대륙의 동쪽 해안선이 바다에서 솟아오르며 물이 걷혔다. 메갈로돈들이 그 아래 바닷물을 샅샅이 훑으며 돌아다녔고, 강물이 거대하고 반드러운 돌 위를 흐를 때 평탄해지고 고요해지듯 바닷물이 메갈로돈들의 등 위로 미끄러졌다. 내륙의 숲은 흰꼬리사슴들로 가득했는데, 이제부터 사십 만 세대를 이어갈 첫 번째, 혹은 두 번째, 아니면 세 번째 사슴들이었다. 지구 반 바퀴를 돌아 남반구에서는 아프리카 열곡대에서 일종의 영장류가 완전히 새로운 존재로 등장해 첫발을 뗐다.

더 많은 세월이 흘렀다. 이미 처음보다 온도가 낮아져 있었던 지구가 더욱 냉각되기 시작했다. 극해가 얼어붙었다. 얼음들이 지구 이곳저곳으로 퍼져나갔다. 뉴질랜드와 태즈메이니아에도, 사르디니아와 마요르카에도, 오하이오 콜럼버스에도, 펜실베이니아 필라델피아에도 빙하가 있었다. 로런타이드 빙상이 북미 대륙 1300만 제곱킬로미터를 뒤덮었고, 깊이가 3킬로미터에 달하는 곳들도 있었다. 이 얼음으로 인해 한때 물이 있었던 곳이 육지가 되었고, 인간을 포함해 수없이 많은 생명체가 그 위를 걸어 새로운 집을 찾아 나섰다.

그리고 약 2만 년 전이 되었을 무렵 기온이 다시 상승하면서 얼음이 죄다 녹기 시작했다. 빙하와 빙원 위로 물이 넘치고 삼각주가 불어나면서 바다가 융기하기 시작했다. 낮은 해안지대를 꾸준히 잠식한 바다는 강들을 집어삼키면서 강어귀를 타고 올라갔다. 미국 동부 연안 지역에서 오늘날 요크강, 제임스강, 서스쿼해나강, 래퍼해넉강으로 알려진 네 줄기 강이 길게 이어져 한 지점으로 수렴했다. 중력에 이끌린 이 강줄기들은 오래전 생긴 크레이터에 남아 있던 잔여물을 비워냈는데, 너무나 깊이 파인 나머지 3500만 년 동안의 침전물과 퇴적물로도 주변 대지와 같은 높이에 도달하지 못한 크레이터였다. 얼음이 녹고 바다가 융기하면서 물은 이 강줄기들이 새긴 경로를 따르며 오늘날 체서피크만 충돌 분화구라 알려진 땅 위로 흘러넘쳤다.

운석이 위치를 표시했고, 바다가 그 위로 솟구치며 물로 채웠지만, 체서피크만을 만들어낸 건 막 동쪽으로 향하던 반도의 존재였다. 약 200만 년 전 처음 모습을 드러낼 때의 반도는 좁은 보초갑에 불과했고, 그 동쪽 면은 힘이 넘치는 바다를 향해 있었다. 이어지는 100만 년 동안 해수면은 변동을 거듭했는데, 수위가 높을 때면 곶의 유사가 침전되어 곶이 길어졌고, 수위가 낮을 때면 바닷물에 휩쓸린 드넓은 육지가 노출되며 모래와 자갈, 토탄, 진흙으로 구성된 습지대가 모습을 드러냈다. 바람과 파도가 이 지역에 뭔가 쌓기도 하고, 풍화시키기도 하고, 씻어내기도 하고, 문질러 닦기도 하면서 꾸준히 모양을 빚었다. 해안 저 멀리서 작은 섬들이 나타났다 사라졌고 잠수하는 새들처럼 새로운 장소에서 다시 모습을 나타내고는 했다.

미국 해안선에서 이 반도가 마치 쉼표처럼 구부러진 현재의 형태를 갖추게 된 건 불과 3000년 전이었다. 반도의 최북단에서 최남단까지 거리는 고작 270킬로미터 정도에 불과하지만, 해안선은 약 2만 킬로미터 이상에 달하는데, 이는 미국 서부 해안 전체보다도 길다. 서쪽 바다와 면한 육지는 프랙탈 형태로 분열하는데, 반도 본체가 작은 반도들로 산란하고, 작은 반도들의 정교한 부채꼴 형태의 가장자리가 여러 만들로 소용돌이친다. 바로 그 너머, 바다와 육지가 경합하다 일시적으로 휴전하는 지점에서 포플러섬, 카펜터섬, 스미스섬, 세인트조지섬, 솔로몬제도를 비롯해 수십 개의 섬들이 만을 점점이 수놓는다. 섬들 중 어느 꼭대기에 올라가면 조그만 어촌 너머로 육지가 점으로 수렴하고 물이 삼면을 에워싼 풍경을 볼 수 있다. 왜가리들이 제 뒤로 늘어선 갈대처럼 가느다란 모습으로 주변 낮은 물가를 헤쳐대고, 그 아래로 깨진 조개껍질들이 모래와 섞여 뒹굴고 부드럽고 둥근 자갈들이 소원을 비는 사람들이 우물에 던진 동전처럼 위쪽으로 환히 빛난다. 화창한 날이면 해안가를 따라 늘어선 버드나무와 호두나무 그늘 아래로 찰박거리는 파도가 다이아몬드처럼 눈부신 빛을 발하고, 이때 한 요소가 다른 요소와 만나면서 넓고 알록달록한 테두리가 형성된다. 눈부신 5월의 어느 날 오후, 나와 C는 그곳에서 결혼했다.

언어의 형태는 땅덩어리와 마찬가지로 세월에 따라 변화한다. 19세기 후반이 될 때까지 영어 알파벳의 마지막 글자는 Z가 아니라 단어, 바로 '그리고and'였다. 이 단어는 무수한 석판이며 칠판, 초등학교 독본마다 '&'라 표기되어 있었다. 그러니 알파벳을 나열하면 다음과 같았다.

ABCDEFGHIJKLMNOPQRSTUVWXYZ&

이 스물일곱 글자의 기원은 고대 로마로 거슬러 올라간다. 필경사들은 빠르게 적으려고 필기체에 의지했는데, 두 개의 글자들을 결합할 때 라틴어로 '그리고'를 의미했던 'εt'를 사용했다. 오늘날 이 글자는 다음과 같이 예쁜 형태로 적히기도 한다.

&

라틴어가 전 세계 기독교 국가들을 장악하며 지배적인 언어로 자리를 잡고, 어떤 경우에는 유일한 문자 언어로 사용되면서 이에 따라 &도 널리 퍼져나갔다. 마침내 (토착어로 시를 썼던 단테와 자국어로 활자를 제작했던 구텐베르크, 그리고 자국어로 설교했던 마르틴 루터 덕분에) 라틴어 사용자가 줄어들자 이 문자는 '&'로 완결되어 사라졌다. 일종의 철학적 화석인 이 글자는 여전히 로마 필경사들이 쓰던 모양 그대로 쓰이지만, '그리고'로 발음된다.

이 떠돌이 글자가 영어 알파벳에 더해졌던 것도 이해가 간다. 학생들은 읽고 쓰는 법을 배워야 했는데, 이 글자는 적어도 R이나 Z를 쓸 때만큼 까다로웠다. 이 글자가 하나의 단어를 나타낸다는 사실은 거의 결격사유가 되지 않았다. A나 I, 그리고 O도 마찬가지였으니까. ("오라, 참 반가운 성도여O Come, All Ye Faithful."나 "오 죽음이여, 너의 독침이 어디에 있느냐?O death, where is thy sting?"에서처럼.) 하지만 &는 고유한 문제를 드러냈다. 영어권 국가 학생들은 시시때때로 알파벳을 끝까지 읊게 되는데, 그 소리를 듣는 청자들은 허공에 붕 뜬 기분을 느끼게 되는 것이다. "……X, Y, Z, 그리고." 그리고 뭐? 옛날 문법학자들이 뭐라고 하건 '그리고'로 문장을 시작해서 안 될 것도 없지만, '그리고'로 문장을 종결하는 건 전적으로 다른 얘기다. 이 문제를 해결하기 위해 학생들은 라틴어 어구로 '그 자체로'를 의미하는 'per se'를 사용해 단어가 아닌 글자를 지시하도록 교육을 받았다. 따라서 학생들은 "X, Y, Z, 그리고"라고 하는 대신 의무적으로 "X, Y, Z, per se 그리고"라고 말해야 했는데, 시간이 흐르면서 반복될수록 모호해지기만 하는 문구였다. 그러다 라틴어의 &를 앰퍼샌드(ampersand. and per se and가 축약된 형태, 기호의 하나로 영어 and를 의미하는 라틴어 εt의 합성문자—옮긴이)로 바꾼 건 우리 언어였다.

'그리고'가 알파벳에서 언제 빠졌는지는 명확하지 않지만, 보스턴에서 악보를 출판하던 찰스 브래들리Charles Bradlee가 선수 친 결과로 보는 견해가 있다. 브래들리는 1835년 모차르트 피아노 변주곡을 도용하면서 직접 영어 알파벳으로 가사를 붙였는데, 이 곡(알파벳송)은 일곱 살 이하 아이들에게서 꾸준히 사랑받기에 이르렀다. Z로 끝나는 브래들리 버전은 영어 알파벳에서 &가 점진적으로 사라지는 원인 혹은 결과로(혹은 둘 다로) 작용했다. 오늘날 식자공이나 폰트 디자이너들은 앰퍼샌드를 글자가 아닌 문장부호로 간주하며, 보통 사람들은 '그리고'를 단어로만 받아들인다. 하지만 한때 알파벳의 구성원이었던 이 단어를 우리가 얼마나 빨리 배우고, 얼마나 필요로 하며, 이 단어가 생각하고 말할 때마다 얼마나 필수적인지를 짚고 넘어갈 필요가 있다.

'그리고'가 중요한 까닭은 일종의 언어적 접착제 역할을 하면서 온갖 것들을 하나로 합칠 수 있어서다. 아마도 많은 사람이 초등학교에서 이 단어를 접속사로, 그러니까 두 가지 혹은 그 이상의 것들을 하나로 합쳐 연결하는 방법으로 배운 기억이 날 것이다. 이런 목적으로 기능하는 많은 다른 접속사들이 있다. 하지만but, 그런데도yet, 위하여for, ……도 아닌nor, 전에before, 후에after, 왜냐하면because, 그럼에도although, 만약if, 또한also, 한때once, 이후로since, ……까지until, ……가 아니라면unless, 한편while, 반면whereas, 그리고 ……한 무엇whaterver. 이들 대부분은 서로 결합되는 것들의 관계를 드러낸다. 몇 가지는 원인과 결과를 연결한다. "우리는 오후에 산책했다. 그래서so 나는 집에 늦게 돌아왔다." 몇 가지는 대조나 예외를 설정한다. "우리는 오후에 산책했다. 하지만yet 아직도 할 말이 많이 남아 있었다." "우리는 밤새 이야기했다. 하지만but 만지지는 않았다." 이유를 제시하기도 한다. "나는 떠날 수 없었다. 그녀가 매력적이었기에for." 시공간의 배열을 나타내기도 한다. "그녀는 집에 돌아간 후에after 내게 전화했다." "나는 그녀가 가는 곳이라면 어디든wherever 따라갔다." 대안을 제시하기도 한다. "우리는 산책할 수도, 아니면or 영화를 보러 갈 수도 있었다." 가능성을 도입하는 것도 있다. "네게 시간이 있다면if 저녁을 먹으러 갈게." "네가 날 보내고 싶은 게 아니라면unless 여기 있을 거야."

'그리고'는 이들과 전혀 다르다. '그리고'는 오직 연결만을 위한 접속사다. 한 문장에는 두 가지, 세 가지, 열 가지가 공존할 수 있는데, 문법은 '그리고' 외에 어떤 단어를 사용해서 이들을 결합시킬 수 있는지에 대해서는 별로 말이 없다. 이 무조건적인 결합의 힘 덕에 '그리고'는 배우기가 유독 쉬운 접속사다. 우리는 갖가지 방식으로 세상을 하나로 합칠 수 있으며, '그리고'는 그럴 때 가장 처음 수월하게 배우는 가장 근본적인 매듭이다. 아이들은 다른 접속사들이 의미하는 특정한 관계를 파악하지 못한 상태에서도 '그리고'만큼은 유창하게, 아낌없이 사용한다. 「겨울왕국」의 줄거리부터 유치원 첫날 있었던 일까지 꼬마들은 "그리고 나서and then—그리고 나서—그리고 나서"를 줄곧 길게 이어가며 이야기하고는 한다.

'그리고'가 이처럼 명백히 단순한 특징을 갖기에 우리는 이를 간과하기 쉽다. 윌리엄 제임스는 『심리학의 원리』의 기이하고 근사한 어느 단락에서 잠시 이 사실에 주목한다. 그는 의식의 흐름에 대해, 그의 용어에 따르면 마음속에서 일어나는 지속적인 사고의 흐름에 대해 글을 쓰던 도중에 사고를 강에 빗대어 말하다 갑자기 비유를 변경해 새의 이미지로 전환한다. 그는 우리의 생각들이 새처럼 가끔 날고, 가끔 횃대에 걸터앉기도 하지만, 우리는 그 생각들이 어딘가 발 딛고 내려앉았을 때만 관찰하게 된다고 썼다. 그는 이러한 횃대를 사고의 "실질적인" 부분이라 칭한다. 명사, 동사, 형용사처럼 우리 생각의 대상에 관해 생각할 때 우리 정신을 고정하는 부분이다. 한편 사고의 "이행적인/타동사적인transitive" 부분들은, 우리가 알아채지 못하는 사이 휙휙 돌아다닌다. 하지만 이들은 관계를 정립함으로써 언어에 의미를 부여하고, 각각은 "토네이도"와 "유명인사", 그리고 "구운 쇠고기"가 서로 다른 것만큼이나 명확하게 구분된다. 제임스는 이렇게 쓰고 있다. "우리는 '그리고'의 느낌, '만약'의 느낌, '그러나'의 느낌, '로서by'의 느낌을 '파란' 느낌이나 '추운' 느낌을 말할 때처럼 대단히 즉각적으로 말할 수 있다."

그렇다면 대체 '그리고'의 느낌이란 뭘까? 먼저 두 가지 혹은 그 이상의 대상들이 서로 관련이 있다고 미묘하게 인식하는 연관성의 느낌이다. 대상들을 연결하는 것이 친연성인지, 적대성인지, 혹은 차이인지는 중요하지 않다. 카인과 아벨은 로미오와 줄리엣처럼 서로 단단히 묶여 있고, 두 쌍 모두 사과와 오렌지처럼 강력하게 결합되어 있다. 둘 사이에 본질적인 연결고리가 있는지는 중요하지 않은데, 이들을 '그리고'로 결합함으로써 생기는 효과가 연결고리를 만들기 때문이다. 침팬지와 오랑우탄 사이에는, 개코원숭이와 거미원숭이 사이에는 내적 연결고리가 있다. 양배추와 왕은 그렇지 않지만, 루이스 캐럴Lewis Carroll이 둘 사이에 '그리고'를 집어넣자 연결고리가 생겨났다.

이러한 의미론적 다양성에는 실존적 진실이 반영되어 있다. 우리는 만성적으로 많은 것들을 한 번에 경험하는 조건에 처해 있는데, 우리가 경험하는 대상들 몇몇은 본유적으로 관련이 있고, 몇몇은 양립하고, 몇몇은 모순되고, 몇몇은 우리의 인식 속으로 함께 밀려들었다는 것 외에는 서로 아무런 관련이 없다. 제임스가 지적하듯, 아무리 노력하더라도 대상을 그 자체로 경험하기란 매우 어렵다. 그의 동료 심리학자들은 "단순 감각simple sensations"(하나의 시각, 하나의 소리, 하나의 냄새)을 생각의 원자 단위로 간주했는데, 정신을 하나의 전체로 이해하려는 과정에서 이것들을 따로 떼어 연구하는 것이 바람직하게 여겨졌다. 하지만 "아무도 단순 감각을 그 자체로 가질 수 없다."라고 제임스는 반대했다. 우리는 뜨겁다는 느낌을 햇살이나 조리기로부터, 우리 신체가 인지하는 것으로부터, 파도 소리나 어머니의 비명으로부터 떨어뜨려 경험하지 않는다. 그는 이렇게 썼다. "우리가 태어나면서부터 우리의 의식은 대상들과 관계들의 풍부한 다양성으로 구성된다. 그리고 우리가 단순 감각이라 칭하는 것은 종종 매우 높은 정도로 식별해 주목한 결과다." 그의 동료들과 정반대 견해다. 무언가를 따로 떼어 경험하는 건 정신의 가장 기본적인 활동과는 거리가 먼, 의식적으로 노력해야 하는 예외적인 경험이다.

우리는 모두 어떤 대상을 독립적으로 경험하려는 시도를 해봤기에 이 점을 잘 알고 있다. 이런 노력을 할 때면 우리 정신이 끝없이 '그리고'를 뱉어내는 기계라는 것이 즉시 드러난다. 어떤 단락을 읽을 때처럼 하나의 대상에만 주목하려고 할 때도, 명상하거나 자려고 할 때처럼 무념무상에 이르려고 할 때도, 뇌는 항상 다른 것들을 끝없이 뱉어낸다. 해야 하는 일들, 다가오는 병원 진료에 대한 불안감, 전날 부끄러운 말을 했던 기억, 발목에 모기가 물려서 가려운 것, 조니 미첼의 노래 「레이즈드 온 로버리Raised on Robbery」 가사.

이 세상을 끝없는 접속사 속으로 던져대는 건 정신의 소란스러운 배후만이 아니다. 대상들을 한꺼번에 경험하도록 뒤섞어 전달하는 삶 역시 영구적인 '그리고' 기계다. 어느 때건, 아홉 살짜리 아이에게 홀딱 반한 채로 열두 살 난 아이에게 엄청나게 화가 나면서 다가오는 직장 면접을 걱정하는 동시에 기후 위기를 걱정하는 것이 가능하다. 이처럼 끝없는 아우성으로 가끔 받아들이기 힘든 병치가 생겨나는데, 왜냐하면 삶은 '그리고'와 마찬가지로 연결하는 대상에 무심하기 때문이다. 개인적인 삶의 상황은 어느 때보다 좋지만 국가는 위기에 처했을 수 있다. 갓 태어난 딸아이가 할머니를 꼭 닮았는데, 정작 할머니가 알츠하이머를 앓아서 자기 딸도 손녀도 알아보지 못할 수 있다. 이런 대조들은 우리 주변에서, 우리 안에서 쉽게 찾아볼 수 있다. 누군가가 오빠를 아끼고 좋아하지만, 정작 오빠는 동생을 미치게 만드는 사람일 수도 있다. 전남편을 경멸하지만 그가 없었다면 태어나지 않았을 아이에게는 말로 표현할 수 없는 사랑을 느낄 수도 있다. 우리는 모두 뒤섞인 경험, 뒤섞인 감정, 뒤섞인 동기, 심지어는 뒤섞인 자아들을 갖고 있다. 가장 명랑한 사람조차 늘 행복하지만은 않고, 누구보다도 뛰어난 사람이라고 해서 반드시 선하지는 않다. 나의 사랑하는 루터교도가 즐겨 말하듯 우리 모두는 simul justus et peccator, 즉 의인인 동시에 죄인이다.

우리는 일상에서 이런 접속사들에 딱히 주목하지 않는다. '그리고'라는 단어에 대해서도 그렇다. 하지만 우리는 거의 언제나 여러 경험과 감정을 동시에 겪고 있기에, 어른이 된 우리 삶은 패치워크라 해도 좋을 정도다. 이때 우리는 이 세계가 아름다움이나 장엄함과 더불어 비참함과 고통으로도 채워져 있다는 걸 깨닫는다. 우리는 친절하고 재미있으며 명석하고 용감한 사람이 옹졸하고 짜증스러우며 끔찍하게 잔인할 수 있다는 것도 안다. 간단히 말하자면 언젠가 필립 로스Philip Roth가 썼듯 "삶은 그리고다Life is and."라는 걸 우리는 안다. 그가 의미한 바는 우리의 삶 대부분이 양자택일의 세계에 있지 않다는 것이다. 우리는 한 번에 양쪽을 산다. 많은 것들을 한 번에 산다. 모든 것은 반대 항과 연결되어 있고, 세상만사는 세상만사와 연결되어 있다.

나는 재의 수요일에 C에게 청혼했다. 우발적으로 벌어진 일이었다. 청혼이 아니라 타이밍이 그랬다는 말이다. 내 마음속에는 족히 2년쯤 청혼할 생각이 있었다. 두 번째 데이트를 하던 도중 언젠가 그런 날이 오리라는 걸 알게 되었던 것이다. 우리는 오랫동안 둘이서 미래에 대한 대화를 많이도 했는데, 그러면서 우리가 미래를 공유할 계획이 있다는 것이 분명해졌다. 한데 이는 아버지가 병원에서 돌아가실 날을 앞두게 되면서 처음으로 현실적인 문제로 나타났다. 어느 날, 아버지 곁을 한참 지키고 앉아 있던 나를 C가 산책에 데리고 나갔다. 실바람이 불어오는 화창한 오후였고, 중환자실과는 대조적인 생동감 넘치는 삶이 눈앞에 있었다. 아이들이 갈매기처럼 소리를 질러대며 노는 소리, 내가 좋아하던 분수에서 무지갯빛을 띠며 한바탕 솟구치는 물줄기, 눈부신 파란 하늘에 바람을 받으며 녹색과 은색으로 맞서는 단풍나무 우듬지. 이 모든 것들을 보자 처음으로 아버지가 진정 이 세상을 떠나는 중이라고, 이제부터 이 세상에서 일어나는 일들을 아무것도 보지 못할 거라는 생각에 사로잡혔다. 이런 감정을 입 밖으로 내지는 않았지만 티가 났던 것이 분명하다. C가 내 어깨를 감싸더니 원한다면 필요한 서류를 구비해서 병실에서 결혼식을 올려도 좋다고 말한 것이다. 나는 그녀가 나를 무척 배려하고 있음을, 그녀의 관대함과 진지함을 이해하면서도 그녀의 어깨에 얼굴을 묻고 고개를 저었다. 상황이 어찌되었건 서둘러 결혼하고 싶지 않았다. 그녀의 가족과 우리의 친구들이 참석할 수 없어서 아버지가 그들과 어울리지 못하게 되는 걸(참석한다 하더라도 아버지가 그들과 어울릴 수 있을 것 같지는 않았지만) 원하지 않았다. 게다가 크나큰 슬픔과 크나큰 기쁨을 뒤섞고 싶지 않았다. 이 문제에서 내게는 정말이지 다른 선택지가 없었지만 말이다.

그래서 결혼식은 그 주에 치러지지 않았고, 우리는 한동안 결혼 자체를 입에 올리지 않았다. 그러다 그해 가을, 나는 아버지를 잃은 어머니에게 전화를 걸어 C에게 청혼할 생각이라고 말했다. 어머니는 감격했다. 그리고 내가 전화를 걸었던 또 하나의 이유를 전하자 소리 내어 웃었다. 나는 C가 관습적인 약혼반지를 바라지 않을 것 같아서, 우리 가족에게 의미가 있는 물건을 주고 싶은데, 어머니의 어머니이자 아흔다섯에 돌아가실 때까지 맹렬한 기상을 잃지 않았던 나의 외할머니가 남긴 적당한 보석이 없느냐고 물었다. 어머니는 뭐든 내어주겠지만 내 마음에 찰 만한 물건이 있는지 모르겠다고 했는데, 나는 즉시 요점을 파악했다. 생전의 외할머니는 누구보다도 화려한 분이었다. 어밀리아 에어하트를 연상시키는 대담함과 엘리자베스 테일러의 외모를 지닌 그분은 중산층 유대인이 도달할 수 있을 정도의 귀족적인 면모를 갖추었음에도 보석에 관한 취향은 딱히 고상하다고 할 수 없었다. 어머니 말이 옳았다. 그분의 물건 중에서 C의 마음에 들 만한 건 없었다. 현실을 받아들이면서 다른 선택지들을 고민하던 내게 어머니가 아주 침착하게 말했다. 아버지의 결혼반지를 주는 건 어떠니?

아버지의 결혼반지. 내가 마지막으로 그 반지를 본 건 병원에서 어머니가 아버지 손이 부어오를 것을 걱정해 예방 차원에서 손가락에서 빼내어 지갑에 넣었을 때였다. 어머니 것과 같은 모양의 그 반지는 평범하지 않은 물건이었다. 부모님은 보헤미안과는 거리가 멀었지만, 두 분은 결혼하기로 결정하고 나서 독특한 반지를 찾아다니다 물결무늬 테두리에 빗줄 모양이 또렷하게 각인된 넓적한 금반지를 선택했다. 어렸을 때 내 눈에는 그 반지들이 작은 왕관처럼 보였고, 어른이 되어서는 골동품 같기도 하고 아르데코풍이라고 생각하기도 했다. 이제 나는 C가 반지를 손가락에 끼지 않고 목걸이로 만들어 걸고 있는 모습을 그려보았다. 그녀의 쇄골 바로 밑으로 V자를 그리며 떨어지는 목걸이를 상상하자 그보다 완벽한 모습은 없을 것 같았다. 아버지가 돌아가시고 어머니가 그 반지를 어떻게 했는지 생각해본 적이 없었는데, 갑자기 어머니가 늘 지갑 속에 보관했거나 침대 옆에 놓아뒀거나 직접 착용하고 있을지도 모르겠다는 생각이 들었고, 어머니가 반지를 간직해야 하지 않겠냐는 우려를 표했다. 아니야, 어머니가 대답했다. C가 받아 주면 좋겠구나. 아버지도 그러기를 원하실 거야. 나는 언니가 반지를 갖고 싶어 하지는 않을까 걱정하며 언니에게 전화했다. 그 반지가 그보다 더 어울리기도 어렵겠는데, 언니가 말했다.

그러다 보스턴에서 추수감사절을 맞이했고, 어머니는 내게 반지를 주었다. 집으로 돌아온 나는 보석세공인을 찾아가 반지로 목걸이를 만들어 달라고 했다. 아버지는 49년 동안 집에서도 직장에서도 차에서도 대중교통에서도 낙엽을 쓸 때도 햄버거를 구울 때도 쓰레기를 버리러 나갈 때도 언제나 그 반지를 끼고 있었다. 어머니가 반지를 끼워줬을 때의 아버지는 스물다섯 살이었다. 어머니가 반지를 빼줬을 때의 아버지는 일흔네 살이었다. 그 반지 위에서 삶이 이어졌고, 반지 안으로 그 삶이 스며들어 있었다. 내 기억으로는 문양이 새겨진 홈들은 짙은 회색이었고, 반드레한 표면은 짙은 구릿빛이었다. 하지만 세공인이 윤을 내어 돌려주었을 때 내 눈에는 눈물이 차올랐다. 부모님이 처음 봤을 때 꼭 이런 색이었겠지. 아침나절의 햇살 같은 색이었다.

그 후로 몇 달 동안 나는 맞춤한 때와 맞춤한 상황, 맞춤한 분위기가 왔다는 확신이 올 때까지 책상 서랍에 목걸이가 된 반지를 보관했다. 그러다 2월이 되었고, C와 나는 둘 다 지독한 겨울 감기에 걸리고 말았다. 하도 심해서 자기 모습이 혐오스럽게 보일 정도였다. 우리는 미열과 목구멍을 긁어대는 심한 기침에 시달렸고 콧물이 그칠 기미가 보이지 않았다. 아침에 일어나면 시트는 축축하고 눈은 찐득한 점액질로 범벅이 되어 있었다. 사흘째 되던 밤, 우리는 저녁 식사를 차릴 수 없을 정도로 엉망진창이었는데, 식탁 앞에 똑바로 앉아 있을 수조차 없었다고 하는 편이 낫겠다. 대신 우리는 침대에서 사용한 휴지와 빈 약상자들, 주간용과 야간용 감기약들에 둘러싸여 라면으로 끼니를 때웠다. 나는 너무 아프고 기력이 없어서 음식을 삼킬 수도 없었는데, 그러다 문득, C에게 결혼하자고 말하고 싶은 충동에 압도되고 말았다. 아주 어릴 때를 제외하고는 아픈 와중에 다른 사람 옆에 있고 싶었던 적이 없었다. 하지만 우리가 둘 다 객관적으로 몹쓸 꼴을 한 와중에도 나는 C의 옆에 있고 싶었다. 그녀를 바라보며 강렬한 사랑과 고마운 마음, 다정함을 느꼈고, 그런 상황을 고려하면 희한하고 실현 불가능하게도 욕망조차 느꼈다. 적어도 지금 내 옆에 있는 사람이 아프건 건강하건 상관없이 내가 소중히 여길 걸 알아, 나는 생각했다. 주변을 찬찬히 살피며 내가 그 말을 불쑥 내뱉지 않도록 막아줄 수단을 찾았다. 물론 파리의 장미가 만발한 정원에서 한쪽 무릎을 꿇을 계획을 해본 적은 없다. 그래도 쓰레기매립지로의 여행이 아닌 바에야 지금 청혼하는 것보다야 훨씬 더 낭만적이리라는 걸 알고 있었다. 그래서 말을 뱉는 대신 그녀의 열 오른 뺨을 쓰다듬었고, 코를 풀었고, 애써 말하고 싶은 마음을 억눌렀다.

결국 마침내 내가 청혼하게 된 데는 이처럼 억누르려는 노력이 한몫했던 것 같기도 하다. 몇 주가 지났다. 당시 우리는 집을 바닥부터 천장까지 전면적으로 보수하는 작업에 한창 열중하고 있었는데, 그날 오후에는 2층 손님방 바닥을 새로 깔고 있었다. 저녁 예배를 갈 생각이던 C가 마침내 청바지와 작업복 셔츠를 벗고 샤워하러 갔고, 교회용 옷으로 갈아입고 나온 그녀는 아름답고 다소 엄숙해 보이기까지 했다. 나는 문간에서 그녀에게 잘 다녀오라는 입맞춤을 하고 2층으로 돌아와 진행 상황을 살폈다. 바닥이 절반쯤 완성되어 있었다. 보자니 그녀가 돌아올 무렵이면 거의 끝낼 수 있을 것 같았다. 나는 판자 한 묶음을 들고 우리가 임시 목공장으로 쓰고 있던 옆방으로 가서 크기에 맞게 다듬었다. 3분쯤 걸렸던 것 같다. 그리고는 바닥재를 다시 손님방으로 가져가 바탕 바닥에 맞게 설치하고 있는데, 문득 그녀가 집에 오면 청혼해야겠다는 생각이 머리를 스쳤다. 이 감정이 너무나 위력적이어서 나는 곧장 그곳에서 나와 샤워하러 갔다. 몸에서 때와 톱밥을 벗겨내고 있자니 상자 속 비둘기나 기둥에 묶여 있던 말처럼 뭔가 오랫동안 억눌려 있던 것이 이제 터져 나오기 직전인 것처럼 느껴졌다. 머릿속은 또렷했고, 흥분과 초조가 동시에 찾아왔으며, 사기가 잔뜩 충전된 기분이었다. 나 역시 교회에 갈 때처럼 옷을 차려입고 아래층으로 내려가 저녁 식사를 준비했다. 식료품 저장실에 파스타가, 카운터에 양파와 토마토가, 냉장고에 회향과 페타치즈가 있었다. 이 재료들이 한데 모여 앞으로 영원히 우리 가족 사람들이 청혼 수프라 불렀으면 하는 음식이 되었다. 식탁을 차리고 촛불을 밝히자마자 이마에 재로 십자가를 그린 C가 들어왔다.

인정하건대 그 순간까지 내 머릿속에서 기독교 달력은 멀리

치워져 있었다. C가 교회에 갔다는 건 잘 알고 있었지만, 그 이유는 전혀 생각하지 않았던 것이다. 그런데 이제 그녀를 보니 불안이 엄습해왔다. 내가 아무리 세속적인 유대인이라도 욤 키푸르(유대교 속죄일)에 결혼하자고 할 인물은 못 되었다. 그러는 와중에 그녀는 내게서나 그날 저녁에 대해서나 딱히 이상한 점을 알아차리지 못했다. 그럴 이유가 없었다. 나는 그녀와 마찬가지로 바닥 작업을 마치고 샤워를 했으며 여느 때처럼 저녁 끼니를 준비했을 뿐이었으니까. 우리는 그녀의 사순절 금식을 끝내기 위해 자리에 앉았다. 나는 수프 그릇 앞에서 그달 들어 두 번째로 그녀에게 청혼하는 일을 미루어야 하나 고민에 빠졌다. 그러고 있는데 C는 바닥에 대해 묻고는 자신이 보낸 저녁에 대해 말해주면서 몇 년 전 직접 주관했던 재의 수요일 예배에 있었던 이야기를 들려주었다. 그녀가 설교를 끝내자 작은 소녀가 어머니와 함께 제단으로 다가왔는데, 아마도 그 의식의 의미를 뒤늦게 파악한 모양이었다. C가 몸을 숙여 소녀의 이마에 십자가를 그려주자 엄숙한 침묵으로 고요했던 예배당 안에는 아이가 조그만 폐를 터뜨릴 듯 내지르는 비명이 울려 퍼졌다. "나는 죽기 싫어요!"

재는 재로, 먼지는 먼지로. 촛불의 크기가 반으로 줄어들었다가 다시 활활 타올랐다. 이 세계는 우리의 웃음과 숨, 그리고 슬픔으로 돌아간다. 그렇게 많이는 아니지만. 난로가 발하는 불빛을 받은 C는 플랑드르 회화 속 인물처럼 보였다. 어둠과 대비되는 그녀의 사랑스러운 모습이 대조적이었다. 내 주머니에는 여섯 달 전까지 아버지 손에 끼워졌던 결혼반지가 들어 있었다. 나 역시 죽고 싶지 않았다. 더군다나 C에게 사랑한다고, 언제까지나 사랑하겠다고, 결혼하자고 말하기 전에는 죽고 싶지 않았다. 그녀와 49년, 77년, 아니, 바라건대 1099년간 **결혼 생활**을 해보기 전에는 죽고 싶지 않았다. 임종, 병실, 그녀의 눈썹에 묻은 재. 고통과 슬픔이 어디서도 발견되지 않을 때까지 기다리는 사람처럼 이러다 영원히 기다릴 수도 있겠다는 생각이 들었다. 우리는 식사를 마쳤다. 나는 그녀를 거실로 데려가 내 옆 소파에 앉혔다.

수백만 개에 달하는 영어 단어 가운데 '그리고'는 세 번째로 잦은 빈도로 사용된다. '나I'의 세 배, '당신you'의 네 배는 되는데, 이보다 많이 사용되는 단어로는 'the'와 'to be'라는 두 단어가 결합된 동사 활용형뿐이다. 오늘 영어로 서너 문장 이상 말한 사람이라면 반드시 '그리고'를 입에 올렸을 것이다. 여기까지 이 책을 읽었다면 거의 이천 번쯤 접했을 것이고.

'그리고'가 일상생활에서 가장 많이 쓰이는 단어에 속하는 한편, 실존적으로 가장 도발적인 단어이기도 하다는 점은 간과되어왔다. 다른 접속사들이 표현하는 세상은 구체적이고 확실한 규칙들의 집합을 따르는 것처럼 보인다. 대상이 상대를 선행하거나, 따르거나, 불가능하게 하거나, 원인이 되는 식이다. 하지만 '그리고'가 표현하는 세상은 체계 없이 한없이 이어지는 목록과 비슷하다. 어머니 그리고 아버지. C 그리고 나. 슬픔 그리고 사랑. 삶 그리고 죽음. 야크 그리고 하모니카. 극작가 그리고 건초더미 그리고 허리케인 그리고 저임금작업장 그리고 천연두 그리고 팝타르트 과자. DNA 그리고 「오, 대니 보이」 그리고 아디스아바바 그리고 토성의 고리 그리고 조로아스터교 그리고 임상우울증 그리고 플랑드르평야 그리고 빌리 홀리데이 그리고 파푸아뉴기니의 840여 개의 토착어. 우리는 이미 혼란을 안겨주는 풍요로움에 직면해 있다. 이 우주가 무한히 제공하는, '그리고'로 이어질 수 있는 것들을 열거하기 시작한 지 채 한 단락도 되지 않았는데 말이다.

어떤 것을 상실하거나 발견할 때와 마찬가지로, 무한히 결합할 수 있다는 특성은 이 세계가 한없이 거대한 데 비해 그 안에 깃든 우리 공간은 간데없이 작게 보이는 결과를 낳는다. 한편 이는 원시적인 지식의 상상된 형태를 모방한다. 그 형태란 존재하는 모든 것들이 우리 앞에 무계획적으로 던져져 있으며 어떤 관계가(관계가 있긴 하다면) 그것들을 통제하는지는 우리가 결정해야 한다는 것이다. 상실에 대한 관심과 더불어 이 세계의 척도와 세상을 구성하는 서로 너무나 다른 부분들을 이해하는 방법이 궁금했던 엘리자베스 비숍은 이 문제에 하나의 가능한 답변을 내놓았다. 「2000장 이상의 삽화와 완벽한 용어 색인Over 2,000 Illustrations and a Complete Concordance」에서 성경 속 이미지들을 묘사하던 그녀는 자신이 여행하는 세계의 이미지들로 옮겨간다. 성경의 내용과는 달리 현실을 구성하는 것들(이 경우에는 시체, 주크박스, 염소 몇 마리, 영국인 공작부인, 어린 모로코 창녀)은 어떤 유형의 용어 색인에도 편입

되기를 거부한다. 이 항목들은 그저 동시에 존재하며 역시 그곳에 존재하는 여행자의 시선에 포착되었다는 우연으로 서로 묶여 있다. 이것이 비숍의 도발적인 주장이다. 우리 주변에 존재하는 모든 이질적인 것들 사이에 이보다 정돈된 관계는 없다. 인생은 서로 관련이 없는 수없이 많은 파편으로 구성되는 것이다. "모든 것들은 그저 '그리고'와 '그리고'로 연결된다."

마침 "'그리고'와 '그리고'로 연결"되는 것들을 이르는 적절한 단어가 있다. 문법의 한 구성요소로, 연속해서 여러 접속사를 사용한다는 의미의 '다접속구문polysyndeton'이 그것이다. 이 단어는 구약에서 빈번히 등장하는데, 예컨대 신이 예루살렘을 벌하기 위해 "대지 위에upon, 그리고 산맥들 위에and upon, 그리고 작물 위에and upon, 갓 담근 포도주 위에and upon, 기름 위에and upon, 그리고 이 땅이 낳는 것 위에and upon, 남자들 위에and upon, 가축들 위에and upon, 그리고 두 손의 모든 수고 위에and upon" 가뭄을 내리는 식이다. 이 구절을 소리 내어 읽어보면 다접속구문이 활용된 문장은 길어지고, 더뎌지며, 파동이 생겨나기에 어떻게 보면 효과적인 수사적 장치라는 걸 알 수 있다. 그 효과는 때로 주문과 같고, 도취를 불러일으키기도 한다. 어느 쪽이건 경이의 감각이 발생하는 것이다. 성경에 그토록 많은 다접속구문이 쓰인 건 우연이 아니다.

그리고 비숍의 시에서 성경이 이 세계를 돋보이게 하는 것도 우연이 아니다. 무엇이 주변에 존재하는 것들을 하나로 결합시키는가 하는 문제에 대해 성경은 반대의 답변을 내놓는다. 각각의 요소들은 신이 정한 계획에 따라 정당하고 필연적인 장소를 점유하고 있다는 것이다. '의미 있는 연결은 없다.'와 '모든 연결이 의미 있다.'라는 양극단 사이에는 존재를 이해하려는 다른 여러 시도들이 있다. 자연의 기본적인 법칙 외에도 의도적으로 연결된 것처럼 보이는 것들의 상당수가 그저 우연히 결합되었을 뿐이라고 믿으면서, 동시에 신을 조물주라 믿는 것은 전적으로 가능하다. 신을 전혀 믿지 않으면서 우리 주변이 의미 있는 관계들로 가득하다고, 모든 이와 모든 것이 여기 존재하는 데에는 이유가 있고, 따라서 우리는 심오하고 중요한 방식으로 모두 연결되어 있다고 생각하는 것도 전적으로 가능하다.

나는 후자의 믿음을 지지한다. 아름다운 문학작품 구절들에서처럼 우리의 일상은 많은 연결들로 가득하다. 한데 내가 가장 흥미롭게 여기는 연결들은 필연적으로 본유적이지 않다. 만들어졌거나 추론된, 말하자면 비숍의 시에 등장하는 눈썰미 좋은 여행자의 생산물이다. 앞서간 사람들이 이 우주를 어떻게 체계화했건, 우리는 언제나 직접 우주를 체계화하고 있으며, 이 능력은 인간 정신에서 가장 두드러진 특징 중 하나다. 그래서 우리는 별빛으로 가득한 밤하늘에서 곰과 십자가와 검을 든 전사를 볼 수 있고, 『오이디푸스 왕』이 『햄릿』에 끼친 영향을 알아볼 수 있으며, 타조와 공룡이 먼 사촌지간이라는 걸 알 수 있다. 더 일반화해서 말하자면 우리는 삶의 끝없는 항목들을 이야기를 닮은 무언가로, 구조와 정보, 의미로 가득한 것으로 변모시키며 혼란에서 질서를 쥐어 짜낼 수 있는 것이다. 당연히 이 능력이 완벽한 건 아니어서 우리는 비약적인 결론을 도출하기도 하고, 음모론에 취약할 때도 있다. 어쨌거나 겉보기에는 닮지 않은 것들 사이에서 연결을 파악하는 우리의 능력이 없었다면 정서적, 윤리적, 지적 손해가 얼마나 막대할지 상상하기도 어려울 정도다.

이 능력은 무엇보다도 우리 사고방식에서 근본적인 부분을 차지한다. 너무나 근본적이기에 혹자는 우리의 사고방식이 **바로 이 능력**이라고 생각하기도 한다. 그중 한 사람이 철학자 데이비드 흄David Hume으로, 그는 모든 개념들은 이 세상에 대해 알고 있는 구성요소를 다른 구성요소와 연결 짓는 결합을 통해 생성된다고 믿었다. 그는 『인간 오성에 관하여』에서 이렇게 썼다. "이러한 정신의 모든 창조력은 감각과 경험이 우리에게 제공한 질료들을 결합하고, 이동시키고, 증가시키고, 혹은 감소시키는 능력에 달려 있다." "우리가 황금 산을 생각할 때, 우리는 기존에 획득해 알고 있는 '황금'과 '산'이라는 두 개의 개념들을 연결 짓기만 하면 된다." 그렇다면 새로운 사고를 하는 방식 하나는 문자 그대로 새로운 결합을 만들어내는 것이다. 무의미시를 썼던 겔렛 버지스Gelett Burgess는 보라색 소를 한 번도 본 적이 없었지만, 보라색과 소는 각각 본 적이 있었으므로, 둘을 결합해 완전히 독창적인 것을 생각해냈다. 이런 식으로 결합되어 만들어지는 중요한 개념들이 있다. **여자들과 아이들**만이 아니라 **여자들과 참정권**, **인간과 동물**만이 아니라 **인간과 권리** 같은 개념들이 그것이다. 다시 말하면 정신적인 수학에서 가장 강력한 연산은 간단한 덧셈일지도 모르겠다. 우리는 뭔가 이해하려는 사람에게 이렇게 말하곤 한다. "점을 서로 이어봐." 이해는 우리가 사물 간의 연결고리를 볼 수 있을 때 생성된다.

한데 이러한 조건하에서 또 다른 것들도 생겨난다. 흄의 믿음대로 사고의 기원에 결합이 중요하게 작용한다면, 결합은 도덕성의 기원에도 중요하게 작용할 것이다. 우리는 타인과 가까이 연결되어 있다고 믿을수록 우리 자신이 그들의 안위에 최소한 조금이라도 책임이 있다고 믿는 경향이 있다. 우리가 현재 겪고 있는 격변의 시기가 특히 이 점을 분명히 드러냈다. 우리가 전염병이나 선입견, 권위주의, 자원 이용, 기후 변화 등에 직면해서 하거나 하지 않는 행위는 낯선 사람들에게, 머나먼 곳에 사는 이들에게, 심지어는 아직 태어나지 않은 이들에게조차 영향을 미친다. 우리가 자기 자신을 가족이나 공동체하고만 연결되어 있다고 여긴다면 이 모든 타인을 무시하기는 어렵지 않다. 하지만 우리의 도덕적 능력은 지적 능력과 마찬가지로 이전까지 보이지 않았거나 간과해온 확실한 연결들에 기인하고 있다.

이는 우리가 연결에 대한 감각을 성장시켜야 하는 엄중한 이유다. 게다가 우리는 서로 밀접하게 연결될수록 더욱 행복해진다. 많은 사람들은 가끔 이 세상을 비숍이 시에서 묘사한 것처럼 분리되어 있고, 파편적이고, 의미와 논리를 전혀 찾아볼 수 없다고 느끼고는 한다. 간혹 우리 자신 역시도 분리되어 있다고 느끼는 경우도 많다. 이 세상이 어떤 상태건, 딱히 연결될 필요가 없다고,

혹은 대체로 우리가 뭘 어떻게 하건 딱히 중요하지 않다고 확신하며 우리 자신은 세상의 작동에서 멀리 떨어져 있다고 느끼는 것이다. 이는 유쾌하지 않은 일이다. 분리되었다는 건 나머지 인류에서 뚝 떼어져 외로워지고, 무심해지고, 소원해졌다는 뜻이다. 그럴 때의 심리적 상태는 괴롭다면 그나마 나은 편이고, 더 나쁘게는 이런 경험을 하는 이나 주변 사람 양쪽 모두에게 위험할 수도 있다. 지옥에 관한 유명한 표현은 지옥이란 "아무것도 그 어떤 것과도 연결되지 않는 곳"이라 말한다. 세상과 연결되어 있지 않다는 건 선을 포기하는 일이며 고통의 한 형태라는 것이다. 대조적으로 우리는 긴밀히 연결되어 있다고 느낄수록 자신의 삶을 더욱 충만한 것으로 여긴다.

사랑에 빠지는 경험 하나하나가 행복을 향한 노력이며 존재로의 새로운 연결을 상상하는 행위이기에, 접속conjunction의 정서적이고 지적인 힘은 그 자체로 로맨스의 영역에 결부되어 있다. 첫사랑의 괴로움에 걸려든 꼬마들은 공책에 "SH+JB"나 "JM+MF"를 쓰고 또 쓰고는 한다. (한편 이 더하기 기호는 가장 단순한 형태로 진화한 형태의 앰퍼샌드라고 볼 수 있다.) JB는 무심하고 MF가 JM을 잘 모르더라도 상관없다. 자신을 다른 이와 연결하는 일에 심취한 꼬마들은 감정의 실제를 드러냄과 동시에 이전까지 없었던 결합을 시도하고 있는 것이다.

근사하게도 이는 가끔 실현된다. 보라색 소와 황금 산처럼 사람들 역시 느닷없이 연결되어 서로 결합되기도 하는데, 그 결합이 점점 더 굳건해지고 지속적으로 되는 경우도 있다. 시간이 흐르는 동안 그들의 마음속에서, 친구와 가족 사이에서, 마고와 아이잭이 **마고 그리고 아이잭**, 빌과 샌디가 **빌 그리고 샌디**가 되는 것이다. 이렇게 C 그리고 내가 존재한다. 우리는 결국 서로의 사이에 '그리고'가 없는 모습을 상상할 수 없게 되었다.

우리 결혼식이 시작되기 직전, 정작 우리 둘은 몰랐던 사이 벌어진 일을 얘기하려고 한다. 우리는 민박집 밖 포치에 서서 그 어느 때보다도 행복하고 잘 차려입은 모습으로 때로는 서로를, 때로는 바다와 하늘과 대지가 아름답게 모여드는 지점을 바라보고 있었다. 우리가 있던 곳에서 멀지 않은 장소에 친구와 친척 들이 일렬로 놓인 의자에 자리를 잡고, 마지막까지 밖에서 어슬렁거리던 꼬맹이들을 부모들이 해먹과 프리스비와 바다와 갑판의 유혹에서 떼어내 울타리 안으로 몰아넣고, 우리의 주례목사가 마지막으로 노트를 흘긋 들여다보고, 조카가 들고 있던 꽃바구니 속 부드러운 곡선을 그리는 꽃잎들을 만지작거리고, 이 모든 일이 벌어지는 동안, 한자리에 모인 하객들의 숄더백이며 정장 주머니에 들어 있던 핸드폰들이 죄다 요란하게 울려대기 시작했다. 그 어느 때보다도 다급한 그 알림은 토네이도 경보였다.

물가에 있던 나와 C에게는 그 소리가 전해지지 않았다. 그날 너무나 평범하지 않은 일을 앞두고 있었던 우리는 또 다른 평범하지 않은 일이 일어났다고 생각할 수 없었다. 경보를 들었다고 하더라도 다른 하객들처럼 믿을 수 없다고 생각하고 말았을 것이다. 초여름의 온화한 날씨이던 그날 오후, 하늘은 높았고, 구름의 방해를 받지도 않았으며, 코발트색 바다보다도 세 단계 옅은 색조를 띠었다. 태양은 한껏 기분이 좋을 때처럼 기세 좋게 빛났고, 튤립과 수선화 꽃송이마다 내리쬐는 햇살에 나무 아래 고인 그늘 웅덩이들이 일렁거렸다. 가느다란 실바람이 대기에 잔물결을 퍼뜨릴 뿐, 테이블에 놓인 나의 결혼서약서가 날아갈 일은 없어 보였다. 만의 바닷물이 우리가 곧 결혼하게 될 작은 나무 그늘 바로 뒤편 바위들 위로 차분히 철썩거리고 있었다. 간단히 말해서 누구나 결혼식을 치르고 싶다고 꿈꿀 만한 날이었다.

재의 수요일 저녁에 C가 청혼을 수락한 이후로 우리는 줄곧 그 순간을 꿈꾸어왔다. 하지만 그로부터 상당히 오랫동안 우리는 결혼식을 **꿈꾸고만** 있었다. 어떤 결혼식을 원하는지에 관해 게으르다고까지는 할 수는 없어도 상당히 추상적인 대화가 오갔다. 사실상 내가 처음부터 확실하게 알았던 건, 가족이나 친구들 없이 간단히 법원에서 치르는 결혼식을 하고 싶지는 않다는 것뿐이었다. 물론 우리의 몇몇 친구들이 이해가 되고 상당히 감탄할 만한 이유에서 그런 선택을 했지만 말이다. 그때까지 그것이 가장 저렴한 옵션이라는 사실은 경제적으로나 윤리적으로나 매력적이기는 했다. 이후 이어진, C와 내가 결혼식이며 자금을 비롯한 여러 필수적인 항목들에 대해 나눈 대화는 탈무드를 채울 정도였다. '그리고'가 흔히 쓰이는 상황이다. 사랑하는 사람들 그리고 맛있는 음식, 음료로 가득한 아름다운 장소에서 근사하게 결혼식을 치르고 싶다, 그리고 돈을 현명하고 책임감 있고 자신의 가치를 드러내면서도 파산할 정도는 아니게 쓰고 싶다. 이런 목표들이 상충하지 않는다면 더할 나위 없겠지만 가끔 필연적으로 그렇게 될 때가 있다. 서로 양립할 수 없는 여러 가지를 원하거나, 욕망하는 것과 신념 사이에서 갈라지는 듯한 기분을 느끼는 이런 문제는, 말할 필요도 없이 결혼 생활과 함께 시작하지도 끝나지도 않는다.

하지만 나는 두 가지 감정에 압도되어 바로 법원으로 달려갈 수가 없었다. 하나는 슬픔, 하나는 사랑이었다. 청혼한 날엔 아버지 장례를 치르고 여섯 달이 지나 있었지만, 가끔은 장례의 여파로 인해 여전히 탈진한 상태로 새로 샀던 검은 정장을 갈아입지도 않은 채 그대로 의자에 푹 파묻혀 있다는 기분이 들기도 했다. 나는 삶이 슬픔 속에서 함께해야 하는 수없이 많은 이유를 준다는 걸 분명히 깨달았다. 그러니 우리 자신, 가족, 친구, 그리고 조금 이상하긴 하지만 이 세계 자체에, 빛과 어둠의 위태로운 균형에 선물을 주기 위해 기쁜 일로 한데 모일 이유를 만들어야 할 것 같았다.

다른 하나의 감정은 더 기본적이지만 내게는 더욱 놀랍게 여겨졌다. 나는 결혼식에 대해 개인적으로나 정치적으로나 냉소를 보내는 사람이 아니고, 하객으로 참석할 때면 대체로 재미와 아름다움 사이 어딘가에서 식을 지켜보았다. 하지만 언젠가 결혼식을 치를 날을 꿈꾸는 작은 소녀 유형은 아니었던 내게는 어른이 되어 오랫동안 외롭게 지내는 동안에도 어느 날 벌떡 일어나서 가족과 친구들 앞에서 변하지 않는 사랑을 선언하는 일에 대한 환상은 없었다. 평생 오직 C만이 그런 생각을 하게 만들었는데, 우리가 어떤 결혼식을 치를지 의논하던 시기에 가까운 이들은 내가 그녀를 얼마나 아끼는지 진작부터 잘 알고 있었다. 그리고 나는 그들이 나의 기쁨과 환희 속에서 한데 어우러지기를 바랐다. 나와 그녀가 우리 사이에 '그리고'를 단단히 매어둔 것처럼 말이다.

그래서 우리가 지금의 모습을 갖추기까지 도와주고 인생에 기쁨을 불어 넣어준 이들 앞에서 관습적인 결혼식을 치르기로 결정되었다. 하지만 우리가 감정적, 철학적, 그리고 현실적으로 우선시되는 여러 가지 다른 요소들을 머리를 맞대고 해결하다 마침내 실제 결혼식 계획에 돌입했을 때, 우리는 너무 늦었다는 걸 알게 되었다. (C의 여동생이 어느 시점에 우리를 도울 생각으로 웨딩 잡지에 실린 타임라인을 준 적이 있었다. 내 기억으로는 우리의 첫 데드라인은 이미 1년 전쯤 지나가 있었다.) 시간과 장소, 음식과 음료, 둘 다 춤추는 걸 좋아하므로 음악, 비가 올 경우의 대책 등이 문제였다. 이상적으로는 우리 집 뒷마당에서 하면 좋았겠지만, 아직도 보수공사가 한창 진행되는 중이었다. 그 과정의 대부분은 부수는 건지 보수하는 건지 알아보기 힘들었다. 우리가 허겁지겁 계획하게 된 결혼식에 맞추어 공사를 끝내려는 건 정신이 또렷할 때 판단한 바에 따르면 미친 짓이었다.

어쨌거나 그 모든 심각한 경고들은 불필요했다. 우리가 본격적으로 계획에 나서자 모든 일이 척척 제자리를 찾았다. 탁월한 발견자인 C의 아버지는 만의 섬 끝에 적당한 장소가 있다는 얘기를 들은 적 있다고 했고, 우리는 그곳을 보자마자 안성맞춤이라고 생각했다. C는 고등학교에 다니던 내내, 그리고 대학에서도 방학 때마다 친구였던 출장음식 전문가와 일했는데, 그는 이어진 세월 동안 몇 번이나 C에게 결혼할 생각이 들면 전화하라는 말을 했었다. 그래서 그녀가 전화하자 그는 낮게 신음하며 너무 늦었다고 말했다. 그리고는 앞으로 14개월 동안 예약이 꽉 찼는데, 5월에 딱 한 주 빈 자리가 입찰되었는데, 결정을 기다리고 있다고 했다. 우리는 전화를 끊고 대안을 고심했다. 10분 뒤, 그가 다시 전화를 걸어왔다. 입찰을 취소했다고, 우리가 그 주에 식을 올릴 수 있다면 자신이 나서겠다는 거였다.

그렇게 음식과 날짜라는 두 가지 문제가 해결되었다. 우리는 집배원이었던 C의 어머니가 마당 벼룩시장에서 오래된 예쁜 우표들을 한 묶음 사다 준 덕분에 카드 더미와 고무풀을 이용해 그것으로 직접 청첩장을 제작했다. C의 여동생은 고향 마을에서 야생화 농가를 운영하던 농부와 아는 사이여서 꽃을 무료로 공수해주었다. 맥주와 포도주에 조예가 깊은 C의 언니는 음료를 담당하겠다고 나섰다. C의 가족과 오래된 친구로 그녀의 일곱 번째 생일에서 시작해 가족들의 행사가 있을 때마다 디저트를 만들어준(그는 강아지가 태어났을 때나 농사의 여왕 가장행렬에서 우승했을 때, 이런저런 파티 때, 고등학교 졸업식과 대학 입학, 새로운 직장을 구했을 때, 부모님의 기념일, 그리고 이런저런 병치레와 부상에서 회복했을 때 등, 보수적으로 추산해도 최소한 150회 이상 달콤한 먹거리를 제공했다.) 전문 제빵사가 우리의 결혼식 케이크도 맡아주었다.

단계 하나하나가 신통하기만 했다. 그리고 5월의 화창한 그날은 그 어느 때보다도 근사했다. 하지만 잠시 행복을 멈추고 안도감을 구할 수 있었다면 우리는 기꺼이 그렇게 했을 것이다. 결혼식이 몇 달 앞으로 다가오자 우리는 각자의 걱정거리들을 공유했기 때문이었다. 나로서는 아버지가 그 자리에 부재한다는 생각에서 벗어날 수 없었다. 나를 빚어낸 가족들이 내가 빚고 있는 가족들과 만나는 그 장소에 빈틈이 남루한 가장자리를 드러내며 떡하니 벌어질 것이었다. 바로 그날 슬픔이 가장 압도적인 형태로 나를 찾아올지도 모른다는 걱정이 들었다. C에게는 그런 불안이 없었지만, 내가 한 번도 맞닥뜨린 적 없는 유형의 불안이 도사리고 있었다. 몇 년 전 사촌 결혼식에 참석했던 그녀는 주변의 친척들을 둘러보며 그들 중 몇 명이나 자신의 결혼식에 올지 궁금해한 적이 있었다. 그녀는 가까운 가족이 자신을 사랑하며 언제나 같은 편이라는 걸 알고 있었다. 게다가 그분들은 처음부터 내게 좋은 사람들이었다. 하지만 그녀는 비교적 빠르게 확산되는 동성 커플을 낯설게 여기는 지역 출신이었고, 문화의 파도는 아직 가장 먼 해안까지 도달하지 않은 상태였다. 그래서 그녀는 사촌의 결혼식에서 예상치 못한 급격한 슬픔에 빠졌다. 그녀는 여러 숙모와 숙부, 사촌 들과 사냥하거나 낚시하거나 함께 야영을 떠나고 생일이나 게 축제일, 크리스마스면 음식을 나누러 걸어서 서로의 집을 오가며 성장했다. 그리고 그녀는 이제껏 살았던 집들 중 그 어느 곳보다도 그들과 함께 있을 때 집에 있다는 기분이었다. C의 숙모 중 한 분이 은퇴를 기념하며 연 파티에서 나는 처음으로 C의 친척들 상당수를 만나게 되었는데, 편한 모습으로 웃음을 터뜨리는 그녀를 바라보며 오랫동안 외국에서 살다가 오랜만에 동포를 만나 영어로 대화를 나누며 저녁을 보내고 있는 것처럼 들뜬 안도감이 든다고 생각했다. C의 경우에는 나와의 결혼식을 생각하면서 자신이 가장 사랑하는 사람들 몇몇이 오지 않기로 한다는 고통스러운 가능성과 직면하지 않을 수 없었다.

기대보다 큰 규모로 결혼식을 치르고 싶다면, 대가족을 얕잡아보라. 우리는 희망을 품은 한편 찜찜한 마음을 거두지 못하고 가족들을 한 사람씩 초대했다. 그들이 왔다. 그날 그들은 식이 진행되기 전에 이미 도착해 의자에 앉아 환히 웃고 있었다. 그들 뒤편에서 C와 함께 서 있던 나는 감정을 주체할 수 없을 정도였다. 예상한 참석 인원보다 더 많은 사람이 온 것 같았다. 사랑하고, 결혼하고, 아이를 갖고, 슬퍼하고, 죽어가는, 살면서 누구나 겪는 그 모든 위대한 단계들은 추상적이지만, 겪는 순간은 대단히 압도적으로 육박해온다. C가 자신의 아버지와 어머니 사이에서 먼저 걸어갔다. 그리고는 액자 속 인물처럼 꽃과 나무와 바다와 하늘을 배경으로 두르고서 혼자 나를 돌아보았다. 메인 스트리트에서 보았던 모습이 뒤바뀐 채 완결되어 있었다. 그녀가 그토록 놀라운 특별함으로 나를 기다리고 있었다. 그리고 나는 곧 그녀와 결혼하게 될 거였다.

지나고 보니 걱정할 필요가 전혀 없었다. 다들 축하를 아끼지 않았다. 나는 그날 처음으로 남들보다 보수적인 편인 C의 삼촌을 처음 뵈었는데, 그리즐리 애덤스처럼 몸집이 크고 스톤헨지처럼 탄탄한 분이었다. 그리고 그분이 나를 곰처럼 덥석 끌어안는 바람에 발이 공중으로 뜨다시피 했던 기억은 결혼식을 통틀어 내게 가장 소중한 기억 중 하나다. 나는 그때부터 그분이 좋았다. (그분이 아마도 마흔한 개 주에서 불법으로 지정되었을 것이 틀림없는 폭죽으로 나를 거의 날릴 뻔했던 독립기념일 이후로도 말이다.) 그리고 나는 이 감정이 상호적이리라 생각한다. 내내 아버지의 빈자리가 생생하게 느껴지기는 했다. 하지만 때로 달이 낮에도 보이는 것처럼, 희미하게 그리고 이상하게 아름답게 그러했다. 그저 거기 늘 존재하기 때문에 그런 것처럼.

나는 결혼식을 치르면서 예식이 필요한 이유를 한 가지 더 배우게 되었다. 전에는 몰랐던 거였다. 앞으로 온 가족이 한데 모일 일이 얼마나 자주 있을까? 우리가 영원히 하나로 묶여 있다는 사실을 기념하기 위해 최소한 한 번은 모여 역사적인 기록으로 남게 되었다는 것이 기쁘기만 하다. 사랑은 공책에 적혔건 청첩장에 쓰였건, 한 사람을 다른 사람과 사적으로 결합시키는 '&'인 것만이 아니다. 가족과 세대가 누적된 영향을 표시하는 형태로서 계보학적 '그리고'이기도 한 것이다. 슬픔과 마찬가지로 사랑 역시 기

존의 관계들을 재배치한다. 이제 나는 C의 가계와 연결되었으며, 그녀는 나의 가계와 연결되었고, 둘은 영속적으로 결합되었다.

이런 결합은 여러 다른 결합들이 그러하듯, 이로 인해 드러나는 수많은 차이로 더욱 풍부해지고 근사해진다. "얼룩진 모든 것들에 대해 신께 영광 있으라." 제러드 맨리 홉킨스는 이 세상에 존재하는 모든 대조적인 쌍을 위한 찬사를 보내는 시를 썼다. "빠름과 느림, 달콤한 것과 신 것, 찬란하고 희미한 것." 그리고 신은 그날 우리가 얼룩진 한 무리였다는 걸 안다. 유대인과 기독교도. 무신론자와 독실한 자. 시골 사람과 도시 사람. 보수주의자와 진보주의자. 이성애자와 퀴어. 어떤 하객들은 우리의 결혼식을 전통적이라고 생각했을지도 모르겠다. 결혼식이 그 자체로 시작되었고 진행되었다는 이유로. 통로를 따라 걷고, 반지를 교환하고, 천막 아래에서 저녁을 함께 들고, 그런 흔한 질서를 따라 만들어진 일반적인 풍경들이 있었다. 어떤 친구들은 급진적이라고 생각했을 수도 있다. 결혼식이 그 자체로 시작되었고 진행되었다는 이유로. 우리 결혼식에는 선물이나 브라이덜 샤워, 예식 전날 만찬, 웨딩드레스가 없었고, 혼인 예배를 주관하는 성직자도 없었으며, 대학원 세미나에서나 볼 법한 일련의 낭독이 이어졌기 때문이었다. 하지만 누가 그걸 신경이나 썼을까? 우리는 성경 속 구절들을 읽었고, 유리잔을 깨뜨렸고, 식전 감사기도를 드렸고, 웃으면서 의자에서 벌떡 일어나 호라(이스라엘의 원무—옮긴이)를 췄다. 아버지가 함께 했다면 더없이 좋았겠지만, 그 외에는 바라지 않았던 일이 하나도 일어나지 않았다.

다음의 일도 포함해서. 의식이 끝나고, 만찬이 끝나고, 축배와 디저트까지 끝나고, 밤이 내리고서도 한참 지나서까지 하객 중 절반은 앉아서 이야기를 나누었고 나머지 절반은 플로어에서 춤을 추고 있었다. 어둠 속을 내다보던 나는 저 멀리 수평선을 따라 드높이 솟아오른 구름 떼가 매우 빠른 속도로 오렌지색으로 돌변하는 걸 보게 되었다. 폭풍우가 몰려오기까지 얼마나 남았는지 헤아렸고, 때도 참 잘 맞췄구나, 생각하며 파티장으로 돌아왔다. 20분이 지나 폭풍우가 몰아닥쳤다. 천둥소리가 너무 크게 울려서 처음에는 가까이 있던 호두나무가 쓰러지면서 땅과 충돌하는 소리인 줄 알았다. 이내 빗줄기가 대대적으로 들이닥치며 뱃머리를 집어삼킬 듯 솟구치는 급류처럼 우리 양쪽으로 쏟아졌다. 놀랍도록 침착한 몇 안 되는 사람들이 즉시 문 안쪽에 빗장을 걸었다. 나머지 사람들은 천막으로 인해 절반은 보호받고 의심할 바 없이 절반은 위험에 처한 채로 한동안 가만히 있었다. 그러면서 일종의 최면 상태에 빠진 듯 환희에 찬 기쁨을 표출하며 주변에 300도 파노라마로 펼쳐지는 장관을, 번개가 하늘을 쪼개고 만을 환히 밝히는 모습을 지켜보았다. 몇 분 뒤, 나는 C의 친구인 출장요리사를 찾았다. 댄스플로어에 있던 그는 이미 바닷가 근처에서 벌어지는 행사를 20년 이상 담당해온 경력이 있었다. 나는 음악과 폭풍우가 쏟아지는 소리 너머로 들리게끔 그에게 내 인생에서 가장 환상적인 하루가 내가 세상에서 가장 사랑하는 사람들이 갑자기 끔찍하게 죽는 것으로 끝나기 직전인지 외쳐 물었다. "모르겠어요." 그가 소리쳤다. 충분히 애매한 답변이었다. 하지만 내가 손님들을 안쪽으로 모으기 시작하자마자 눈앞의 세상을 온통 하얗게 만드는 극적인 번개가 쳤고, 우리는 천막에서 하나 되어 빠져나왔다. 정장 구두들이 쿵쾅거리며 잔디밭을 빠져나가 지붕이 있는 포치를 향해 달려갔다.

그날 이스턴쇼어에 토네이도까지 불어닥치지는 않았다. 하지만 내가 이제껏 겪어본 중 가장 장대한 폭풍우라 할 만했다. 딱히 해보고 싶진 않지만, 내게 결혼식이라는 이벤트를 기상학적 단계까지 설계하는 능력이 있었다고 하더라도, 우리의 화창하고 맑은 날에 그보다 더 좋은 결말은 없었을 것 같다. 몇몇은 자러 갔다. 나머지 사람들은 포치에 놓인 의자와 소파에 모여 웃으면서 얘기하고 누군가 어디선가 가져온 캔에 든 쿠키를 먹으며 매혹적인 하늘을 바라보고는 했다. 특히 어머니는 우리 사이에 온통 젖었지만 환한 모습으로 앉아 있었는데, 이후 새벽 2시까지 우리와 더불어 깨어 있을 정도로 활기찼다.

하지만 얼마 지나지 않아 예상치 못했던 사건 하나가 마지막으로 벌어졌다. 자정을 10분 남겨두고 C가 자리에서 벌떡 일어났다. 뭘 잊어버리는 일이 별로 없는 그녀가 그날 행복한 소동이 벌어지는 와중에 결혼증명서에 서명하는 걸 완전히 까먹고 있었다는 사실이 기억난 것이었다. 돌이켜보면 그냥 놔뒀다가 다음 날 날짜를 소급해서 적으면 될 일이었다는 생각이 들지만, 그 순간에는 우리가 결혼 생활을 시작하자마자 첫발을 잘못 내딛은 것 같아서 나는 위층으로 올라가 잠이 들락 말락 하던 C의 영국인 친구를 깨웠다. 우리 결혼식 주례목사를 맡아준 이였다.

우리는 일부러 결혼식을 영상으로 남기지 않았는데, 누군가 휴대폰을 꺼내 우리의 즉흥적인 두 번째 결혼식을 기록했다. 영상 속에서 나는 C의 무릎에 앉아 있고, 우리의 주례목사는 파자마 차림으로 신바람이 나서 하루를 얼마 남기지 않은 채 결혼증명서에 커다랗고 근사한 서명을 한다. 주변에 있던 가족과 친구들이 한 번 더 축배를 들고, C가 나를 끌어당겨 키스한다. 그 후 번개가 뒤쪽 하늘을 하얗게 물들이는 바람에 그 순간 들려오는 건 오로지 웃음소리, 보이는 건 오직 빛뿐이다.

그날처럼, 온전하고 자명한 즐거움만이 이어지는 그런 날은 무척 드물다. 수많은 감정 중 즐거움이 특히 수명이 짧다는 말은 아니다. 지속되는 시간 속에서 온전히 한 가지 감정만 느끼는 때가 드물다는 말이다. 신체적인 감각은, 비교적 건강한 몸을 괴롭힐 때조차 끈질기다. 깨어 있는 시간 내내 너무나 고통스러운 치통이나 꾸준한 통증이 계속될 수도 있다. 하지만 감정의 경우, 가장 강렬한 감정이라 해도 간헐적이고 지속적이지 않으며, 감정의 앙상블을 이루는 다른 출연진들과 영원히 무대를 공유해야 한다. 감사한 마음이 섞인 슬픔, 지루함과 함께하는 분노, 초조한 가운데 느껴지는 행복, 경이로움이 깃든 절망 등, 끝나지 않는 치환들.

사람들은 대부분 본능적으로 이처럼 감정들이 뒤섞일 때 분개한다. 우리는 행복할 때 그 행복이 온전하기를 바란다. 행복한 동시에 아버지를 그리워하지 않아도 되고, 통신사의 끔찍한 고객 응대에 분노하지 않아도 되고, 직장과 관련한 근심거리가 없어도 되기를 바라는 것이다. 이처럼 만족을 선호하는 건 당연하다. 하지만 우리는 종종 불유쾌한 감정 역시 방해받지 않고 경험하기를 갈망한다. 부분적으로는 고통이 가진 일종의 관성 때문이다. 우리는 때때로 나쁜 기분이 지속되기를 바라는 비뚤어진 마음을 경험한다. 나는 살면서 여러 나쁜 상황에서 다른 사람들과 어울리는 모험을 하고 싶지 않다는 기분에 빠진 적이 많은데, 행복한 척하기가 싫었고, 거기 가면 실제로 행복해질 수도 있다는 가능성 자체를 잊었거나, 더 정확하게는 기분이 나아지지 않기를 바란다고 생각해서였다. 더 나쁘게는, 나아지기보다 싸우기를 선택하는 비뚤어진 기분에서 가끔 무의미한 논쟁을 굳이 계속하기도 했다. 이런 유형의 감정적으로 비타협적인 태도는 흔하다. 분노는 오직 분노하기만을 원한다.(변덕은 이에 치명적이고, 동정심도 마찬가지다. 따라서 분노는 둘 다에 저항한다.) 지루함은 지루함을 완파해줄지도 모르는 수단들이 전부 지루하다며 거부한다. 외로움은 외로이 남겨지기만을 원한다. 그리고 슬픔은, 앞에서 말했듯 오직 슬퍼하기만을 원하는 스스로를 배신할 생각이 없다.

그러나 우리가 희석되지 않은 감정을 갈망하는 게 오로지 관성적인 경향 때문은 아니다. 이 갈망은 우리가 삶에서 가장 중요한 측면들을 어떻게 경험해야 하는지를 오해한 결과다. 우리는 사랑에 대한 개념을 갖고 있다. 사랑은 햇살 환한 계곡을 통해 끝없이 흐르는 즐거움의 맑고 밝은 흐름이다. 우리는 슬픔의 개념도 갖고 있다. 슬픔은 거대한 나무가 쓰러질 때처럼 영혼의 무릎을 꿇게 하는 끔찍한 균열과 추락이다. 이런 개념들은 각각의 경험들 일부를 묘사하지만, 사랑에 빠지는 것이나 애도하는 것의 진정한 의미를 포착하지 못한다. 다른 많은 감정들도 몰려드는데, 그중 일부는 사랑이나 슬픔과 같은 가족관계등록부에 올라 있다. 사랑은 진정으로 맑고 끊임없는 흐름이지만, 욕망과 다정함, 찬사와 감사이기도 하다. 슬픔은 끔찍한 균열이 맞지만, 아버지가 돌아가시고 나서 나는 슬픔이 불안과 과민함, 그리고 갈망이기도 하다는 걸 알게 되었다.

게다가 다른 감정들이 뒤섞인 느낌의 상당수는 우리 경험들 각각을 특징짓기도 한다. 가끔 아무 느낌도 들지 않거나 때로 '잘못된'(슬픔의 개념에 전혀 들어맞지 않는 것 같은 감정 따위) 기분을 느끼는 적 없이 애도하기란 불가능하다. 망자를 추모한다는 건 하루는 전혀 모르는 사람에게 분노했다가 다음 날에는 참을 수 없는 감동을 받는 일이다. 상실을 겪었기 때문이건 그 순간 때문이건, 음울한 즐거움과 은밀한 원한과 안도의 물살과 강력한 회한을 느끼는 일이다. 그리고 우리는 애도하는 동시에 사랑한다. 다종다양하고 똑같이 진솔한 감정으로. 사랑은 고귀하고 정열적일 뿐 아니라, 아내가 퉁명스럽게 굴 때 상처를 받거나 남편이 종일 고양이가 토한 걸 치우지도 않고 지나다녔다는 걸 깨달았을 때 짜증이 나는 것이기도 하고, 사랑하는 이가 손톱 뜯는 걸 간섭하거나 참고 견디는 것, 읽던 책을 마저 읽고 싶은데 배우자가 상사에 대해 극도로 울분을 토할 때 참고 들어주는 것이기도 하다. 지구상에는 엎치락뒤치락하는 감정들이 섞이지 않고서 지속되는 사랑은 존재하지 않고, 존재했던 적도 없다. 몽테뉴는 이렇게 썼다. "아내를 때로는 냉정하게, 때로는 사랑스럽게 바라보는 나를 보고 어느 표정이건 가짜라고 말하는 이가 있다면, 그는 어리석은 자다."

우리는 이처럼 서로 다른 여러 감정이 필요 없다고, 흐릿하다고, 혹은 진짜 감정을 방해하는 것이라고 생각한다. 하지만 진짜 감정이란 없다. 이런 여러 가지 반응들이 뒤섞인 것이야말로 진짜다. 사랑은 사랑하는 동안 느끼는 것들의 총합이고, 슬픔은 슬퍼하는 동안 느끼는 것들의 총합이다. 다른 모든 건 그저 추상적인 개념, 마음속에만 존재하는 나무나 개울에 불과하다. C. S. 루이스는 『헤아려 본 슬픔』에서 이렇게 썼다. "암이나 전쟁, 불행(혹은 행복)과 직접 마주치는 사람은 없습니다. 그것이 찾아오는 매 시각, 혹은 순간을 마주치는 것입니다." 그리고 행복하게 살건 암에 걸린 채 살건, 시간은 변하고 또 변한다. 우리 모두에게는 루이스가 쓴 것처럼 "최고의 순간에도 나쁜 점들이 수없이 있고, 최악의 순간에도 좋은 점들이 수없이 있다."

이와 관련해 평생 아버지 장례식에 이어진 연회보다 분명한 예를 본 적이 없다. 장례식이었음에도 불구하고 내가 참석한 모임

중 가장 훌륭한 축에 속하는 자리였다. 장례식 자체는 예상에서 크게 벗어나지 않았다. 우울하고 사랑이 넘치며 애통했다. 하지만 이후 아름다운 가을 저녁, 내가 자라난 집과 길 하나를 사이에 둔 오랜 친구의 앞마당에서 어울렸던 일은 뭔가 전적으로 달랐다. 그럴 거라는 말을 들었다면 안 믿었겠지만, 정말로 재미있었던 것이다. 나는 아버지를 사랑했던 사람들을 사랑하고, 그날 저녁에도 그랬다. 세상이 텅 빈 것 같았던 순간에, 사람들은 우리를 웃겨주고, 이야기를 해주고, 과하지 않은 친절을 베풀며 다시 채우고 있었다. 그날 밤의 끝으로 향하던 사람들을 하나하나 돌아보던 기억이 난다. 감사한 마음과 초콜릿 케이크로 가득 차서(몇 주 동안 거의 아무것도 먹지 못했는데 갑자기 허기가 졌던 것이다.) 아버지가 같이 계신다면 얼마나 좋아할지 생각했다. 전혀 슬픔에 잠기지 않은 채. 그 순간은 우리가 아버지를 보내드릴 때가 되었다고 결정한 날 온갖 모니터들의 연결을 해제하고 정맥에 꽂힌 관들을 제거하는 간호사를 지켜보던 때처럼, 아버지를 애도하는 경험으로부터 분리되지 않는다.

누군가를 떠나보낸 사람이라면 내가 그날 저녁 느낀 기쁨이 중요하다는 걸 이해할 것이다. 이 기쁨은 잠시간 황폐한 땅으로 깨끗한 개울을 흘려보내고, 우리가 보고자 하는 빛이 비록 끔찍할 만큼 멀지만 도달하는 게 불가능하지 않다는 걸 알려준다. 물론 우리가 널뛰는 감정들에 치러야 하는 대가는 크다. 가끔은 슬픔이 기쁨을 엇나가게 하기도 한다. 나는 절망적인 날들뿐만 아니라 너무나 화창한 날들에도 빛이 돌연 모습을 바꾼다는 걸 느껴 왔기에 안다. C와 결혼하고 몇 달이 지나 우리는 마침내 결혼사진을 한 장씩 훑어보게 되었다. 우리는 어머니와 내가 물가에 나란히 서서 환히 웃는 사진을 보며 다시 기뻐했다. 근사하게 찍힌 사진이었고, 두 사람 다 너무나 기뻐하고 있다는 것이 잘 드러나 있었다. 하지만 다시 들여다보니 옆쪽 체서피크만의 광막한 드넓음이 눈에 들어왔다. 아버지가 계셔야 할 자리에 넓고도 푸른 공허가 자리해 있었다. 슬픔이 내 가족을 재조직했다는 사실이 혹독하게 재현되어 있었다. 아버지의 부재가 너무 자명해서, 아버지가 사진에서 잘려나간 것처럼 보일 정도였다. 나는 갑자기 두 배의 괴로움에 시달렸다. 나는 아버지를 얼마나 그리워하는가. 그 시점에서 세상을 떠난 지 2년이 안 된 아버지는 얼마나 많은 것을 잃었는가.

이 책을 쓰는 동안 그 사진이 옆쪽 벽에 늘 걸려 있었다. 처음 봤을 때의 충격은 휘발되었고, 나는 이 사진을 무척 좋아하게 되었다. 부분적으로는 내 상실을 시각적으로 드러내면서도 아름다워서이지만(내 결혼식에 참석한 아버지 사진으로 가장 어울린다는 생각이 든다.) 주된 이유는 이 사진이 하나의 이미지 안에서 슬픔과 함께하는 나의 기쁨에 찬사를 보내기 때문이다. 내게는 그럴듯하게 보인다. 삶도 그렇게 상반되며 흘러간다. 삶은 번갈아 가며 부서지고 재건되며 분주하고 지루하고 끔찍하고 부조리하며 희극적이고 고양된다. 우리는 이처럼 지속적으로 합병되는 감정들에서 벗어날 수 없고, 상상 속 본질을 추구하면서 가시적으로 드러나는 불순물들을 골라낼 수 없다. 그렇게 되기를 기다려서도 안 된다. 이 세상은 그 모든 복잡성 속에서 우리에게 동일한 복잡함으로 응답하기를 요구하고, 그래서 상충한다는 건 그냥 뒤섞이는 것이 아니다. 완전해지는 것이다.

지난밤, 나는 잠들지 않고 책을 읽던 C의 등에 달라붙어 몸을 둥글게 만 채 잠들었다. 그녀가 불을 끄려고 몸을 뻗으면서 잠깐 멀어졌던 기억이 희미하고, 그러다 아침이었다. 우리의 자세는 전날 밤과 반대였다. 나는 벽을 마주하고 있었고, C가 뒤에서 나를 끌어안은 채 내 손을 잡고 있었다. 우리 집 고양이들 중 한없이 다정한 성격을 지닌 녀석이 서로 뒤엉킨 우리의 팔 안으로 들어와 자리를 잡고는 내 옆에서 흐뭇하다는 듯 골골거렸다. 몇 년 전 기사를 쓰려고 취재하던 도중에 신체적인 접촉을 능동적으로 찾는 유기체를 접촉주성적thigmotactic이라 한다는 걸 알게 되었다. 우리 고양이는 대단히 접촉주성적이다. C와 나도 서로에게 접촉주성적이다. "밤마다 가까이 / 연인들은 가까이 있다. / 그들은 잠든 채 / 나란히 몸을 돌린다." 엘리자베스 비숍이 한 번도 출판하지 않은, 유치하고 매력적이며 사랑에 푹 빠졌다는 걸 여실히 보여주는 짧은 시 한 편은 이런 구절로 시작하는데, 밤이 되었을 때 C와 나의 모습을 멋지게 그려내는 구절 같다. 어디서 사랑이 종결되고 생물학이 시작되는지 누가 말할 수 있을까? 사랑과 생물학이 어떻게 서로를 빚어내는지, 우리 고양이의 감정과 동기가 우리의 감정과 동기와 어떻게 같고 어떻게 다른지 말할 사람은? 나는 C와 내가 아침에 서로에게서 멀어진 채 일어나는 일이 매우 드물다는 것만 알 뿐이다.

오늘의 특별한 아침, 우리는 여기 메릴랜드에 있는 침대에서 일어났다. 예전처럼 자주 여행하는 일이 줄어서 서로 일정을 가늠하기가 훨씬 쉬워졌다. 여러 달 동안 한 번도 집을 비우지 않을 때도 있다. 오늘 우리는 한동안 공동 작업실에서 일했고, 그러다 C가 다이닝룸 식탁으로 옮겨갔고, 그 후에는 둘 다 2층으로 올라갔다. 2층에는 두 사람이 충분히 앉고도 남는 소파가 있고, 벽감에는 학교에서 쓰는 조그만 책걸상이 있다. 고양이들이 방에서 방으로 우리를 쫓아다녔는데, 특히 접촉주성적 고양이는 무릎에서 무릎으로 옮겨 다녔다. 오후에는 휴식을 취하며 9월 하순답게 힘없이 늘어진 채소밭을 둘러보러 나갔고, 우리가 처음 이사를 왔을 때 C의 아버지가 다시 세우는 걸 도와준 죽데기 가로장 울타리를 따라 산책했다. 그 후로 봄철마다 우리는 울타리를 따라 야생화를 한 뙈기씩 심었다. 변화무쌍하고 호사스러운 꽃다발이 여름 내내 펼쳐졌다. 연중 이 시기에 도달하면 거의 우리 키 높이로 자라난 꽃들은 씨를 뿌리기 시작하는데, 우리는 여전히 그 옆을 즐겁게 걸으며 느지막이 피어난 코스모스의 밝은 색깔들을, 마지막으로 피어난 탁한 파란색 콘플라워를, 화분으로 꽉 찬 통통한 손가락처럼 생긴 미역취를, 옛날 패션 감각을 지닌 부인네 수영모처럼 둥글고 꽃잎이 짤막한 채 밝은 분홍색을 흩뿌리는 백일초를 본다. 8월에는 꽃으로 날아드는 나비들이 아주 많아서 가끔은 꽃대 하나에 두세 마리가 앉아 있기도 하다. 이제 나비들은 사라졌고, 메뚜기들이 우리 발걸음 앞에 열두 마리씩 몸을 내던지고, 뒤쪽 연못을 한 바퀴 둘러 돌아가는 길에는 걸음을 내딛을 때마다 깜짝 놀란 황소개구리가 퐁당거리며 뛰어드는 소리가 들린다.

"가끔 이런 생각이 드는구나." C의 아버지, 빌이 이렇게 말한 적이 있다. "어딜 보나 평범한 사람치고 나는 경이로운 삶을 살아온 것 같아." C의 아버지는 실내 배관이 없는 집에서 자랐고, 주머니에 넣어둔 핸드폰 벨소리가 트랙터 소리를 누를 만큼 크게 경보 수준으로 설정하는 삶을 살았다. 그는 일생의 사랑과 결혼했고 훌륭한 아이들 셋을 길러냈다. 그는 평생을 농부로, 식료품점 점원으로, 관리인으로, 경비원으로 일했고, 네 명의 대통령을 겪었다. 그중 하나는 이스턴쇼어에서 연설했고, 둘은 그의 큰딸을 고용했으며, 하나는 C의 대학 졸업식에서 축사를 전했다. 빌은 믿을 수 없이 희박한 가능성에 의해 운석을 발견했다. 나는 그 말의 의미를 알 수 있었다. 아마 시장을 만나본 적이 없더라도, 운석을 찾은 적이 없더라도 그는 똑같이 느꼈을 거였다. 나도 그러하다. 평범한 나날들이 흘러가는 와중에도 하루하루는 특별하고, 그렇기에 우리의 일상은 더 유명한 누군가를 보여줄 필요도, 장관을 연출해 한바탕 즐거움을 안겨주는 구경거리를 늘 가져다주지 않아도 좋다. 우리는 놀라운 삶을 살아간다. 삶 자체가 경이롭기 때문이다.

지나치게 오랫동안 혼자 고통에 시달리는 게 아니라면, 이 사실을 모를 수가 없다.

최근 나는 이런 매일의 비범함remarkableness을 거의 압도적이라 여기게 되었다. 앞서도 말했지만 나는 극기주의와는 딱히 관련이 없다. 하지만 지난 몇 년 동안 그 어느 때보다도 감정들에, 특히 하나의 감정에 민감해졌다. 내가 아는 한 우리 언어에는 이 감정을 지칭하는 이름이 없다. 아마 포르투갈어로 사우다지saudade, 일본어로 모노노아와레もののあはれ라 부르는 것에 가까울 것 같다. 이 감정은 찰나의 폭로를 통해 우리의 실존적 조건을 깨닫는 느낌이다. 삶이 얼마나 근사한가, 얼마나 허약한가, 얼마나 찰나인가. 이 감정이 우주에서 우리가 차지하는 조그만 위치에 대한 반응에서 일부 비롯되기는 해도, 경이로움awe과 완전히 같다고는 할 수 없다. 이 감정에는 너무 많은 일상이, 또 너무 많은 슬픔이 담겨 있기 때문이다. 이런 이유에서 낭만주의자들이 숭고sublime라 부른 것(물리적인 세계의 비인간적이고 광막한 장엄함이 불러내는 찬탄과 두려움이 뒤섞인 감정)과도 다르다. 내가 지금 얘기하는 감정에는 광휘도 공포도 포함되어 있지 않다. 대신 감사한 마음과 갈망, 그리고 예측된 슬픔이라고밖에 표현할 수 없는 분위기로 구성되어 있다. 영어 단어에서 이 감정과 가장 가까운 혈족은 '달콤 쌉싸름한 bittersweet'일 것으로, 사포Sappho가 사랑에 빠지는 경험을 표현하려고 고안한 그리스어 단어를 번역한 것이다. 사랑의 기쁨을 사랑의 고통으로 처음, 그리고 영원히 맴질한 이는 사포였다. 그러나 '달

콤 쌉싸름한'이 행복과 슬픔이 뒤섞인 감정을 정확히 포착하고 있다 해도, 이 단어의 내밀한 기원은 우리가 세계와 마주할 때의 필연적인 측면, 즉 문제를 어느 정도로 감각해야 할지 모른다는 점을 드러낸다. 우리가 가진 전부를 언젠가는 상실하게 된다는 문제를. 우리가 경험하는 모든 유형의 '그리고'에 대해 이 말이 가장 적확하다는 생각이 든다. 우리의 사랑은 어떤 형태건 우리의 슬픔과 분리할 수 없이 결합되어 있다는 자각.

인간의 기본적인 존엄함, 비범한 용기의 행위, 인간이라는 종이 지닌 설명할 수 없는 탁월함을 상기시키는 예술작품 등 거의 모든 것이 내게 이 감정을 불러일으킨다는 건, 현재의 내가 얼마나 침투되기 쉬운지 보여주는 척도다. 나는 어느 여름밤 실수로 반딧불이를 죽이는 바람에 침실 벽에 불쾌하게 빛나는 얼룩이 남았을 때 이런 감정을 느꼈다. 11월 밤 바깥에 빗줄기가 쏟아지는데 한껏 생명력을 발휘해 당당히 요구하며 제 몸집보다 오십 배는 우렁차게 도움을 구하던 6개월짜리 아기고양이를 찾았을 때도. C와 내가 좋은 친구들과 저녁을 먹은 후에도 자정을 넘긴 시각까지 같이 보낼 때 웃음꽃이 피는 와중에 내 안에서는 불현듯 이 감정이 솟구쳤다. 촛불들은 오래전 빙하 모양의 왁스 덩어리로 줄어들었고, 와인 잔 바닥에 남은 포도주가 초승달 모양 얼룩으로 굳어졌다. 집 안에 있을 때나 밖에 있을 때나, 한낮이거나 어둡거나, 혼자 있을 때나 여럿이 있을 때나 가리지 않고 이 감정은 나를 찾아오고, 그러면 나는 한동안 조용히 있거나 잠시 고개를 다른 곳으로 돌린다.

내가 묘사하는 이 감정이 최루성 영화나 진부한 광고, 아니면 돌고 도는 인생에 대해 질질 짜는 컨트리송이 불러내는 감정처럼 감상적이지는 않다고 생각한다. '감상적'이라는 단어는 마음을 조종하는 수단을 통해 전형적으로 쥐어 짜낸 과도한 감정을 의미하지만, 지금 말하는 감정에는 이런 혐의가 적용되지 않는다. 나를 이처럼 다정하고 애절한 느낌으로 채우는 건 조종과는 관련이 없다. 이 감정들을 잘 요약하는 말은, '세상이 그저 세상인 채로 존재하는 것'일 것이다. 그리고 과도함에 대해서는, 글쎄, 우리가 스스로의 삶을 포함하여 사랑하는 모든 걸 결국 잃게 된다는 사실을 과도하지 않게 받아들일 수 있을까? 그런 사실에 직면했을 때, 어떤 감정을 과도하다고 간주할 수 있을까?

오히려 우리가 이처럼 감사하는 마음과 슬픔이 뒤섞인 감정에 굴복하는 일이 잦지 않다는 것이 놀랍다. 내가 C를 만나고 아버지를 잃은 뒤에 이 감정에 과민해진 것도 이해가 된다. 나는 영원한 사랑을 발견했고 연쇄적으로 다른 사랑을 잃었으며, 그 후로 유독 경이로움과 취약함에 눈길이 갔다. 이제껏 말을 아껴왔지만, 나는 이것이 연인 간의 사랑이건 다른 형태의 사랑이건 사랑에서 가장 의미 있고 까다로운 측면 중 하나라고 여긴다. 사랑은 우리의 통제를 벗어나는 힘에 터무니없이 취약하고, 따라서 우리는 끔찍한 두려움에 시달린다. "이제 당신의 축복이 나타났으니"는 필연적으로 "이제 언제고 사라질 것이니라."로 귀결된다.

이 두려움에 가공할 힘을 부여하는 건, 우리를 이래저래 괴롭히는 다른 많은 것들과는 달리, 이 두려움은 어느 날 사실이 된다는 것이다. 어느 날 사랑하는 이를 잃게 된다는 것에 '만약'이란 없다. 어떻게, 그리고 언제라는 문제만 있을 뿐이다. 상상력이 넘치는 사람들에게 이런 질문들은 고문이나 다름없다. "누가 자신의 종말에 도달하고 누가 도달하지 않으랴?" 유대인들이 대속죄일마다 암송하는 섬뜩하고 아름다운 전례시 우네타네 토케프Unetaneh Tokef가 묻는다. 그리고 우리가 종말에 도달할 때, "누가 검에 당하고 누가 짐승에 당하며 누가 기아에 당하고 누가 기갈에 당하며 누가 지진에 당하고 누가 역병에 당하며 누가 교살에 당하고 누가 석살에 당하는가?"라고. 이 구절들은 연상을 불러일으키지만 불완전하며, 우리가 한밤중 자신만의 구절을 더하며 깨어 있기에 안성맞춤이다. 누가 암에 당하며 누가 자동차사고에 당하는가? 누가 심장병에 당하며 누가 뇌졸중에 당하는가? 누가 화재에 당하며 누가 독감에 당하고 누가 낙사에 당하는가?

이런 질문은 가장 경악할 만한 종말조차도 포함할 수 있을 정도로 길고 이상하고 슬프게 끝없이 이어진다. 죽음은 이처럼 변화무쌍한 형태로 도처에 널려 있고, 몽테뉴가 쓴 것처럼, "죽음이 다가오지 못하게 막을 수 있는 곳은 없다." 그래서 우리는 "수상한 지역을 지날 때처럼 계속해서 이리저리 고개를 돌려본다." 우리가 사랑하는 사람들은 아마도 나이가 들어 아이들과 손주들에 둘러싸인 채 평화로이 죽음을 맞이할지도 모른다. 하지만 오직 상대를 돌봐주고 보살피기만을 바라는 사랑이 최종적으로는 무기력해져 그럴 수 없게 된다는 것은, 우리 삶에서 가장 중요한 것인 사랑하는 이들의 안위를 운명에 맡겨야 한다는 것은 얼마나 잔인한가. 행복하려면 수많은 요행(hap, 행운을 뜻하는 고대어)이 따라야 한다. 우리의 기쁨과 축복은 무서울 정도로 우연에 달려 있다.

내가 유난히 이런 문제에 괴로워하는 사람일지도 모른다. 한 사람이 살면서 경험하는 감정들에 대해 글을 쓸 때의 어려움은 자신이 얼마나 대표적인 위치에 있는지 알 수 없다는 것이다. 나의 감정은 다른 사람들의 가장 내밀한 경험들과 얼마나 겹쳐 있고, 얼마나 구분되는가? 확신컨대 어떤 사람들은 그들의 심리학이나 우주론 덕에 사랑하는 이들을 그렇게까지 걱정하지는 않을 수 있을 것이다. 그러나 나 자신은 늘 파국적인 '만약에'에 사로잡혀 있었다. 아주 어릴 때부터 부모님이 나를 언니와 함께 베이비시터에게 맡겨두고 외출하는 밤이면, 침대에 잠들지 않고 누운 내 머릿속은 음주운전자들과 어두운 골목, 처참한 사고들로 가득했고, 부모님의 차가 현관 진입로 자갈길에 들어서는 소리가 들릴 때에야 두려움이 잦아들고는 했다.

세월이 흐르면서 나는 이성적인 사람으로 자라났고 스스로 마음을 다스리기에 조금 능숙해졌지만, 마음 한구석의 두려움이 완전히 가신 건 아니었고, 사랑에 빠지면서 이 문제가 더 커지고 말았다. 이제 내 상상 속에서 벌어지는 끝없는 비극은 C에게 일어나고, 그녀가 나 없이 외출했을 때 내가 어둠 속에서 귀 기울이는 건 그녀의 자동차가 들어오는 소리다. 그녀가 안전하게 귀가해 내 곁에 있을 때조차 두려움이 완전히 누그러지는 건 아니다. 때로 나는 그녀의 가슴에 머리를 기대고 심장 뛰는 소리를 듣는다. 태곳적부터 연인들은 이렇게 해왔을 것이다. 한데 그녀의 몸이 안겨주는 느낌과 그녀의 핵심 바로 옆에서 위안을 구하는 감각이 소중한 한편, 이는 조금도 걱정을 덜어주지 않는다. C는 신진대사가 맹렬한 만큼 타고나기를 심장박동이 빠르다. 바쁜 날이면 터무니없이 적게 자고도 뛰어다니는데, 나는 가끔 그녀가 자신의 빛나는 촛불을 너무 빠르게 태우고 있는 건 아닌지, 머지않아 갑자기 나를 떨쳐낼 수 없는 어둠 속에 홀로 남겨두고 떠나는 건 아닌지 걱정이 된다.

그런 일이 벌어지건 아니건, 더 큰 문제가 있다. 우리는 둘 다 죽을 것이다. C와 나는 '어떻게'와 '언제'라는 문제에 더해 둘 중 누가 먼저 죽을 것인가 하는, 모든 연인들을 쫓아다니는 질문에 사로잡혀 있다. 수없이 많은 배우자들이 저마다 나이가 아주 많아져서 자다가 함께 죽음을 맞이하자고, 나와 C가 그러듯 지킬 수 없는 약속을 해왔을 것이다. 같이 사는 내내 거의 매일같이 밤과 아침을 함께 맞이했듯 함께 죽음을 맞이하자고. 서로의 곁을 지키며 감사하는 마음으로 평화롭게.

역사적으로 이런 행운을 누린 연인들이 몇이나 될까? 아마도 한둘. 그러나 슬프게도 그 가능성은 우리 편이 아니다. 둘 중 하나가 다른 하나를 침대에 홀로 남겨두고 떠날 가능성이 가장 크다.

남은 이는 혼자 일어나 그날을 마주해야 한다. 보험 설계사의 책상 앞에 앉아 있을 때, 먼저 떠나는 이는 나다. 내가 나이가 더 많아서다. 전조 쪽을 살펴보자면, 먼저 떠나는 이는 C다. 그녀는 어려서 죽을 뻔했던 적이 있는데, 그 이야기를 듣지 않았더라면 얼마나 좋았을까 싶다. 이따금 그 얘기가 나를 저 바다처럼 거대하고 차가운 끔찍함에 몸서리치게 하기 때문이다. 나는 죽고 싶지 않지만(이는 더할 나위 없이 진실이다.), 그녀의 죽음을 살아내느니 내 죽음과 직면하고 싶다. 이런 생각을 그만두는 날이 있을까? 내가 운이 좋고, C에 대한 나의 두려움은 어려서 부모님을 걱정했던 것처럼 미성숙한 것이라는 점이 드러나도, 우리가 앞으로 반백 년은 더 야생화를 돌보게 되더라도 말이다. 하지만 그런 경우에도 시간의 속성대로 때가 되면 딱히 위안이 되지 않으리라는 걸 안다. 언젠가 받은 편지에서 마음 아픈 구절을 읽은 기억이 지워지지 않는다. "나는 이제껏 얼마나 운이 좋았나. 그런데도 더 좋기를 바랐다니." 62년의 결혼 생활 끝에 아내를 잃은 종조부가 썼던 편지다.

오히려 이런 걱정은 그림자처럼 사랑의 이면에서 길게 이어진다. 나는 어려서 추상적으로나마 우리는 모두 결국 죽는다는 걸 알고 있었지만, 그럼에도 죽음이란 만일의 사태, 비상사태로 보였다. 하지만 아버지가 돌아가시고 죽음의 필연성을 느끼기 시작한 뒤로는 한 해 한 해 지날수록 그 필연성이 계속 뚜렷해질 뿐이라는 걸 안다. 우리는 삶의 모든 단계에서 무언가를 발견하고 상실하지만, 그 비율은 시간에 따라 고르게 나타나지 않고, 상실은 우리가 나이를 먹을수록 빈번하게, 더욱 파괴적인 내밀함으로 충격을 가한다. 그래서 우리가 나이를 먹으면서 직면하는 어려움의 유형이 달라진다. 사랑이 우리에게 처음 제기하는 문제는 어떻게 발견할 것인가이다. 한데 사랑이 꾸준히 제기하는 문제는, 삶이 꾸준히 제기하는 문제이기도 한데, 우리가 결국 그것을 잃는다는 사실을 어떻게 다루며 살 것인가이다.

바로 얼마 전이었던 아버지 기일에 이 문제에 대한 답일까 싶은 생각이 머릿속에 스쳤다. 그날 일찌감치 눈을 뜬 나는 물러나는 어둠 속에서 뭔가 할 일이 있는 것 같다는 불확실한 기분이 들었다. 그 정체는 바로 알 수 있었다. 아버지 기일마다 되풀이되었던 심정적 동요, 어떤 방식으로도 제대로 기릴 수 없다는 데서 야기되는 표류의 감각이었다. 유대인들이 추모일마다 켜는 야자이트 초(유대인들이 어버이의 기일에 켜는 초—옮긴이)에 불을 밝히는 것을 제외하면 아버지 없이 꾸준히 더께가 쌓인 세월에 어떻게 예를 표해야 하는지 도무지 알 수가 없었다. 관습적인 선택지들이 있었지만 실행할 수 없었다. 아버지 시신을 의과대학에 기증했기에 묘를 찾을 수도, 재를 뿌린 곳을 찾아갈 수도 없었다. (나와는 달리) 때마다 친척들 묘지를 찾아가는 전통 속에서 자라는 C는 내 아버지가 돌아가시고 얼마 지나지 않아 기념하기 위한 돌 조각 같은 물건을 집에 두고 가까이 모시는 게 어떤지 물었다. 그때 나는 아버지라면 차라리 책장 속에서 남은 영원을 보내실 거라며 웃어넘겼다. 어찌 되었건 나는 기념물 따위를 전혀 고려하지 않았고, 아버지 생신이나 기일 같은 날을 기념하는 수단을 고민한 적도 없었다. 언제나 그게 중요하고 옳은 일이라고 생각해왔는데도.

그래서 그날 아침 깨어나 어떻게 할지 갈팡질팡하던 나는 C에게 이 문제를 위임했다. 그녀는 산책을 하자며 동네 수목원에 나를 데려갔다. 우리는 울창하게 늘어선 나무들과 초원을 지나 구불구불 이어지는 길을 따라 걸었고, 사사프라스와 칼미아, 반들반들한 옻나무와 염소 떼로 가득한 목초지를 지나 처음 걷기 시작했던 지점으로 되돌아왔다. 그곳에는 모네의 그림을 조금 연상시키는 연못이 있었고, 연못을 가로질러 나무다리가 놓여 있었다. 실바람이 불어오는 따스하고 화창한 9월이었다. 우리는 한 시간 이상 난간에 나란히 기대어 그저 바라보며 서 있었다. 반쯤 물에 잠긴 통나무 위에서 햇볕을 쬐는 거북이 두 마리를, 급강하했다가 트럼펫 모양으로 활짝 꽃피운 덩굴식물 주변을 맴도는 벌새를, 물에 첨벙 뛰어들어 슬슬 헤엄쳐가는 검둥오리를, 편히 쉬면서 놀라운 인내심으로 한 시간 동안 겨우 손바닥만큼 동쪽으로 몸을 트는 왜가리를, 물가에서 가벼이 느릿느릿 노니는 회록색 조류의 융단을.

기일을 준비하느라 바쁘게 한 주를 보낸 터였다. 그러는 동안 아버지가 돌아가신 직후에 그랬던 것처럼 약간 아팠고, 멍하니 실수가 많아졌고, 평소보다 감정적이고 비합리적으로 행동한다는 느낌에 시달리고 있었다. 누군가를 잃은 사람의 마음은 철새처럼 계절에 적응하는데, 슬픔의 달력이 매해 돌아온다는 걸 받아들이게 되는 건 놀라운 동시에 짜증 난다. 하지만 나는 C와 수목원에서 시간을 보내며 평안해졌고, 심지어는 어른답게 그 모든 슬픔과 고통의 역사와 공존할 수 있다는 만족감을 느끼며 충만해지기까지 했다. 그날 역시 여느 때처럼 아버지가 보고 싶었고, 아버지가 곁에 계신다는 느낌도 받지 못했다. 하지만 오후 내내 아무것도 하지 않으면서 그저 연못가에 서서 여러 색조의 녹색들이 어우러진 풍경을 바라보며 잠시나마 시간이 속도를 늦추고 있다는 것이 행복했다. 더는 아버지 곁에 앉아 있을 수 없었으므로, 그날 한동안 이 세계와 함께 앉아 있다는 것으로도 좋았다.

아버지가 돌아가시고 이 세상에 너무 많은 일이 있었다. 일단 파괴적인 코로나 바이러스 이전부터, 우리 인생이 딱히 많이 흘러가지 않았는데도, 깜짝 놀랄 만큼 많은 사람이 세상을 떠났다. 한 달 전 친구의 친구가 폐암으로 사망했고, 친구의 부모님이 하룻밤에 돌아가셨다. 아기들이 많이 태어나서 겨울마다 우리가 크리스마스 카드로 장식한 벽난로 선반은 바쁘게 돌아가는 산부인과 진료실이 내건 활기찬 게시판 같았다. 우리는 결혼하는 연인들을 축하했다. 뉴욕까지 차를 타고 가서 가까운 친구(우리의 첫 데이트 전날 C는 그의 결혼식에 참석했다.)가 이혼해서 짐을 싸고 풀고 그릇들이며 쓰레기통, 욕실 매트 따위를 구입하는 걸 도와주었다. 어머니가 심장판막을 교체하는 수술을 받아서 클리블랜드 병원을 다시 찾아가야 했는데, 도착하자마자 우울한 기분에 빠져들고 말았다. 이미 천 년쯤 살아버린 기분이었고, 그 병원 안에서 구천구십구 년쯤 지낸 것 같았다. 이틀 후 어머니가 건강하고 밝은 모습으로 딱히 보조가 필요하지 않은 상태로 아버지와는 다르게 집으로 돌아왔다는 사실을 제외하면 병원과 관련된 모든 것들이 낯설지 않게도 나를 무기력에 빠뜨렸다.

많은 이들이 고난을 겪거나 심적 고통에 시달리는 사람들에게 자주 하는 말처럼, 삶이 계속된다는 건 진실이다. 나는 늘 진부할지라도 이 표현이 좋았다. 손쉬운 위로를 거부하기에. 이 표현이 말하기를 거부하는 모든 것들 때문에. 이 표현은 "시간이 지나면 아물지 않는 상처는 없다."나 "이 또한 지나가리라."처럼 고통이 끝난다고 약속하지 않는다. "내일은 내일의 태양이 뜬다."라는 표현처럼 명명백백한 함의도 갖고 있지 않다. 그저 좋은 일이건 나쁜 일이건 이런저런 일이건, 딱히 서로 구분되지 않고 그저 계속해서 이어진다는 뜻이다. 원하는 만큼 마냥 앉아서 슬픔의 위스키만 들이킬 수는 없다는 이 말은 위안과는 거리가 멀다. 우리를 산만하게 하는 건 감정들만이 아니다. 저 세계가 언제고 끝없는 요구사항을 늘어놓으며 재개되고 만다. 준비되었다는 느낌이 들기도 전에 진작부터 출근하고, 주방을 정리하고, 휴대폰 요금을 내고, 사람들이 워싱턴 내셔널스 경기나 의회 내 흑인간부회, 아니면 서머타임을 두고 떠드는 얘기를 듣게 된다. 아무 상관없는 일에 화가 나고, 상관없는 일에 웃고, 배우자를 바라보는 머릿속은 온통 그녀의 옷을 벗기고 싶다는 생각으로만 가득 찬다. 행복에 대해서도 같은 일이 벌어진다. 사랑에 빠지고서 "삶은 계속된다"고 운운하는 사람은 별로 없지만, 실은 이 말대로다. 연애 초반, 상대에게 푹 빠진 날들은 근사하지만, 한밤중에 팬케이크를 굽고 오후 두 시가 넘도록 침대에서 꼼지락거리며 사랑하는 이의 두 눈만 영원히 바라보고 있을 수는 없다. 결국 앞으로 나아가는 일에 주목해야 할 것이고, 그다음에는 또 다시 앞으로 나아가야 할 것이다.

'그리고'가 내포한 또 하나의 개념이 이것이다. 어떤 일이 막 일어나려고 한다는 것. 영어에 처음 등장했을 때, 이 단어는 '다음next'이라는 의미를 갖고 있었고, 여전히 암묵적으로 미래를 지향하는 것으로 여겨진다. "X, Y, Z, 그리고." 말미에 결합된 이 단어는 그만두지 말라는 신호이고, 아직 끝나지 않았다는 암시다. ("그리고?" 우리는 이야기를 마치지 않거나 요점을 밝히지 않고 입을 다무는 사람에게 이렇게 묻고는 한다. "계속해."라는 의미에서.) 그 결과 '그리고'는 한낱 접속사와는 달리 연속된다는 기분을 안겨준다. 이 단어가 가리키는 풍요로움(저기 늘 뭔가 더 존재한다는 감각)은 공간적인 동시에 시간적이다.

이 풍요는 인생에서 가장 멋진 것들에 속하지만, 제약이 많은 우리의 실존에 안도감을 안겨주기는 힘들다. 여행할 곳과 배울 것, 읽을 책, 숙련할 기술, 만날 사람들, 싸울 원인들, 추구해야 할 경로들처럼, 이 세상에는 가능성이 넘치지만, 우리에게 가능한 건 이들 중 극히 일부뿐이다. 그러니 우리는 살면서 모든 걸 직접 선택한다고 믿고 싶겠지만, 우리가 선택하는 상당수는 결코 얻을 수 없는 것들과 타협하기 위해 다른 걸 선택한 결과다. 예를 들어 나는 예닐곱 살부터 이십 대 초반까지 마법사나 기사의 종자, 체조선수, 기수, 소설가, 역사가, 우주비행사, 수학자, 산악인처럼 다양한 직업들을 좇는 생각에 빠져 즐거워했다.

나는 내 인생을 사랑하고, 그 무엇과도 바꿀 생각이 없다. 하지만 상상 속 다른 미래가 남기는 희미한 비행운이 완전히 사라질 것 같지는 않다. 다른 삶을 사는 모습이 궁금해서가 아니라, 가능성이 압류되고 말았다는 데 대한 평범한 애석함 때문이다. 태어나는 순간부터 수없이 많은 가능성이 저기 존재하는데, 우리는 환경의 지배를 받을 수밖에 없고, 따라서 나이를 먹을수록 그중 많은 것들이 제거된다. 버지니아 울프는 이에 대한 유감으로 이렇게 쓴 적이 있다. "모든 걸 경험한다는 건 불가능하다. 런던 거리를 거닐 때 내가 지하에 드리우는 눈빛들처럼." 기껏해야 우리는 놓쳐버린 것의 반짝거림을 흘긋 볼 수 있을 뿐이다. 수십여 년 뒤에 시인 루이즈 글뤽Louise Glück은 이 문제를 "형이상학적 폐소공포: 언제나 한 인물이어야 한다는 음울한 운명"으로 묘사했다. 우리는 이곳이 아닌 아이다호나 온두라스에서, 아니면 라호르에서, 목수나 야구선수나 천재적인 음악가의 모습으로, 실제로 일곱 아이 중 막내라면 외동으로, 외동이라면 형제자매를 거느린 모습으로, 다른 존재로 살아가며 다양한 인간 경험을 할 수는 없다. 우리는 필연적으로 평생 단 하나의 인생을 살며, 우리가 얼마나 힘이 넘치건, 관심사가 많건, 운이 좋건, 장수하건 관계없이, 꼭 그만큼만 살 수 있을 뿐이다. 그리고 이런 삶은 우주를 배경으로 했을 때 한없이 작게만 보인다.

이것이 우리가 처한 상황의 본질적인 어려움이다. 삶은 계속되지만, 우리는 그렇지 않다. 우리는 멈춘다. 믿음을 지닌 사람들의 말이 옳다면 어떤 사람들은 무덤 너머까지 삶을 이어가겠지만, 어찌되었건 우리가 아는 것으로서의 존재는, 사랑하고, 애도하고, 식료품점에 가고, 바다에 풍덩 뛰어들고, 밤에 차창을 내린 채 음악을 크게 틀어놓고 운전하고, 왜가리와 흑곰과 벼룩들 사이 여기에서 하루하루 그 모든 세부적인 좋음과 고난들을 겪으며 살아가는 존재는 죽음 앞에서 이 모든 것들을 멈추게 된다. 필멸한다는 의미는 본질적으로 이러하다. 하지만 이를 받아들이기란 고사하고 상상하는 것도 어렵다. 우리의 삶은 문자 그대로 전부이고, 살아 있는 동안 삶은 너무나 생기 있고 중대하게 여겨져서, 시간과 공간의 어마어마한 흐름은 물론이고 전체 인간의 역사와 비교할 때 얼마나 순식간이 지나가버리는지 파악하기란 쉽지 않다.

우리 자신의 삶의 규모와 나머지 존재의 규모 사이에 존재하는 이 급격한 차이로 인해 우리는 두 가지 다른 방식으로 느끼게 된다. 그중 하나는 무언가를 잃는 느낌과 비슷한데, 이 우주는 압도적으로 거대한 한편, 우리는 한없이 하찮다는 느낌이다. 다른 하나는 무언가를 발견할 때와 비슷한데, 이 우주가 압도적으로 거대한데 우리가 그럴 법하지 않게도 여기 존재하며, 따라서 규모를 잴 일 없이 귀하다는 것이다. 여러 다른 대조적인 감정들과 더불어 우리는 대부분 결국 이 둘을 모두 경험하게 된다. 작고 무기력하게 느끼기도 쉽고, 여기 존재하는 것으로 놀랍고 운이 좋다고 느끼기도 쉽다.

대체로 나는 놀라움 쪽이 좋다. 나는 연못처럼 단순한 대상조차 오랫동안 바라보고 있으면 놀라움을 느끼는 사람이다. 수목원에서의 그날, 나는 다음과 같은 점을 깨달았다. 가차 없는 상실에 직면했을 때 우리를 가장 잘 대접하는 건 슬픔이나 묵인이 아니라 주목이라는 사실을. 최소한 지금 우리가 주목하고 바꾸는 세계는 우리의 소유이고, 그걸로 됐다. 상실이 최종적으로 우리를 이 세상에서 분리한다는 건 사실이지만, 앞서 말했듯 우리에게는 수많은 연결들이 존재한다는 것 또한 사실이다. 예술작품, 영예로운 행동, 다정함과 관대함을 베푸는 행위. 이 모든 것들이 우리를 보이지 않는 고리를 통해 미래 세대와 연결한다. 그러므로 아이를 갖는 것 또한 결합과 지속의 궁극적인 행위라 할 수 있다. 아홉 살인가 열 살 무렵에 어쩌다 아버지가 농담하는 걸 들은 적이 있는데, 아버지는 아이들을 갖는다는 건 젊음을 유지할 수 없게 하지만, 운이 좋다면 조금쯤 영원히 살 수 있게 한다고 했다. 이제 나는 아버지 말의 의미를 이해하고, 아버지의 인생과 내 인생이 우리의 나날들 너머로 지속된다는 게 무슨 의미인지 알 것 같다. C와 내게 아이가 생길 예정이기 때문이다.

아이를 갖건 갖지 않건, 내게는 부모다움으로 향하는 일이 분명히 보여준 사실이 있다. 우리는 무엇보다도 돌보는 이로 여기 존재하며, 이 역할은 일시적이지만 필수적이라고. 앞서 온 존재들 없이 지금 여기 존재하는 이는 없고, 우리 이후에 올 모든 것들이 지금 우리의 존재에 얼마나 그리고 어떻게 달려 있을지도 알 수 없다. 이 세상이 제공하는 풍요를 누구보다 잘 알았던 월트 휘트먼은 이 점도 잘 이해하고 있었다. 브루클린 페리 난간에 기대어 눈부신 풍경에 사로잡혔던 그는 바다와 세기를 횡단하며 여행했고, 그러다 같은 여정을 밟았던 모두와 분리 불가능하게 연결된 자신을 돌아보게 되었다. 삶은 우리를 초과할지도 모르지만, 지금은 우리로 구성되어 있다는 걸 그는 알았다. 우리는 '그리고'이며, 서로를 연결하는 부분이고, 현재와 미래를 연결하는 접합부이다.

우리가 세상에서 가진 전부란 이런 순간에 지나지 않는다. 이 순간은 지속되지 않을 것이다. 그 무엇도 지속되지 않으니까. 엔트로피, 필멸, 멸종. 이 우주의 전체적인 계획은 상실로 구축되어 있고, 그 길을 따라가면서 우리가 얼마나 많은 걸 발견하더라도, 삶은 우리가 결국 모든 걸 강탈당하게 된다는 면에서 역저축 reverse savings으로 수렴한다. 우리의 꿈과 계획과 일자리와 무릎과 등과 기억, 집 열쇠와 자동차 열쇠, 왕국을 열어주는 열쇠, 그리고 왕국 그 자체, 이 모든 것들은 언제고 잃어버린 것들의 계곡을 떠돌게 된다.

그래서 나는 C와 공유하는 것들이 일시적이라는 사실을 안다. 나는 언젠가 아버지처럼 그녀를 잃을 것이다. 혹은 아버지가 나를 잃었듯 그녀가 나를 잃을 것이다. 삶이 마감되고 죽음이 모든 것을 휩쓸게 되면. 둘 중 한 사람이 먼저, 다른 사람이 그 후 죽을 것이다. 우리는 애도할 것이고, 애도될 것이며, 이윽고 애도되지 않게 될 것이다. 미래에 태어날 자손들은 우리의 이름도 잘 모를 것이다. 지금부터 100년이 지나면 우리가 결혼했던 작은 장소도 사라질 것이다. 이스턴쇼어의 상당 부분과 더불어 바다가 융기하면서 소멸할 것이다. 시신마처럼, 메갈로돈처럼 여기 존재하는 모든 종들도 마찬가지로 결국 사라질 것이다. 시간이 지속될 것이고, 우리가 삶에 대해 알고 있는 것들을 거의 다 휩쓸어갈 것이다.

이상할 것도, 놀라울 것도 없다. 이 세계의 항구적이고 불변하는 본성이기에. 여기 지금 존재한다는 것이 경이로울 뿐이다. 지금 존재하는 건 연못의 거북이고, 마음속 생각이며, 유성이고, 메인 스트리트의 처음 보는 얼굴이다. 내가 오늘 아침 처음으로 본 건 햇빛을 받아 녹색으로 반짝이는 C의 눈동자이고, 이는 훗날 내가 그녀의 팔에 안겨 죽음을 맞이할 때 떠올리게 될 한두 가지 행복한 기억에 속할 것이다. 이 모든 것들 앞에서, 오로지 빼앗기만 하는 것처럼 보이는 상실은 저만의 필수적인 공헌을 하나 덧붙인다. 필요한 물건이건 사랑하는 사람이건, 무엇을 잃게 되건 교훈은 한결같다는 점이다. 소멸은 우리에게 소중하게 여겨야 할 일시적인 존재를, 방어해야 할 취약함을 상기시킨다. 상실은 일종의 외부적 의식으로, 우리에게 유한한 날들을 잘 사용하라고 한다. 우리의 삶은 찰나에 불과하고, 인생을 잘 산다는 건 보이는 모든 것들을 하나하나 들여다보는 것이다. 고귀하다고 생각되는 것에 경의를 표하고, 돌봄을 필요로 하는 대상을 돌보고, 아직 우리에게 다가오지 않은 것과 이미 사라진 것을 포함한 이 모든 것에 우리가 필연적으로 연결되어 있다는 사실을 인지하는 것. 우리는 지키기 위해서가 아니라 지켜보기 위해 여기 있다.

감사의 말

언젠가 이런 얘기를 들었다. 지금은 작고한 앤서니 보데인이 내 에이전트 킴벌리 위더스푼을 두고 한 얘기인데, 그녀가 새벽 3시에 보데인에게 전화를 걸어 덕트 테이프와 칼, 그리고 쓰레기 봉투 한 묶음을 들고 15분 뒤 9번가와 애비뉴 C 모퉁이에서 만나자고 했다는 거였다. 그는 아무것도 묻지 않고 시간에 맞추어 그곳에 갔다. 킴이 스스로 충실하고 신뢰할 수 있는 태도를 보여주는 것으로 다른 이들에게 심어주는 신뢰와 충실함을 이보다 더 잘 묘사할 수 있을까. 그녀는 내 이력에서 누구보다도 섬세한 관리인인 동시에 대단히 재미있고 장난스러운 사람이다. 나는 그녀를 에이전트이자 친구로 둔 특별한 행운아다. 잉크웰 매니지먼트 소속으로 내게 도움을 준 근사한 사람들 모두, 특히 알렉시스 헐리에게 감사를 표한다.

이 책의 편집을 맡아준 힐러리 레드먼을 한밤중에 맨해

튼 길모퉁이에서 만난 적이 있다고 생각한다. 이제 그녀는 내 친구다. 이 사실은 내게 엄청난 위로가 되었는데, 특히 「상실」 부분을 작업하는 가장 힘겨운 시간 내내 그러했다. 그녀는 꼼꼼한 편집뿐 아니라 빈틈없는 됨됨이와 친절함을 보여주었고, 나는 그녀에게 의지했다. 그녀는 처음부터 이 책의 든든한 지원군이었으며, 그녀를 비롯해 랜덤하우스의 동료 직원들, 특히 캐리 나일, 에일릿 뒤런트, 그리고 꼭 필요한 순간마다 내 메일함에 자신의 열정을 보내준 루스 리브먼을 포함한 모든 이들에게 이루 말할 수 없이 감사한 마음이다.

《뉴요커》 담당 편집자인 헨리 핀더('Finder'라고 쓰지만 '발견하는 이'를 의미하는 단어와는 다르게 발음한다.)는 나를 발견해줬다. 그에게 영원히 감사할 것이다. 내 글은 그가 보여준 너그러운 태도와 그의 정신이 도달하는 범위, 그리고 통찰력으로부터 엄청난 혜택을 누렸다. 비범한 편집자이자 누구보다도 선량한 데이비드 렘닉 역시 더는 바랄 수 없을 정도로 행복한 최상의 안식처를 제공해주었다. 이 책의 원형이 된 에세이를 잡지에 실어준 노력과 더불어 두 사람이 내게 내어준 시간과 믿음에 형언할 수 없이 감사하다.

이 책을 읽고 시간을 할애해 더 좋은 쪽으로 갈 수 있도록 도와준 다른 친구와 동료 들에게도 감사하다. 이제는 내 담당이 아님에도 기꺼이 나의 편집자가 되어준 제러드 홀트, 예상 밖으로 아주 흥미로운 원고 교환을 통해 맑은 눈으로 글을 보게 해준 태드 프렌드, 아낌없는 열정과 통찰력을 보여준 지아 톨렌티노, '내

러티브'라 적힌 고속도로 표지판을 높이 들어주었고 누구보다도 환상적인 단평을 써준 레슬리 제이미슨, 여느 것들과 더불어 어디서부터 시작해야 좋을지, 애도에 관한 책을 쓸 때의 어려움 등에 대해 깊은 이해심을 보여준 헬렌 맥도널드, 그리고 이 원고를 포함해 다른 모든 것들을 넉넉한 인내심으로 읽고 도움을 준, 웃음과 슬픔의 동반자 마이클 캐버너. 탁월한 P.I.이자 업계에서 가장 감각적인 눈을 지닌 베카 로리와 사실관계를 철저히 확인해준 벤 펠런에게도 감사를 보낸다. 그럼에도 특히 오그던 내시와 관련해 오류가 있다면 이는 전적으로 내 탓이다.

이 책은 대부분 가족을 다루고 있고, 내가 태어난 가족이든 내가 선택한 가족이든, 이들의 충실한 사랑과 지지가 없었다면 혼자서는 쓰기 어려웠을 것이다. 당신들의 딸과 함께하는 나를 처음부터 믿어주었고, 자신들의 이야기에 대해서도 신뢰해준 빌과 샌디 셉에 대해서는 아무리 감사하다고 말해도 모자라다. 그분들을 안다면, 마치 그들의 자식 중 한 사람처럼 대접받는다는 것이 얼마나 영광인지 알 것이다. 케이틀린 셉과 멜린다 셉 역시 처음부터 두 팔 벌려 나를 자신들의 삶에 맞아들였다. 커플 파자마나 로드 트립, 그리고 하프 초콜릿 생일케이크의 궁극적인 희생은 말할 것도 없다.

특히 애도가 계속되는 시기에 가족 중 작가가 있다는 건 분명 미묘한 축복일 것이다. 하지만 나의 어머니 마고 슐츠와 언니 로라 슐츠는 한 번도 흔들리지 않고 나와 이 책을 지지해주었다.

이 책의 서두에서 나는 명백한 이유에서 주로 아버지 이야기를 했으므로, 어머니는 내게 훌륭한 문법과 좋은 태도를 가르쳐주었다고밖에 쓰지 못했다. 하지만 현실에서 어머니는 내게 인내심과 주의력, 너그러움, 관대함, 그리고 친절을 가르쳐주었다. 내내 쇠하지 않는 본보기가 되어준 것이다. 그리고 나의 널렁이 언니는 사실 내가 아는 사람 중에서 가장 섬세한 정신과 마음을 지닌 사람이다. 나는 언니에게서 아버지의 가장 훌륭한 모습뿐만 아니라 이 세계에서 가장 훌륭한 모습을 본다. 언니는 나를 솔직하게 하고, 웃게 하며, 다른 셀 수 없는 즐거움들과 더불어 자신이 꾸린 가족과 가까이 지내는 즐거움을 선사해주었다. 수 커프먼, 레이철 노빅, 엠제이 커프먼, 헨리 필로프스키, 아델 커프먼-슐츠를 비롯해 그들을 통해 알게 된 스티브 노빅, 에이비바 스탈, 그리고 사브리나 브레머는 내게 모두 소중한 이들이고, 이 책의 페이지들에서는 보이지는 않았지만 내 삶의 중심부에 이들이 자리해 있다는 건 틀림없다.

이 책 전체가 쓰기 쉬운 이야기는 아니었지만, 가장 어려운 부분은 「발견」의 핵심을 이루면서 「그리고」로 이어지는 사랑 이야기였다. 이 부분을 작업하면서 나는 날마다 글을 쓰고 밤마다 침대로 초고를 가져가서 이야기의 영감이 되어준 케이시 셉에게 소리 내어 읽어주었다. 그녀와 모든 걸 공유하는 일이 커다란 위안과 행복을 가져다주듯, 그녀와 원고를 공유하는 일 역시 커다란 위안과 행복이 되어주었다. 그리고 그녀는 나머지 원고와 더불어 남은 인생 역시 헤아릴 수 없이 훌륭하게 만들어주었다. 이것이 이야기의 시작이기를 간절히 바라며 이 책을 그녀에게 바친다. 이 책은 아버지에게 바치는 것이기도 하다. 다시 한번 로버트 프로스트의 말을 빌리자면, 흐름의 기원에 대한 헌사인 것이다.

옮긴이의 말

일주일에도 한두 번씩 하게 되는 일상적인 질문이 있다. "그 많던 머리끈이 죄다 어디로 갔을까?" 분명 어제까지 근처에 있었는데, 막상 쓰려고 하면 도통 보이질 않는 것이다. 비단 머리끈뿐일까. 날마다 사용하는 친근한 물건들이 불시에 모습을 감추어 당황하는 일이 왕왕 있다. 얼마 전에는 태블릿용 펜슬이 보이지 않았다. 이 책에도 등장하는 '45센티미터 법칙'을 떠올리며 방 안을 가상의 육면체들로 분할하고 또 분할했지만, 찾는 데는 실패했다. 며칠 후 빨래를 하려고 세탁물 바구니를 옮기려는데, 플라스틱 바구니 망 사이로 흰색 펜슬이 미끄러져 툭 떨어졌다. 그게 왜 거기 있었는지 전혀 이해가 안 됐지만 그 순간만큼은 감격하지 않을 수 없었다. 짜증과 환희가 동전의 양면처럼 꼭 붙어 있다니, 이처럼 우리의 삶은 분실과 되찾음으로 가득하다.(물론 둘 중에서 분실이 압도적으로 많은 비중을 차지할 것이다.) 여권이나 핸드폰처럼 당장의 필요나 값어치를 넘어서서 정체성과도 관련된 물건들을 분실하는 경우를 제외하면 일상의 사소하고 수많은 분실들은 대개 심각한 결과까지 초래하지는 않겠지만, 때로는 단 하나의 상실이 인생에 절망적인 타격을 가하기도 한다. 누군가의 죽음처럼.

이 책의 저자 캐스린 슐츠는 아버지의 죽음 앞에서 '누군가를 잃었다'라는 표현의 의미가 재정의되는 과정을 경험한다. 죽음이란 회피하고 싶고, 말하지 않으면 일어나지 않을 일 같고, 직설적으로 말해버리면 영영 돌이킬 수 없는 것 같은 사태다. 그래서 우리는 누군가의 죽음을 두고 우회적인 표현을 개발해왔다. '죽었다'라는 표현이 사망한 당사자의 상태를 가리키는 데 국한되어 있다면, 우리의 우회로들은 남겨진 사람들의 감정에 초점을 맞춘다. '잃다'라는 동사에는 목적어가 수반된다. 그러나 남겨진 사람들에게 그 목적어는 이미 세상에 부재하고 없다. 우리는 잃어버린 대상을 애도하는 상태에 돌입해 있고, 그리워하는 대상은 영원히 돌아오지 않을 것이다. 여기서 또 하나의 질문이 생겨난다. 우리는 언제 애도를 끝낼 수 있을까?

안타깝게도 우리는 상실을 겪지 않고 살아갈 수 없다. 삶의 몇몇 단계에서, 때로는 매 단계에서 우리는 늘 무언가를 잃고, 슬퍼하고, 그리워한다. 저자가 아버지를 잃어가는, 마침내 완전히 상실하고 마는 과정을 우리는 직접 경험하지 않고도 짐작할 수 있다. 대부분의 가정에서 언제고 일어나는 일이니까. 저자의 아버지 아이잭 슐츠가 중환자실에서 호스피스 병동으로 이동할 때, 우리는 다정함과 명석함이 공존하는 저자의 시선을 따라 그 모습을 지켜본다. 여기서 저자가 보여주는 슬프고 의연한 태도는 독자로 하여금 그 상황에 몰입하게 하는 한편으로 저마다 겪어온 고유한 경험을 떠올리게 할 것이다. 이런 유형의 상실은 인간 존재의 한 요소이고, 우리의 영혼에 깊은 상처를 남기며, 때로는 삶을 완전히 바꾸기도 한다. 그리고 슐츠의 말대로 "상실의 근본적인 역설"은 "절대로 사라지지 않는다는 것"이다.

그러나 우리의 삶은 신비하고 심오해서, 오로지 상실만으로 점철되게끔 작동하지 않는다. 가끔 우리는 발견하고, 때로 이 발견은 순간적으로 무언가를, 혹은 누군가를 잃은 상실에 대한 보상처럼 여겨질 정도로 크거나 감격적일 수 있다. 우리는 지난겨울에 입었던 외투 주머니에서 지폐 한 장을 발견할 때, 손목에 깜빡한 줄 알았던 머리끈이 걸려 있을 때 기분이 좋아지고, 눈앞의 사람이 말도 안 되는 확률을 이겨내고 나타난 인생의 상대라는 확신이 들 때 환희를 만끽한다. 이런 두 가지가 우리가 일상적으로 경험하는 발견의 스펙트럼 양극단을 차지할 것이다. 여간해서는 물건을 잃어버리는 법이 없는 저자는 신분증이나 노트북 같은 물건을 되찾는 기쁨에는 익숙하지 않을지 모르지만, 일생의 사랑을 발견했다는 확신에는 더할 나위 없이 솔직하게 감격을 토로한다. 저자가 C와 함께하는 삶을 묘사하는 과정이 너무나 진솔하고 아름다워서, 나 역시 번역하는 내내 줄곧 이들의 행복을 빌었던 것 같다. 이런 발견은 운석을 발견하는 것만큼이나 드문 일이고, 이런 발견을 해냈다면 아끼고 소중히 다루어야 할 테니까.

실은 이 책의 첫 문장인 "나는 죽음을 완곡하게 이르는 표현들이 늘 싫었다."라는 문장이 와 닿았기에 선뜻 번역을 결정하게 되었다. 알베르 카뮈의 『이방인』 첫 문장, "오늘 엄마가 죽었다."가 던지는 둔탁하고 건조한 느낌을 한동안 생각해본 적이 있다. 죽음에 대해 어떤 사람은 직설적인 표현을, 또 어떤 사람은 우회적인 표현을 사용할 것이다. 그리고 직접적인 죽음을, 상실을 경험할 때 그간 자신이 사용해온 표현에 의문을 제기하게 될 것이다. 실존을 뒤흔드는 체험이란 그런 것이니까. 캐스린 슐츠는 자신의 경험을 누구보다도 예리한 동시에 다정다감한 어조로 이야기한다. 그렇게 「상실」 파트가 끝나고, 이어지는 「발견」, 그리고 「그리고」 파트에서(여기서도 '그리고'가 두 번이나 등장한다. 나는 이 접속사가 이토록 아름다운 권능을 지녔다는 걸 이 책을 통해 새삼 깨달았다.) 우리의 삶은 예기치 못한 상실로도 가득하지만, 예상할 수 없었던, 그래서 경이가 배가되는 발견으로도 충만해진다는 것을 알려준다. 그러니 기대해보자. 어떤 상실은 떼어낼 수 없는 동반자처럼 우리와 계속해서 같이 존재하겠지만, 그러는 동안에도 우리는 놀라운 발견을 기대할 수 있다. 우리는 그렇게 살아간다. 이 책은 내게 이런 얘기를 새로이 들려주었다.

2024년 6월

한유주

상실과 발견

사랑을 떠나보내고 다시 사랑하는 법

1판 1쇄 찍음 2024년 6월 14일
1판 1쇄 펴냄 2024년 6월 25일

지은이 캐스린 슐츠
옮긴이 한유주

편집 최예원 박아름 최고은
미술 김낙훈 한나은 김혜수
전자책 이미화
마케팅 정대용 허진호 김채훈 홍수현 이지원 이지혜 이호정
홍보 이시윤 윤영우
저작권 남유선 김다정 송지영
제작 임지헌 김한수 임수아 권순택
관리 박경희 김지현 이유경

펴낸이 박상준
펴낸곳 반비

출판등록 1997. 3. 24.(제16-1444호)
(06027) 서울시 강남구 도산대로1길 62
강남출판문화센터
대표전화 515-2000 팩시밀리 515-2007
편집부 517-4263 팩시밀리 514-2329

ISBN 979-11-94087-80-9 (03840)

반비는 민음사출판그룹의
인문·교양 브랜드입니다.

만든 사람들

책임편집 최예원
디자인 한나은
조판 순순아빠